콘텐츠 크리에이티브

나만의 콘텐츠가 월급보다 낫다

콘텐츠 크리에이티브

초판인쇄 2023년 5월 2일
초판발행 2023년 5월 9일

지은이 이세나 외 9명
발행인 조현수, 조용재
펴낸곳 도서출판 더로드
기획 조용재
마케팅 최관호, 최문섭
교열 · 교정 이승득

주소 경기도 고양시 일산동구 백석2동 1301-2
        넥스빌오피스텔 704호
전화 031-925-5366~7
팩스 031-925-5368
이메일 provence70@naver.com
등록번호 제2015-000135호
등록 2015년 6월 18일

정가 17,000원
ISBN 979-11-6338-369-7 (03810)

파본은 구입처나 본사에서 교환해드립니다.

콘텐츠 크리에이티브

나만의 콘텐츠가 월급보다 낫다

김애련
권미영
손호증
송진설
원효정
이세나
이영림
조은주
정경희
최순주
공저

 도서출판 더로드
The Road Books

콘텐츠에 대한 작가들의 철학이 담겨 있는 책입니다.

콘텐츠 크리에이터로서 삶에서 만난 물음표에 성실히 답하며, 스스로의 길을 이끌어가고 있는 이야기를 들려줍니다. 나만의 콘텐츠는 무엇일까? 소명을 다하며 살 수 있을까? 깊은 생각에 빠져 질문을 하며 답을 구하고 있어요. 삶에서 인생에서 의미를 생각해 봅니다. 우리에게 콘텐츠는 나눔이며 공존의 기쁨이었습니다.

콘텐츠. 거창하고 어렵게만 느껴진다면 열 명 작가의 이야기에 관심을 기울이길 바랍니다. 각자 온몸으로 부딪히며 깨우친 경험들을 들려주고 있어요.

도전은 아름답습니다.

《니 꿈은 뭐이가?》에는 창공을 날아오르겠다는 여성이 나옵니다. 우리나라 최초의 여성 비행사 일대기를 그린 그림책이

지요. 그녀는 꿈을 이루기 위해 고단한 훈련을 하면서도 행복해해요. 결국은 해내고 맙니다. 꿈을 이루고 자유롭게 하늘을 날지요.

《암스트롱-달로 날아간 생쥐》에서는 달을 동경하는 생쥐가 나옵니다.

"나는 달까지 날아간 첫 번째 생쥐가 될 거야!"라며 꿈을 꾸어요. 끊임없이 도전하며 노력한 끝에 이뤄내지요. 열정적으로 노력하며 힘들고 험난한 여정일지라도 포기하지 않아요. 생쥐는 멋지게 성공합니다.

그림책 속 이야기처럼 콘텐츠는 꿈이고 도전이었습니다.

꿈꾸는 무대 위에서 멋진 순간을 맞고자 열정을 펼치는 것과 같습니다. 열 명의 작가는 자신만의 색깔로 꿈을 펼치고 있어요. 때론 힘들고 외롭다 느껴지더라도 견디어냅니다. 소명을 찾았기에 참을 수 있었지요. 노력하며 버틴 모든 시간들은 책 속의 문장으로 강렬하게 남았어요. 좋아하는 일이기에. 사람들을 돕는 일이기에. 아름다운 과정이라 여기며 최선을 다했답니다.

때로는 폭풍우가 휘몰아치는 한가운데 서 있는 것처럼 휘청거리며 휘둘릴 때도 있었어요. 소명만을 내세우며 한결같이 꿋꿋하기란 쉽지 않았지요. 가만히 서 있기조차 힘들어 주저앉고 싶을 때도 있어요.

정진호 작가는 《벽》에서 말합니다. 보는 방향과 위치에 따라 다르게 보인다고요. 벽의 안쪽인지 바깥쪽인지는 중요하지 않다고 해요. 모든 것은 안과 밖이 존재하기 때문이랍니다. 어느 시점에서 바라보는지에 따라 다르게 보일 수도 있어요.

같은 콘텐츠일지라도 누구의 생각에서 재조명되어 나오는지에 따라 달라집니다. 우리는 서로의 생각을 존중하고 따뜻한 시선으로 응원하고 격려해 주어야 합니다. 모두의 일상과 경험이 다르듯이. 세상에는 수많은 콘텐츠가 존재하기에 말입니다.

열 명 작가 모두 가슴에 품은 콘텐츠가 있습니다.

김애련(미라클 부자)은 아이 스스로 빛날 수 있는 방법을 콘텐츠에 담고 있어요. 권미영(돈월이)은 콘텐츠를 통해 진짜 팬을 만들며 그들의 성장을 돕고자 합니다. 손호중(정리힐러)은 일상 속의 무수히 많은 콘텐츠를 발견하는 것이 생산자로서의 첫걸음이라고 말합니다. 송진설(풍요작가)은 마음속 이야기를 세상에 내놓을 수 있도록 돕는 콘텐츠를 만들고 있습니다. 원효정(부자마녀)은 독자를 위해 가슴속에 간직한 경험을 글로 꺼내고, 그 글이 콘텐츠가 된다고 해요. 이세나(열정루비)는 도전정신 하나면 콘텐츠 사업을 충분히 시작할 수 있다고 합니다. 이영림(행복멘토세전)은 꿈꾸는 일을 그만두지 않으면 결국에는 이루어진다며. 지금 선택한 것이 내가 된다고 해요. 조은주(유쾌한 책글맘)는 자신에게 맞는 콘텐츠를 선택하며 실천하는 것이 자신만의 무기가 된다고 말합니다. 정경희(행부원츄)는 자신만의 콘텐츠는 존재

한다며 매일 하는 것이 당신의 콘텐츠라 합니다. 최순주(진격의
최여사)는 소통이라는 콘텐츠를 가슴에 품고 사람의 마음을 어
루만져주고자 한다고 했어요.

우리 삶에 존재하는 수많은 이야기는 의미를 담고 있습니
다. 진솔하게 풀어낸 열 명 작가의 글이 여러분의 이야기에 힘
을 실어 줄 것입니다. 이 책과 함께하는 시간 속에서 삶의 깊이
가 더해지리라 믿어요.

풍요작가 송 진 설

당신은 어제도 콘텐츠를 만들었습니다.

믿어지지 않겠지만 이미 당신은 생산자입니다.

　우리는 매일 수많은 대화를 한다. 아이들 학교 이야기, 맛집 이야기, 유행하는 가전제품 등. 대화의 주제는 참 다양하다. 옆집 엄마와 차를 마시다 책 이야기가 나왔다. 연령별로 볼 수 있는 책에 대한 정보가 필요하다고 했다. 책 육아 하는 엄마였으니 그 정도 정보는 차고 넘쳤다. 보기 좋게 종이에 싹 적어주고 설명까지 곁들여 주었다. 말하는 동안 얼마나 신나던지. 옆집 엄마는 고맙다고 치킨 쿠폰을 보내주었다. 오늘 하루 누군가에게 도움을 준 것 같아 보람을 느낀다. 블로그에 오늘 이야기를 글로 남기니 또 댓글이 달린다. "저도 알고 싶어요! 정보 좀 주세요!" 나에게 일상 같은 일의 이야기를 누군가는 간절히 원하고 있었다. 이런 비슷한 경험이 한 번쯤은 있었을 것이다.

사람들은 제각각 결핍과 갈망을 가지고 있다. 누군가는 해결하기 위해 행동하고 누군가는 도움받기를 기다리고 있다. 어떤 이는 해결한 내용을 글로 남긴다. 하지만 다른 이는 기억에서 잊어버린다.

자본금 하나 없이 수익을 만들어 내는 10명의 콘텐츠 크리에이터가 있다. 지극히 평범하게 살던 사람들이다. 온전히 나를 바라본 적이 없던 그들이었다. 아이를 키우느라 일하느라 정신없는 일상을 보내며 살았다. 만족스럽지 못한 삶을 바꾸고 싶었던 그녀들은 '나'에게 집중하기 시작했다. 꾸준히 쓰지 못하는 가계부, 내 집 마련에 대한 꿈, 다이어트에 대한 갈망 등 각기 다른 결핍이 있었다. 다른 인생을 살고자 본인만의 방법으로 해결하기 시작했고 그 과정을 기록했다. 즐기고 좋아하는 일도 글로 남겼다. 거짓 없고 꾸밈없는 내용은 생생했다. 진정성 있는 모습 본 사람들은 희망을 얻었다. 같은 고민이 있는 사람들이 하나둘 내미는 손을 잡아주기 시작했다. 그렇게 그들의 콘텐츠는 세상에 알려지기 시작했다. 진심 어린 나눔이 값진 감사의 마음으로 돌아오니 찾아오는 사람들이 더 늘어났다. 수익도 생겨났다. 내 일을 통해 얻은 값진 수익!

콘텐츠라는 단어가 참으로 어렵다. 거창해 보인다. 그녀들 역시 수없이 고민했다. 내 도움이 진심으로 누군가에게 도움이 되는 것이 맞을까! 내 경험이 콘텐츠가 될 수 있을까! 하지만 모두 본인의 이야기를 예쁘게 다듬어 세상 밖으로 꺼냈다. 이 책을 선택한 당신은 분명 콘텐츠사업에 관심이 있다는 증거다. 초보가 왕초보에게 알려준다는 것! 나보다 한 발자국 뒤에 있는 사람들에게 내가 가진 지식과 경험을 나누는 것이 시작이다. 모름지기 사업이라면 몇억씩 투자금이 들어가지만 콘텐츠 사업은 다르다. 온몸으로 느꼈던 그 모든 것이 모두 자본이다. 내 안에 숨어 있던 것을 꺼내면 된다. 그게 무자본 콘텐츠 창업의 시작이다.

믿기지 않는 사람도 있을 테다. 나 또한 그러했으니까. 고학력자, 다수의 경험이 있는 전문 강사들만이 할 수 있는 일이라 생각했다. 나 또한 가능성에 대해 반신반의였으니 이 책을 집어든 당신이 어떤 마음을 가지고 있을지 이해된다. 이들의 시작이 어디부터인지 어떤 과정을 거치게 되었는지 책을 반쯤 읽었을 때, 내 안에 숨겨놓았던 경험을 꺼내 적어보려는 당신을 발견하게 될 것이다.

열정루비 이 세 나

contents

차 례

제2장 나만의 콘텐츠로 소명을 찾다

제3장 콘텐츠 생산, 시작부터 수익까지

제4장 콘텐츠 생산, 벽은 이렇게 넘어라

제5장 누구나 가슴에 콘텐츠 하나쯤 품고 산다

Content
Creative

제1장

생산자의
삶을
시작하다

선택하지 않은 삶은 없다

김애련
미라클 부자

"○○ 엄마는 아이를 어떻게 키우세요? 뭐 먹여요? 학원은 요?" 아이들을 키우는 내내 나에게 따라다닌 질문들. 건강하고 밝은 아이들. 남을 배려하고 자존감이 높은 아이들. 항상 노는데 성적이 좋은 아이들. 사람들은 늘 궁금해했다.

딸 쌍둥이와 아들을 낳았다. 결혼 당시 남편은 무직이었고 홀어머니와 시댁에서 신혼을 시작했다. 쌍둥이 임신을 알게 되는 날 시어머니가 나에게 욕을 했다. 뭔 염병 났다고 쌍둥이냐고. 황당했지만 시어머니이기에 참았다. 입덧을 해도, 몸이 힘들어도 나는 며느리였다. 공부를 마치고 집에 돌아온 남편은 어머니가 잠들기까지 어머니의 말동무 역할을 해야 했다. 그렇지 않은 날은 엄청 서운해했기 때문이다. 남편이 건너오기를 기다리기에는 피곤해서 먼저 잠들었다. 꿈꾸던 신혼은 없었다. 남편이 취직할 때까지 나의 월급이 우리 집의 생활비였다. 입덧을 하며 1시간여 버스를 타고 출근을 하면 몸이 녹초가 됐다. 그래도 버텨야 했다. 내 안에 생명이 움트고 있으니까. 만삭이 되어가던 때 남편이 합격하고 교육에 들어갔다. 쌍둥이라 수술 일정을 받아놨었는데 갑자기 양수가 터졌다. 밤늦은 시각 혼자 택시를 불러 병원에 갔다. 보호자 없이 수술에 들어갔다. 그렇게 세상에 나온 딸들, 어머니는 출산 한 날부터 나에게 아들 타령을 했다. 결혼생활이 행복하지 않았다. 본인 아들밖에 모르고 사람대집해주지 않는 어머니, 이제 막 취직한 남편, 그리고 번갈아 가며 울어대는 쌍둥이. 감당하기가 버거웠고 마음이 불행했다.

어느 날 거울 속 낯선 표정의 우울한 나를 발견하고 울었다. 내가 선택한 사람이었고 내가 선택한 삶이었다. 거울너머의 나를 바라보며 다짐했다. 행복해지기로. 내가 행복하지 않으니 아이들에게 그 감정이 전달되었다. 아이들에게 짜증을 내고 화내는 내 모습이 싫었다. 매일 거울을 보며 나에게 얘기해 주기 시작했다. "나는 멋지다. 나는 사랑스럽다. 나는 예쁘다" 마음이 지옥이던 나에게 긍정과 행복 씨앗을 심었다. 내 마음이 편해지고 나니 여유로운 마음으로 아이들을 바라볼 수 있었다. 짜증이 일상이던 나의 모습이 사라지고 있었다. 엄마가 행복해야 아이도 행복하다. '아이들을 반드시 행복하게 키울 거야.' 삶의 목표를 정하고 나니 더 이상 망설일 이유가 없었다. 아이들의 행복한 미래를 위해 할 수 있는 것을 찾아보았다. 공부만 하는 아이들이 아닌 스스로 사랑하고 타인을 배려하며 사회 구성원으로서 올바르게 자랄 수 있게 정보를 수집하고 실천했다. 어려운 가정형편에 남들처럼 보약을 먹일 수 없어 제철 음식으로 만들어 먹이고, 엄마 표 육아를 시작했다. 주말이면 들로 산으로 나가 신체활동을 하고, 박물관 미술관 도서관을 다녔다. 아이들의 웃음이 재잘거리는 소리가 살아가는 이유이면서 원동력이었다.

언어가 빨랐던 딸들과 달리 아들은 말이 느렸다. 모든 것이 딸들과 달랐다.

한글도 모르는 7살에 취학 통지서를 받고, 학교 가기가 싫다는 아들. 학교유예를 결정했다. 평소 좋아하는 세계지도와

국기에 집중할 때면 몇 시간씩 앉아 있는 아이. 지금의 모습이 아니라 먼 미래를 봤다. 아이의 가능성을 믿어 주었다. 좋아하는 일에는 집중을 잘한다는 것을 알기 때문이다. 공부를 싫어해 공부하라는 말도 하지 않았다. 함께 책을 읽고 독서활동을 하고 책을 만드는 놀이를 했다. 공부를 잘하지 못해도 자신을 사랑하는 아이로 자라게 하고 싶었다. 공부가 아닌 지혜가 있는 사람으로 자랐으면 했다.

아이들이 커서 서울로 대학을 갔다. 사람들은 내게 묻는다. 무슨 학원 보냈어요? 과외는요? 우린 공부보다 서로의 관심사에 대해 이야기를 나눈다. 배운 게 있으면 자랑할 시간을 주었다. 그래서 아이들은 선생님놀이를 좋아한다. 차를 마시며 일상이야기 하는 것을 좋아한다. 그래서 엄마들이 원하는 답을 줄 수가 없었다.

아이들이 서울로 대학을 가고, 북적거리던 삶에서 여유가 생겨 편할 줄 알았다. 아이들이 없는 일상이 공허했다. 갱년기가 오며 몸도 더 아프기 시작했다. 잠을 이룰 수가 없다. 몸을 뒤척이기도 힘들다. 어깨 통증으로 인해 삶의 질도 낮아졌다. 열심히 살아왔지만 노후 준비가 안 된 50대 초반의 나. 다람쥐 쳇바퀴 돌 듯 직장과 집을 왔다 갔다 해야 한다. 훈장처럼, 몸은 망가지기 시작했다. 세 번의 수술을 하는 동안 긍정마인드 도 바닥을 드러내고 있다. 이제 한계다. 오전 근무를 마치고 병원으로 향하는 발걸음은 무겁기만 했다. 수술을 더 이상 미룰 수 없다고 하면 어쩌지. 연차는 얼마나 남은 거지. 재활을 오랫동안 해야 한다면 다시 직장에 다닐 수나 있는 것일까. 그럼 수입은 어떡하지. 심란했다. 하늘 한 번 쳐다볼 기운조차 없었다.

진료를 기다리는 동안 핸드폰으로 어느 50대의 글을 보았다. 미술학원을 운영하다 젊은 선생님들에게 밀려 학원을 접고, 준비되지 않은 노후를 위해 찜질방 일을 시작. 사람들의 시선에 숨고 싶을 만큼 자존감하락이었던 때, 딸의 눈물을 계기로 제2의 삶을 시작해서 자산을 이루었다는 이야기가 마음을 흔들었다. 준비되지 않은 노후, 어깨수술로 발생하게 될 공백으로 불안한 마음이 나도 해보자 라는 마음으로 향하고 있었다. 수술을 결정하고 병원 문을 나서자마자 서점으로 달려갔다. '50대에 시작해서 부자 되는 법' - 꿈꾸는 서 여사. 서미숙. 집에 도착하자마자 단숨에 읽어 내려갔다. 책 속에 소개된 꿈꾸는 서 여사의 멘토 부자마녀를 검색했다. 그녀의 블로그에 들어가 그녀를 탐색하기 시작했다. 나도 열심히 살았는데 무엇이 잘 못된 거지? 내가 하고자 하는 것은 무엇일까? 나의 꿈은? 내가 이루고 싶은 것은? 나는 앞으로 어떤 방향 설정을 하고 살아가야 할까? 끊임없는 질문으로 밤을 지새우고 내린 결론. 꿈꾸는 서여사와 부자 마녀처럼 살아보자는 것이었다. 그녀들의 궤적을 따라가다 보면 나의 삶도 분명해지고 풍요로워질 거라 생각했다.

정신적, 물질적 풍요로운 노후를 꿈꾸며 2022년 3월 새로운 길을 선택했다. 아이들 어릴 적 우울한 삶에서 나를 구원해 내었듯 제2의 인생을 시작했다.

꿈꾸는 서 여사와 부자마녀의 프로그램을 모두 신청했다. 작심삼일을 일삼던 삶에 강제성을 부여하기로 했다. 적어도 나는 주어진 것에는 성실한 사람이고 책임감 강한 사람이니까. 난생처음 새벽 5시에 일어나 운동도 하고 책도 읽었다. 부자마녀의 '1인 지식기업가 과정'에 참여하면서 나와 마주하기 시작했다. 내 안에 어떤 가치가 있는가? 어떠한 삶을 살아갈 것인가? 소명에 대한 생각이었다. 지금까지 생각해보지 못했던 난제였다. 나의 삶을 돌아보았다. 어떠한 상황에서도 행복을 추구했다. 궁핍 속에서도 감사함을 잊지 않고 나누는 것을 좋아한다. 남들에게 알려주는 것을 좋아한다. 아이들이 행복하고 긍정적으로 살아갈 수 있도록 자존감을 세워 주었다. 사람들의 이야기 듣는 것을 좋아한다. 다른 사람들이 발전하는 것을 좋아한다. 함께 성장하는 것을 좋아한다. 내가 잘 해온 것이 있다면 아이들을 행복하고 자존감 있게 잘 키운 것이다. 생각이 여기에 이르자, 사람들이 나에게 궁금해하던 이야기에 답을 해야겠다고 생각했다.

무얼 먹였는지, 학습방법은 무엇인지, 직장 다니며 아이들을 어떻게 키웠는지, 명문대는 어떻게 보냈는지. 세 아이를 어떻게 키우는지. 사람들이 나의 주변에 머물며 궁금해하던 이야기를 말이다. 나는 많은 아이들이 행복하고 사랑받으며 자라기를 바란다. 아무것도 하지 않으면 아무 일도 일어나지 않는다. 매 순간 우리는 선택의 기로에 선다. 선택하지 않은 삶은 없다. 그래서 나는 가치 있는 삶을 살아가기로 결심했다.

세상에 나를 알린다는 것

권미영
돈월이

　돈 걱정이 많던 45세 어느 날. 어떤 일을 해야 부자가 될까? 새로운 일도 좋으니 돈 걱정 없이 살고 싶었다. 열심히 살았고 힘든 일도 가리지 않았다. 광고회사, 삼성화재에서 직장생활을 했고 사업으로 우유 대리점, 핸드폰 대리점도 했다. 50억 매출의 법인 사업체도 만들고 직원 13명도 꾸려 볼 만큼 누가 봐도 어엿한 사업가였다. 8년 운영한 사업은 대기업의 인수합병으로 문제가 생겼다. 그 과정에서 인생의 큰 깨달음을 배우고 과감하게 회사를 중단했다. 24시간 근무 중인 삶을 살았고 내 머릿속은 온통 회사의 성장과 운영으로 꽉 차 있었다. 학교 다닐 때

못 했던 전국 3위를 알뜰폰 법인 회사를 운영하면서 경험할 만큼 열심히 살았다. 그렇게 사업은 성장했다.

집 창고에는 당시 받은 트로피가 가득하다. 이제는 의미 없는 트로피이지만 나의 고통과 힘듦이 녹아 있어 버리지 못했다. 꺼내 보지도 못한다. 멋졌던 모습과 아픔이 있기 때문이다. 알뜰폰에서는 전국에서 제법 잘하는 대표였다. 여성 대표가 거의 없을 만큼 일은 힘들었다. 직원들은 드센 남자들이고 그 틈바구니에서 여장군이라는 소리를 들어가며 억척같이 회사를 키웠다. 그 경험은 나에게 '하면 된다.'라는 강한 메시지를 주었다.

회사는 안타깝게도 통제권이 없는 사업이었다. 〈알뜰폰 대리점〉 대기업의 인수·합병으로 1년간 회사는 멈추었다. 직원들 인건비와 운영비로 월 3천만 원이 꼬박 나갔다. 본사가 물건을 주지 않으면 운영할 수 없는 회사! 대표로서 걱정과 무능력함이 밀려왔다. 사업을 시작할 때 생각지도 못한 일이었다. 큰 충격을 받았다. 그리고 깨달았다. 자본주의에서는 통제권이 있는 사업을 해야 한다는 것을!

회사로 출근하지 않고 매일 북카페로 갔다. 따뜻한 커피 한 잔에 마음을 달랬고, 책을 읽고 저녁이 되어서야 집으로 갔다. 참 가슴 아프고 눈물 나고 세상이 원망스러운 날이 이어졌다.

콘텐츠 크리에이티브

몇 년간 찬 바닥에 잠을 잤고, 초등학교 5학년 2학년인 두 아들보다도 회사를 생각했다. 마음은 아프지만, 가족의 미래가 걸린 회사이기에 잘 키우고 싶었다. 잘못된 선택의 길은 8년이라는 인생의 귀한 시간을 늦추었다. 책을 보며 '통제권 없는 사업은 사업이 아니다'라는 결론을 내렸다. 진정한 부자는 자기 삶을 통제한 사람들의 것이라는 것을 알게 되었고, 가슴이 아픈 진실을 조금씩 받아들였다. 회사를 과감히 정리하며 세상에 소리쳤다! 이제는 주도권이 있는 삶을 살아가겠다고! 싫으면 NO! 라고 당당하게 외칠 수 있는 진정한 부자가 되기로 결심했다!

통제권이 있으면서 빠르게 부자 되는 길은 뭘까? 방향이 틀려서 공들인 회사를 접은 경험이 있기에 이제는 선택이 신중해졌다. 몰입했던 일을 삶에서 거둬내니 다른 세상이 보였다. 아파트 가격이 상승하고 서점에는 부동산 투자로 몇 년간 몇십억을 벌었다는 이야기가 많았다. 가슴이 두근거렸다. 이거다! 세상에는 이렇게 돈을 버는 방법도 있었구나! 잘 할 수 있을까는 의미 없었다. 이미 가슴에서 할 수 있다고 나에게 신호를 보내고 있었다. 돈이 들어온다는 빨간색 법인 도장을 만들고 두 번째 법인으로 새로운 출발을 외쳤다. 부동산 투자의 방법만 알게 되면 노후에도 일 할 수 있고 부자가 될 수 있다고 생각했다. 나는 또 달렸다. 1년에 10건 투자!. 2년 동안 26건의 투자를 공격적으로 했다. 지방 소도시까지 주머니에 돈만 생기면 자산을 사기 위해 나는 새벽같이 고속도로를 달렸다. 그런데 열심히 할수록 나는 더 가난함을 느꼈다. 대출이자, 생활비가 빠듯했다. 쌓여가는 부동산 등기를 보면 힘을 냈다. 이 정도 했으면 밥 굶고 사는 일은 없겠지. 이 자산들이 나를 지켜줄 거야.

아파트를 매수하고 2년이 지나야 일반과세로 세금을 낸다. 20년부터 투자를 시작했으니 22년 23년을 기다렸다. 돈이 친구를 데로 올 것이라는 기대감에 힘든 시기를 버텼다. 자산이 눈을 굴리듯 커질 것을 생각하면 행복했다. 그런데 세상은 나에게 부자가 되기에는 시간이 더 필요하다고 이야기한다. 부동산 하락이 시작되었다. 2년 동안 자산을 모으는 것에 집중했다면 지금은 지키는 것에 집중해야 하는 과제를 받았다. 2020년 7·10 정책이 나올 무렵 스마트 스토어와 쿠팡을 시작해 지금도 운영하고 있다. 무섭게 오르는 금리! 현금흐름이 절실히 필요했다. 예상과 다르게 허리띠를 더 졸라맸고 온라인몰을 키우기 위해 집중하고 있다. 부동산투자에 조급증을 느꼈을 때 스마트 스토어와 쿠팡 사업을 관둘까도 생각했다. 부동산 실력을 올리는데 몰입하면 더 많은 돈을 벌 수 있지 않을까? 전업 투자자가 되고 싶었다. 지금 생각하면 끔찍한 고민이었다. 높은 금리와 이자를 충당하고 생활비를 만들기에 쇼핑몰이 현재 효자 노릇을 해주고 있기 때문이다. 자본주의의 진정한 승리는 매달 생활비 보다 일하지 않고 들어오는 현금흐름이 더 높아질 때이다. 즉 시세차익의 부동산 투자도 하지만 현금흐름이 나오는 사업도 필요한 것이다. 스마트 스토어, 쿠팡 온라인몰은 부동산과 나를 지켜주고 있는 수입원이 되었다.

22년 어느 날 '생산자의 삶'에 대해 관심이 생겼다. 쇼핑몰은 가격경쟁으로 힘들었고 브랜드를 만들어야 한다는 부담감이 컸기에 더 눈에 들어왔다.

'초보가 왕초보를 가르친다.'라는 생산자의 삶은 매력적이었다. 《제로 창업》, 《백만장자 메신저》 책에서 같은 이야기를 하고 있었다. 나의 지식과 경험을 판매할 수 있다는 것! 판매할 나만의 콘텐츠가 필요했다. 남들에게만 있는 콘텐츠! 아무리 생각해도 나의 콘텐츠를 찾을 수가 없었다. 사실은 나만 모르고 있었던 것이다. 세상을 살아가기 위해 소리쳤던 그 모든 경험이 나의 콘텐츠인 것을 말이다. 회사를 중단한 아픔과 통제권 있는 사업을 하겠다고 다짐한 나에게는 '1인지식기업가'라는 삶은 간절했다.

47년 동안 별일 다 겪었었다. 많이 힘들고 외로웠다. 열심히 달려온 길이 막혔고 끝없는 도전이 두려웠다. 한계를 느낄 때는 창밖을 보고 하염없이 울었다. 세상에 져서 가난하게 살고 싶지 않았다. 하루빨리 부자가 되어 아이들과 편안한 삶을 살기를 간절히 꿈꾸었다. 생산자의 삶을 시작하면서 알게 되었다. 그 모든 아픈 시간이 나의 소중한 '자산'이란 사실을. 이제 나누는 삶을 살아 보려 한다. 수입은 덤이다. 지금은 보통 직장인 월급보다 생산자의 삶으로 더 많은 돈을 벌고 있다. 앞으로의 삶도 많이 나누고 배우려 한다. 삶은 경험이다. 세상에 나를 알린다는 것은 '나의 경험으로 누군가의 삶에 이바지한다'라는 의미가 아닐까? 생산자의 삶을 살아가는 이 순간이 감사해진다.

콘텐츠 크리에이티브

우연히 길에 들어서다

손호증
정리힐러

2020년 〈신박한 정리〉라는 TV프로그램이 대한민국을 강타했다. 유명 연예인들의 집이 정리로 탈바꿈하는 모습을 보여주는 프로그램이었다. 그 변신의 선봉에 정리전문가 '이지영'씨가 있었다. 유튜브에서 '정리 왕 썬더이대표'로 나름 유명하던 분이었다. 그녀의 등장으로 많은 사람이 정리 전문가, 정리수납서비스에 눈을 떴다. 그 덕인지 당시 대표로 있던 정리 전문가 모임에서 서초구의 음식점 위생 관리 사업에 정리수납 교육과 컨설팅으로 도움을 드리는 기회도 갖게 되었다. 정리 정돈이 공간과 사람에 미치는 영향을 실감하며 사는 사람으로서 그녀의 등장은 반가울 수밖에 없었다.

2014년 3월 4일은 정리전문가로 첫발을 내디던 날이다. 의도한 바는 아니었다. 단정한 공간에 살고 싶었지만, 정리는 어렵고 귀찮았다. 철마다 반복되는 정리는 미루고만 싶은 숙제였다. 치워도 금방 어질러져서 끝이 없는 것 같았고 공들여 정리한 서랍도 몇 번 여닫으면 도루묵이 되었다.

어느 날 성당 주보에서 '정리 정돈 전문가 과정'이라는 것을 발견했다. 눈이 번쩍 뜨였다. 전문가처럼 정리를 잘하게 만들어주는 프로그램인가? 마음은 갔지만 선뜻 신청하지는 못했다. 집에서 살림하는 주부가 정리를 배우러 간다는 게 한편으론 창피했다. 고심 끝에 수업을 등록했다. 그리고 생각했다. 혼자 조용히 배우고 와야겠다고.

첫날 30분 가까이 지각을 했다. 시간을 착각했던 탓이다. 큰 강당이 꽉 차 있었다. 앞부분을 놓친 아쉬움도 잠시, 의아했다. 정리와 관련한 내용은 하나도 없다. 이내 '정리 정돈 전문가'라는 직업인을 양성하는 교육 과정임을 깨달았다. 직업이 갖는 의미와 직업을 대하는 자세에 관한 교육으로 첫날 수업이 끝났다. 취소할까 하는 생각도 들었지만, 강의 내용이 제법 흥미로웠다.

콘텐츠 크리에이티브

평균수명은 길어지는데 평생직장은 사라지고 있다. 앞으로 한 개인은 일생을 통틀어 6~9개의 직업을 경험한다고 한다. 직업이 가지는 의미도 확장된다. 특히 중년 이후에 가지는 직업은 경제적 보상도 주지만 삶의 활력을 제공한다. 사회적 활동을 통해서 시간을 더 의미 있게 사용하고 정신적, 육체적 건강을 유지할 수 있다.

앞으로 이웃의 필요를 채워줄 수 있는 직업에 대한 수요가 커진다고 한다. 선생님이나 약사, 의사처럼 특별한 자격이나 경력이 없어도 괜찮다. 음식을 만드는 것, 화초를 가꾸는 것, 심부름을 해주는 것, 애완견 산책을 시켜주는 일 등 일상의 평범한 일들도 직업이 될 수 있다. 정리 전문가도 그런 직업 중 하나다.

나는 사회생활 경험이라고는 전혀 없는 전업주부였지만 아이들이 성장하고 시간적 여유가 생겼을 때, 일을 하고 싶다는 소망은 있었다. 그러나 마음뿐이었다. 뚜렷한 목표나 구체적인 계획, 준비도 없었다. 한 번 들어 볼까? 혹시 언젠가 써먹을 수도 있지 않을까? 정리 정돈 전문가가 되어야겠다는 마음보다는 이 과정을 통해서 직업의 세계를 간접적으로라도 경험해 보고 역량을 키워보고 싶다는 생각이었다.

요즘은 정리 전문가라는 직업을 모르는 사람이 거의 없다.

마음만 먹으면 가까운 곳에서 배우고 자격증을 딸 수 있다. 정리 전문가 자격을 얻기 위해서 보통 두 단계의 과정을 거친다. 첫 과정에서는 이론 위주의 수업을 하고 두 번째 단계에 들어서야 현장 실습수업을 한다. 내가 들은 수업은 그 두 단계의 과정이 하나로 통합된 과정이었다. 덕분에 현장실습을 일찌감치 경험할 수 있었다.

첫 실습은 어느 가정의 안방 옷장이었다. 보통의 가정에서 만날 수 있는 흔한 모습이었다. 특별히 지저분하거나 엉망도 아니었다. 그러나 반나절이 지난 후에 마주한 옷장은 신세계였다. 옷걸이에 걸어야 할 옷과 개어서 보관할 옷을 나누어 정리했다. 같은 겨울 재킷도 패딩은 패딩끼리, 모직 코트는 모직 코트끼리 나누어 자리를 잡아 주었다. 바지도 계절별로 용도별로 분류했다. 와이셔츠도 색을 맞추어 걸었다. 가지런히 정돈된 옷장은 보고 또 봐도 좋았다. 한눈에 쏙 들어온다. 누구라도 쉽게 찾아 입을 수 있다. 특별히 옷을 많이 비워내지도 않았다. 그런데 옷장 한 칸이 빌 정도로 여유가 생겼다. 가슴이 뻥 뚫리는 기분이었다. 실습한 우리가 감탄했다. 고객도 흡족해했다.

정리 수업을 들었다고 하루아침에 우리 집이 변신하지는 않았다. 백수가 과로사한다는 우스갯소리가 있다. 전업주부들의

콘텐츠 크리에이티브

하루도 바쁘다. 날마다 반복되는 생활에 우리 집 정리는 뒷전이었다. 하지만 과제 제출은 해야 했다. 몇 군데 정리하지 않을 수 없었다.

우리 집은 얼핏 보기에는 깔끔해 보였다. 옷장 문을 열면 사정이 다르다. 빼곡히 걸린 옷은 큰 분류는 되어 있지만 옷을 찾으려면 한참을 뒤적거려야 했다. 주방 서랍에도 배달 음식 쿠폰과 빵 끈이 굴러다녔다. 과제 덕에 주방 서랍과 냉장고, 내 옷장을 정리했다. 의외로 배운 것을 써먹는 재미가 있었다. 옷장 문을 열 때마다 기분이 좋았다. 금방 찾고 금세 돌려놓을 수 있다. 현장실습을 하고 오면 고단했지만, 얼른 우리 집도 정리하고 싶어졌다. 식구들 옷장이며 수납장을 한 곳 한 곳 정리하기 시작했다. 가족들이 눈치를 채기 시작한 것은 각자의 옷장 안이 바뀌고 서다. 이때만 해도 나도 가족들도 나의 사회 진출은 예견하지 못했다.

정리 정돈 전문가로서의 첫 경험도 우연히 찾아왔다. 선배 부모의 장례식장에서였다. "호증씨, 컨설팅 참여 한 번 해보지 않을래요?" 갑작스러운 제안이었다. 주말 이틀을 나가야 하는 작업이었다. 선뜻 내키지는 않았지만, 내가 닮고 싶은 선배의 제안이었다. 일단 한번 해 보자. 그날은 기억에 많이 남는다. 처음이어서가 아니다. 배출이 역대급으로 쏟아졌기 때문이다. 오래된 짐도 많았다. 고객과 자녀들, 시모와 이미 돌아가신 조부모, 4대의 짐이 나왔다. 폐기물을 수거하기 위해서 1톤 트럭이 두 번을 다녀갔다. 하지만, 그만큼 작업이 끝나고 나서의 성취감도 컸다. 게다가 정리를 의뢰한 고객도 참여하는 전문가들에 대한 배려가 남달랐다. 이전에도 현장에 참여한 적은 여러 번 있었지만, 정식으로 전문가 대우를 받으며 일한 것은 처음이었다. 고된 작업이었지만 내게 자신감을 심어주는 계기가 되어 주었다. 이 경험은 나를 정리 전문가의 길로 성큼 들어서게 했다.

우연히 시작한 정리 정돈 전문가 과정, 우연히 시작한 사회 활동. 작은 날갯짓이 여기까지 이어질 줄 몰랐다. 시작은 우연이었지만, 그 길을 계속해서 가는 것은 나의 선택이었다. 나는 내가 선택한 이 일을 사랑하기로 마음먹었다.

책을 만들며 생산자의 삶을 시작하다

송 진 설
풍요작가

내 인생 절반은 그림책 선생님이었다. 좋아하는 일이며 의미 있는 일이다. 그림책을 읽어주고 나서 아이들이 나만의 이야기를 꺼낼 수 있도록 도왔다. 어렵지 않게 경험과 생각을 쓰고 그려냈다. 그림책 이야기를 바탕으로 자신의 이야기를 찾아냈기에 수월한 듯했다. 이야기가 또 다른 이야기를 만들어낸다. 종이 위에 새로운 세상이 펼쳐지는 순간이다.

아이들의 일과가 비슷하기에 일상에서 겪는 감정들도 다양하지 않을 것이라 생각했다. 글 속에 풀어낸 감정들은 각양각색이었다. 모두 각자의 존재로 살아간다는 것이 느껴졌다. 아이들의 글을 보면 상황이 떠오른다. 마음까지 느껴진다. 글에 그림이 더해지니 더욱 공감이 된다. 나 혼자 보기에 아쉬운 마음이 들 정도였다. 멋진 작품이었다. 한 권의 그림책으로 제작해 출간해도 되겠다. 아이들은 예비 그림책 작가였다.

학기가 바뀔 때면 그림책 수업을 중단하는 아이가 있다. 수업 때마다 밝게 웃고, 작업 내내 힘들다는 말 한마디 없었다. 경험을 회상하는 시간에는 그때로 돌아간 듯 들떴다. 잊고 있던 추억이 떠올라 좋아했다. 신나 하며 재밌다 말할 때는 뿌듯한 마음이 들며 가슴 벅차기까지 했다. 하지만 공부를 위해 그림책 만들기 수업을 중단해야 하는 아이들을 볼 때면 마음이 좋지 않았다. 현실이 그러니 어쩔 수 없는 노릇이었다. 그림책 선생님으로 자부심을 느꼈던 날들에 회의감이 몰려왔다.

1인 출판사를 등록했다. 아이들의 정성 가득한 글이 종이 낱장으로 남겨지지 않도록 책으로 묶어내고 싶은 마음에서 출발했다. 우리 집만 해도 그렇다. 아들과 딸이 연필을 잡을 수 있을 때부터 종이 위에 그렸던 그림을 소중하게 모아두었다. 볼 때마다 그때의 감동이 전해져서 흐뭇한 마음이 든다. 삐뚤빼뚤 모양이 일그러진 그림이다. 내 아이만이 그릴 수 있는 그림이었다. 꼬불거리는 글자로 이야기도 쓰여 있다. 가만히 보고 있으면 그저 좋았다.

그림에 아이의 생각을 더 하면 그림책이 된다. 어린 시절에 그렸던 그림을 그림책으로 출간하면 어떨까? 의미와 가치로 본다면 어떤 보물보다 귀하게 여겨지리라 생각한다. 종이 위에 쓰고 그렸던 시간이 더욱 값진 시간으로 남게 된다.

아이들에게 그림책을 읽어주기 시작하며 출판사에 관심을 가졌다. 출판사마다 일관된 결이 있었다. 그림책을 펼치기 전에 먼저 확인하는 습관까지 생겼다. 책의 분위기를 상상해 볼 수 있기 때문이다. 책에 있어, 글 작가와 그림 작가만의 역할이 있을 거라 생각했었는데 아니었다. 이후로는 출판사의 역할과 비중을 실감하게 되었다.

나에게 질문한다. '어떤 출판사를 만들고 싶은가?' 책 속에 아이들의 순수한 마음을 표현할 수 있길 바란다. 글과 그림에 따뜻한 마음도 담아내고 싶다. 어린이 작가에게는 새로운 경험이기도 하고, 도전이기도 하다. 어른에게는 순수한 감성을 느낄 수 있는 책을 만날 수 있게 해주는 다리가 되고 싶다.

책을 만드는 일은 의미 있고 가치 있는 일이다. 당당하게 1인 출판사의 길을 걸어가겠다고 각오했다.

2022년 딸의 그림책을 출간했다. 주인공은 반려견 하랑이다. 시은이는 강아지와의 일상을 떠올리며 글을 쓰고 그림을 그렸다. 작업하는 동안 즐거워했다. 행복한 시간이었다. 글과 그림은 제작을 위해 포토샵과 인디자인 프로그램을 이용해서 편집했다. 제작소에 넘겨 인쇄와 제작을 진행했다. 자비출판이라 여러 과정을 직접 해내야 했고, 많은 비용도 들었다. 한 권의 그림책이 세상으로 나와 독자에게 닿기까지 많은 수고와 비용이 드는 걸 체감했다. 다음 그림책 제작에 나서려니 부담이 컸다.

꾸준히 그림책 만들기 경험을 쌓길 바랐다. 큰 비용을 들이지 않더라도 글과 그림이 하나의 작품으로 완성되어 아이들이 뿌듯해하길 원했다. 답은 '나만의 그림책 만들기'였다. 소장용 그림책은 말 그대로 출간되지 않는 그림책이다. 국립 중앙도서관에서 발급해 주는 isbn 코드가 없기에 판매할 수는 없다. 그림책을 제작해 보는 것에 의의를 두면 충분히 의미 있는 일이 된다.

'나만의 그림책 만들기' 과정이 주는 의미를 세 가지로 본다.

첫째, 자기 경험을 되돌아보며 그때의 감정을 글과 그림으로 표현한다. 의미 있던 시간을 되짚어 보고, 잊고 있던 감동을 다시 느껴 본다.

둘째, 문장력과 미술 표현 능력이 향상된다. 그림책은 마음을 충분히 담고 있다. 다른 문학도 마찬가지겠지만 그림책은 더욱 그렇다. 그림책 작업을 하면 감정을 언어로 표현하는 능력이 향상된다. 생각을 그림으로 나타내며 표현의 한계 또한 뛰어넘을 수 있다. 다양한 기법과 표현들로 미술적 감각도 키운다.

셋째, 무엇보다 자존감이 높아진다. 제작한 그림책은 판매용 그림책과 형태가 같다. 도서관이나 서점에서 보았던 그림책의 모습이다. 도화지에 그림을 그려 보관하는 것보다 책으로 제작해서 간직할 때 감동이 더욱 크다.

콘텐츠에 대한 이해가 부족했었다. 가야 할 방향이 잡히지 않았다. 부족함을 채우기 위해 무작정 소비자의 삶을 살았다. 콘텐츠의 가치를 느끼고, 나만의 이야기가 가지는 의미를 알게 되며 나는 달라졌다. 비로소 생산자의 삶이 시작된다. 내 삶의 방향도 보인다.

내 안에 깃든 재능을 찾고 콘텐츠와 연결한다. 무궁무진한 콘텐츠를 기획할 수 있다. 무엇보다 중요하게 여기는 것은 타인을 위해 무엇을 줄 수 있는가. 세상을 위해 무엇을 기여할 수 있는가이다.

추구해야 할 저작물에 대한 답을 찾았다. 책이라는 콘텐츠로 가치 있는 일을 펼쳐 내려한다.

새벽 기상 모임을 시작하다

원효정
부자마녀

"부자마녀님, 도와주세요."

댓글이 달렸다. 마음이 아렸다. 손잡아 주고 싶었다. 땅속 깊이 처박혀 올라오지 않던 자존감에 고개 푹 숙인 예전의 내가 보였다.

2019년 1월. 한창 꿈을 찾아 헤매고 있었다. 휴대폰 사진첩을 보다가 우연히 잔뜩 화가 나 당장이라도 아이들을 잡아먹을 것 같은 내 모습을 발견했다. 막둥이가 몰래 찍었나 보다. 한때

콘텐츠 크리에이티브

는 나도 꿈 많은 소녀였건만 언제부터 삶에 찌든 내 모습이 된 건지. 꿈이란 단어를 네이버에서 찾아보다가 3P 바인더의 꿈 리스트와 연결되었다. 또 '미라클 모닝'이라는 단어가 보였다. 어떤 이는 '지금부터라도 블로그를 해야 한다'라고 했다. 나에게도 '블로그'란 게 있었다는 것을 그때 처음 알았다. 글쓰기 버튼이 어디에 있는지도 모르던 때였다. 내 블로그에 들어가 보니 2010년의 내가 이미 몇 장의 사진을 올리고 짤막한 글을 쓰기도 했더라. 비공개도 많았고 몇 개 쓰다 말았지만!

겨우 글쓰기 버튼을 누르고 들어가니 하얀 바탕 위에 커서만 깜빡였다. 무슨 글을 써야 할지 몰라 난감했다. 때마침 읽고 있던 《미라클 모닝》 책 표지사진을 올리고 딱 두 줄을 적었다.

> "내일부터 미라클 모닝 시작!
> 잘할 수 있겠죠? 잘할 수 있을 거라 믿습니다."

검색해서 찾은 체크리스트를 출력했다. 새벽에 일어나 한 일에 동그라미 치고 사진을 찍었다. 더 잘하고 싶어 '미라클 모닝 잘하는 법'을 검색했다. 그러다 꿈을 찾아준다는 한 프로젝트에 마음을 빼앗겼다. 4주 과정에 20만 원의 거금을 내야 해서 잠시 고민했지만, 가슴이 뛰었다. 사람에 상처받아 세상을 향해 담쌓고 살던 나였다. 매사에 의심 많던 내가 온라인으로, 그것도 심지어 잘 알지도 못하는 사람의 글만 보고 덜컥 거금을 내고 신청하다니!

리더는 꿈을 찾기 위해서라도 블로그를 해야 한다고 했다. 기왕이면 잘하고 싶었다. 눈뜨자마자 '타임 스탬프'로 깜깜한 방 천장 사진을 찍었다. 4주 동안 새벽의 기록을 블로그에 올리는 게 과제였다. 책을 읽고 필사한 사진과 간단한 설명을 블로그에 올렸다. 함께하는 이들과 소통하며 4주가 흐르다 보니 '이런 세상도 있구나!'하는 생각에 신이 났다. 4주로 끝내긴 아쉬웠다. 혼자 하면 또 흐지부지될 것 같았다.

프로젝트에서 알게 된 다꿈스쿨 청울림 대표의 '자기 혁명캠프' 수업에 바로 이어서 참여했다. 수업 중 지금 당장 팔 수 있는 것들을 적어보라고 했다. 없었다. 기껏 생각한다는 게 자장면만 떠오를 뿐. 씁쓸했다. 웃음, 시간, 경험, 글 등 함께 참여하는 사람들은 듣도 보도 못한 답을 내놨다. 세상에는 눈에 보이지 않는 다양한 것을 팔고 있고 너무 작은 세상만 보며 살아왔다는 생각이 들었다. 번개를 수십 번 맞은 듯했다. 청울림 대표는 수업에서 생산자의 삶을 살기 위해서 지금 당장 할 수 있는 게 블로그라고 했다. '블로그? 나 4주 동안 하던 거잖아! 생산자의 삶, 그거 나도 할 수 있는 거였네?' 엉덩이가 들썩여 가

콘텐츠 크리에이티브

만히 있을 수가 없었다.

　과제 제출을 위한 글을 쓰던 블로그에 새벽마다 하던 일에 대하여 생각을 담아 글을 썼다. 새벽 3시에 일어나는 이유, 오늘 책을 읽으면서 들었던 내 생각, 감사 일기를 쓰니 어떤 마음이 들었는지 등 각각의 이유를 적기 시작했다. 내 글에 내 생각을 담으니 그 글은 또 하나의 내가 된다. 온라인 세상에 자연스럽게 내세운 나의 페르소나, 부자마녀는 또 하나의 '나'였다.

　내 생각을 글로 쓰려니 글감이 바닥을 보였다. 자연스레 과거로 눈을 돌렸다. 오늘의 내 모습은 어제까지의 내가 만들어 낸 결과물이기 때문이다. 과거의 내가 걸어온 길 끝이 현재 내가 서 있는 곳이기 때문이다. 엄마로서의 나, 중국집 여사장으로서의 나, 인간 '원효정'으로써의 나. 각각의 역할이 지녔던 과거의 이야기는 달랐다. 그때의 나에게 지금의 내가 하고 싶은 말을 하기 시작했다. 그 당시 아쉬웠던 부분, 지금이라면 이렇게 할 것 같다는 조언, 상황에 맞는 책 등 하나하나 짚어가며 글을 썼다.
　내 글을 읽은 사람들이 댓글을 달아 공감해 주고 질문을 하기 시작했다. 오지랖이 발동해 지나칠 수가 없었다. 그러지 말라는 답변을 적기도 했고 나도 했으니 충분히 할 수 있다고 응원하기도 했다. 나는 당신보다 더 심한 상황이었는데도 지금 정신 차리고 달라지려 하고 있으니 우리같이 해보자고 달래 보기도 했다. 매일 글을 쓰니 자주 댓글을 주고받는 이들이 생겨났다. 자연스레 익숙한 닉네임을 가진 사람들이 보였다. 친해지기 시작했다. 직접 만나지 않아도, 또 얼굴을 몰라도 글을 통해 친해질 수 있다는 사실이 놀라웠다. 그러다 제법 친해졌다고 생각한 사람이 '부자마녀님, 도와주세요.'라며 댓글로 도움을 요청했다.

절실히 달라지고 싶었다. 더 이상 이렇게 살고 싶지 않았다. 정작 그때의 내 주변에는 아무도 없었다. 뭘 어떻게 할 수 있겠느냐며 살던 대로 살라는 말뿐이었다. '지금 내가 알게 된 것을 그때의 나도 알았다면 어땠을까'에 대한 아쉬움이 있던 차에 보게 된 '도와주세요.'라는 댓글. 더 이상 그 사람의 문제가 아니었다. 예전의 내가 지금의 나에게 건넨 손이었다. 덜컥 도와줄 테니 같이 하자는 댓글을 달았다. 1주일 뒤에 내가 뭐라도 만들어서 같이 해보자는 글을 올릴 테니 꼭 함께하자고 약속했다. '새벽마음정원 가꾸기 1기 모집합니다.'라는 제목의 글을 썼다. 새벽마음정원가꾸기(이하 새마정)란, 새벽마다 하던 일을 매일 올리던 내 글의 제목이기도 했다. 무료로 하면 예전의 나처럼 시작만 해놓고 중간에 포기할 것 같아 참여비 1만 원을 받기로 했다. 보증금도 만들었다. 지각 혹은 결석하면 벌금도 있어야 긴장해서 열심히 할 것 같았다. 글을 써놓고 막상 올리려니 겁이 덜컥 났다. 무슨 일을 할 때면 늘 그렇듯 나 스스로를 검열했다. 게다가 돈을 받으면 그 순간 내 책임이 더 커지니 부담감도 확 밀려왔다.

　'내가 뭐라고······.' '이제 시작한 지 3개월도 채 되지 않았는데 뭘 안다고······.' '대단한 사람도 많은데 내가 뭘 어쩌겠다고······.' 써 둔 글을 비공개로 해둔 채 생각은 동굴을 파고 들어갔다. 웅크린 채 고민만 하던 나를 움직이게 한 것은 다름 아닌 '도와달라'는 처음의 댓글이었다. 더군다나 약속했기 때문에 지켜야 했다. 비단 그 사람이기 때문만이 아니었다. 예전의 나를 위해서이기도 했다. 약속한 1주일이 되자 눈 딱 감고 공개로 전환했다. 심장은 요동을 쳤다. 과연 누가 오기라도 할까 잔뜩 겁을 집어먹었다. 아무도 안 오면 창피할뿐더러 나 자신에게 실망할 것 같았다. 괜히 사고 쳤다는 생각에 슬며시 글을 지울까 고민했다. 순간 1명, 2명 신청 댓글이 달렸다. 겁이 덜컥 나서 마감해 버렸다. 5명이었다. 정작 도와달라는 사람은 신청하지 않았다. 나름 큰 용기를 냈는데 1주일을 고민한 내가 허무해져 왜 신청을 안 했는지 물었다. 자신이 없다는 말에 도망가지 말고 나와 함께 해보자고 끌고 왔다. 신청한 5명 중 1명이 취소하고 끌고 온 한 사람까지 5명이 새마정 1기를 시작했다.

새벽마다 하던 일을 글로 썼고 그 글의 제목이 새벽 기상 모임의 이름이 되어 세상 빛을 봤다. 내 글이 쌓여 만든 5명의 참여비 5만 원. 생산자의 삶을 살기 시작한 첫 발자국이었다. 얼굴도 모르는 누군가를 위해 용기를 낸 첫 시작점이자, 세상에 담쌓고 살며 세워둔 마음의 벽을 내 손으로 깨던 순간이었다. 내 삶의 틀을 깨고 싶어 발버둥 쳤으나 내가 세운 벽이었음에도 내가 깨지 못했던, 그토록 단단한 벽이 단 3개월 만에 깨졌다. 내 생각과 경험을 글로 쓰기 시작하면서.

절실함, 세상 밖으로의 시작이었다

이 세 나
열정루비

첫 아이가 다섯 살 무렵, 키즈카페 사업에 도전했다. 내 뜻대로 되지 않았다. 6개월이 지나가도 수익이 생기지 않았다. 손님은 오지만 고정비 지출이 워낙 많았다. 사장은 월급 한 번 못 가져가고 직원들만 돈 벌어가는 가게였다. 엎친 데 덮친 격으로 '메르스'라는 전염병까지 유행하니 암담했다. 키즈카페에서 들려야 할 아이들의 소리는 들리지 않았다. 사람들이 오지 않는 가게 입구만 쳐다보고 있으니 앞이 캄캄했다. 매일 늘어나는 마이너스 통장의 숫자가 무서워졌다. 정리하고 싶은 마음이 간절했다. 하늘이 도왔을까. 둘째가 찾아왔다. 아이를 핑계 삼아 가게를 정리하기로 했다. 내 손에 남겨진 앞으로 갚아야 할 돈들을 보니 다 내 잘못 같았다. 마음이 무거웠다. 당분간은 아무것도 생각하지 않고 아이 키우는 엄마로만 살고 싶었다. 천사같이 예쁜 둘째 딸 키우기에 전념하다 보니 기억이 조금씩 지워졌다. 평생 잊고 살라는 듯, 셋째 아이도 태어났다. 나는 생각지도 못한 삼 남매 엄마가 되었다.

막내가 태어나기 전만 해도 남편 혼자 벌어오는 월급이 크게 불편하지는 않았다. 부족하면 부족한 대로 아끼고 안 쓰면 나름 살만했다. 5인 가족이 되고 나서 상황은 달라졌다. 아이 한 명 차이가 이리도 클 거라고는 생각지도 못했다. 불안했다. 남편 혼자 벌어서 얼마나 버틸 수 있을까. 아이들이 커갈수록 쓰는 돈은 늘어날 게 뻔했다. 게다가 아직 갚지 못한 빚도 많았다. 더 이상 외벌이로만 살 수 없다는 생각에 일자리를 찾기 시작했다. 어린아이 셋을 키우면서 할 수 있는 일을 찾으려고 하니 현실은 냉정했다. 출근하려니 아이들이 마음에 걸렸다. 어린아이 셋을 키운다고 하니 선뜻 출근하라는 곳도 없었다. 할 수 없이 집에서 할 수 있는 일로 눈을 돌렸다. 주변 엄마들이 부업을 찾아 헤매던 이유가 백번 이해되었다. 내 상황을 알게 된 지인들이 여러 가지 부업을 권해 주었다. 8개월 아기를 키우다 보니 그마저도 녹록지 않았다. 첫째 아이 영어학원비 20만 원이라도 벌고 싶었는데 그조차도 허락되지 않았다. 할 수 없이 더 아끼는 수밖에 없었다.

　더 아끼려고 하니 아무리 찾아도 식비 말고는 보이지 않았다. 이미 줄일 데로 줄인 상태였다. 식비로 20만 원 줄이면, 그게 돈 버는 일이라고 생각했다. 무조건 안 먹고살 수는 없으니 현명하게 아끼는 방법을 배우고 싶었다. 김유라 작가가 운영하는 '가계부 다이어트' 모임에 참여했다. 하루 만원으로 집 밥하며 사는 게 목표였다. 쉽지 않았지만, 선택지가 없었기 때문에 도전하기로 했다. 냉파와 집밥을 하면서 하루 밥상을 인증했다. 오르는 물가에 하루 만원 살기는 쉽지 않았다. 특히 하루 예산을 지키느라 아이들이 먹고 싶은 간식을 사주지 못할 때 참 미안했다. 김유라 작가는 집 밥하며 아낀 내 이야기를 블로그에 적으라고 했다. 자신이 블로그에 글을 써서 알려졌고 내가 쓴 글이 돈이 될 것이라고 이야기했다. 그녀가 했으니 나도 할 수 있겠다 싶었다. 미라클모닝, 집밥, 아이들과 놀러 갔다 온 이야기 등 내 경험이 담긴 이야기를 블로그라는 하얀 도화지 위에 차곡차곡 적어 내려갔다. 어떻게 써야 하는지도 모른 채 그냥 쓰기 시작했다. 잘 쓴 글은 아니었지만, 읽기 편하고 재미있게 쓴다는 댓글이 달렸다. 방문자 수가 늘어날 때마다 신나서 더 열심히 글을 썼다. 얼마 지나지 않아 블로그 글로 수익이 생겼다. 강사의 말처럼 글이 돈으로 바뀌는 경험을 하게 되었다. 얼마나 신기하던지. 내 글을 더 많은 돈으로 바꾸고 싶어졌다. 어떻게 하면 더 많은 사람이 내 글을 볼 수 있는지 공부하기 시작했다. 자연스레 상위노출과 글쓰기 공부로 연결되었고, 그에 따른 수익도 과자값에서 치킨값으로 늘어났다. 생활비를 더 아낄 방법을 발견했다. 외식, 여가생활, 생활용품 등 직접 이용한 후기를 내 블로그에 올리는 '체험단'에 응모하는 것이다. 노출이 잘되는 블로그를 운영하면 당첨 확률이 높아졌다. 꾸준히 써왔던 글 덕분인지 쉽게 당첨됐다. 화장품, 음식점, 세제, 건강식품, 펜션, 미용실 등 체험단으로 아낀 금액을 액수로 환산해 보니 100만 원이 넘었다. 내 모습을 보고 '체험단 하는 방법'에 대해 강의해 달라고 요청하는 사람들이 생겨났다. 틈틈이 강의안을 준비했지만, 세상에 꺼내지 못했다. 남을 통해 배운 내용을 내 것처럼 강의하면 안 된다고 생각했다. 생산자의 첫 시작이 될 수 있었던 기회를 놓아 버린 셈이었지만 글쓰기 하나로 예전과는 다르게 살 수 있어 마음이 든든했다. 이후에도 업체를 홍보하는 기자단, 상위노출 아르바이트 등 여러 온라인 부업으로 연결되었다. 일자리를 찾아다녔지만 거절당했던 나였다. 하지만 온라인에서는 나를 환영해 주었고 내가 삼 남매 엄마라는 점을 더 대단하게 봐주었다. 살 맛 나는 곳이었다. 조금 더 욕심이 생겼다. 수익을 만들다 보니 나보다 앞서가는 사람들이 눈에 보였다. 온라인 세상에는 본인이 가진 경험과 지식을 판매하는 사람들이 많았다. 남을 위한 일 말고, 내 일을 만들고 싶었다. 내가 일하지 않아도 나 대신 일해 줄 수 있는 시스템을 만들고 싶었다. 고민하며 내가 잘하는 일을 적었지만 그럴듯한 아이템이 없어 보였다. 딱히 잘하는 일이 없었다. 그러던 중 우연히 스마트 스토어를 알게 되었다. 잠자는 동안에도 주문이 들어온다는 말이 귀에 쏙 들어왔다. 유튜버 '신사임당'의 〈창업 다마고치〉라는 영상을 사흘 밤을 새워가며 보았다. 상품 하나만 제대로 올리면 그 상품이 나를 위해 일하는 시스템. 내 노동력은 반 이상 줄어들고 수익은 생기는 정말 매력적인 일이었다. 공부할 게 많아 보였지만, 다행히도 블로그와 결이 비슷한 스마트 스토어였다. 막상 시작하려고 보니 키즈카페를 폐업한 예전 기억이 떠올라 두려웠다. 또 같은 경험이 반복될까 무서웠다. 하나하나 알아보니 키즈카페와는 달리 큰 자본이 드는 것도 아니었다. 내가 할 수 있는 일이다 싶었다. 해야 할 일 같았다. 사업자 등록증도 있으니 한 번 해보자 무작정 덤벼들었다. 스마트 스토어는 그동안 온라인 세상에서 배워온 모든 것의 집합이었다. 배운 대로 적용하니 주문이 들어오기 시작했다. 부업이라고 생각했던 일이 어느새 사업으로 바뀌었다.

온라인 셀러 3년 차, 경험치가 쌓이니 주변에서 강의 요청하는 일이 생겼다. 내가 가진 경험과 지식을 판매하는 일을 나도할 수 있게 된 것이다. 쇼핑몰 수익과 더불어 스마트 스토어 정규강의라는 또 다른 파이프라인의 수익이 생기고 있다. 아쉬움과 절실함. 더 나은 삶을 바라는 간절함이 생산자의 삶으로 연결되었다. 간절함이 없는 꿈은 희망 사항에 불과하다는 탈무드의 명언처럼, 앞으로도 이루고 싶은 꿈을 향한 간절함을 놓지않으려 한다. 단순히 돈만 많이 버는 장사꾼은 싫다. 나와 비슷한 처지에 있는 다른 사람들에게 꿈과 용기를 줄 수 있는 '진짜생산자'가 되길 꿈꾸어 본다.

나는 반짝이는 삶을 살기로 했다

이영림
행복멘토세전

직장에 다니며 대출 없는 집, 중형차, 연봉만큼의 현금 보유, 이 정도면 괜찮은 삶이라고 생각했다. 편안한 현실에 안주하며 살았었다. 한 달이라는 시간이 지나면 꼬박꼬박 나오는 월급. 무엇을 딱히 하지 않아도 시간이 지나면 부자가 되는 줄 알았다. 돈에 대해서는 무지하게 살았다. 오백을 벌어 육백을 쓰고 인생에 계획 따위는 없었다. 부자가 되고 싶었다. 그저 하루하루를 살아갈 뿐이었다. 하루살이 인생. 커가는 아이들을 바라보면 가슴이 답답해졌다. 하루가 다르게 들어가는 교육비와 생활비가 만만치가 않았다. 불안한 마음을 애써 모르는 척

했지만 이제 더는 안되겠다고 생각했다. 안정된 노후와 내 돈, 내 아이들의 미래를 지키려면 나는 이전과는 다르게 살아야 했다. 돈을 벌고 싶었다. 방법을 몰랐다. 재테크에 대한 강의는 다 기웃거렸다. 행복하게 살고 싶어서 돈! 돈! 돈만을 쫓아다녔다. 강의만 들으면 금방 부자가 될 줄 알았다. 행복하지 않았다.

내 삶이 행복하지 않은 이유가 돈이 없어서인 줄 알았다. 아니다. 모든 건 내가 문제였다. 남편에게 매일 돈타령이었다. 들어오는 수입은 정해져 있는데 씀씀이는 줄이지 않은 내 탓이었다. 사고 싶은 것은 일단 샀다. 워킹맘으로 살며 전쟁 같은 육아와 집안일에 지친 나를 위한 보상이라고 생각했다. 하고 싶은 거, 사고 싶은 건 왜 그리 많은지, 돈이 없으니 매일 한숨과 짜증이 늘어만 갔다. 사랑해서 결혼한 남편에게 뱉어내는 나의 차가운 말과 행동들이 우리 두 사람 사이를 멀어지게 했다. 불행의 원인이 돈이 아니라 나라는 사실을 얼마 전에 깨닫고는 미안해졌다. 나는 행복하게 살고 싶었다. 어떻게 사는 게 제대로 사는 건지도 몰랐지만 나는 제대로 살고 싶어졌다.

성공한 사람들은 미라클모닝을 한다. 새벽에 일어나 책을 보고 명상을 하며 자기만의 시간을 가진다. 기적이 일어난다고 한다. 그래 나도 한번 기적이라는 것을 만들자. 우연히 알게 된 부자 마녀의 새벽 마음 정원(이하 새마정). 호기심이 생겼다. 블로그와 카페 가입을 했다. 함께 새벽 기상을 하며 변화된 삶의 이야기로 가득했다. 삶을 다르게 살 수 있다는 기대감으로 가슴이 뛰었다. 46년을 살면서 하고 싶은 거 하나 없이 살던 나였다. 그냥 시간이 흘러가는 대로 어쩔 수 없이 끌려다니는 사람이었다. 그런 나와는 반대로 부자 마녀의 삶은 반짝이고 있었다. 하고 싶은 일을 하며 살아가는 모습이 행복하게 보였다. 자신이 세운 사명으로 다른 사람의 성장을 도우며 살아가고 있다고 한다. 자기의 삶을 주도적으로 끌고 가면서 말이다. 퇴근 후 밀린 집안일을 뒤로한 채 부자 마녀의 책부터 집어 들었다. 내 이야기다. 책 한 권을 단숨에 읽어 내려갔다. 책에서는 "나 또한 힘든 일을 겪으며 치열하게 살아냈으니 당신도 할 수 있다"라고 나에게 말하고 있었다. 내가 과연 부자마녀처럼 살 수 있을까?

행복하게 반짝이는 삶을 살고 싶었다. 방법을 몰랐다. 누군가를 붙잡고 힘들다고 말하고 싶었다. 지금 잘하고 있다고 애쓰고 있다는 말을 듣고 싶었다. 주위에는 아무도 없었다. 그때 부자 마녀를 만났더라면 조금만 아파하고 금방 툭툭 털고 일어날 수 있었으리라. 단단한 내가 될 수 있도록 힘을 실어주는 부자 마녀처럼. 다른 누군가의 행복한 삶을 응원해주는 1인 지식기 업가의 삶을 꿈꾸며 새마정 프리미엄을 신청했다.

22년 10월 고정된 월급이 아닌 또 다른 소득을 만들기 위해 새로운 도전을 시작했다. 돈 걱정하면서 소비자로 살던 내가 자유가 있는 삶을 위해 생산자의 길을 가기로 한 것이다. 꿈을 꾼다는 것만으로도 나는 벌써 행복해졌다. 더 큰 꿈을 꾸며 나는 인생의 전환점을 맞이했다. 힘든 사람을 도와주며 함께 성장하고 싶다는 마음 하나였다. 가진 것 하나 없는 내가 힘든 이들을 어떻게 도와줄 수 있을까? 깊은 고민을 하진 않았다. 나는 주저하다가 기회를 놓치고 싶지 않았다. 하고 싶다는 마음이 간절했기에 나는 행동했다. 해박한 지식을 아무리 많이 가지고 있어도 행동으로 옮기지 않으면 소용이 없다. 일단 시작부터 하라는 책의 글귀처럼 어떤 일을 시작할 때 완벽한 준비보다는 빠른 시도가 낫다고 말한다. 엉망진창의 힘이다. 나는 가진 것 없이 그렇게 생산자의 삶을 시작했다.

힘든 시간을 보내며 결심했다. 내 삶의 운전대를 바로 잡고 주도적인 삶을 살겠다고 말이다. 그러려면 다른 누군가가 아닌 내가 변해야 한다. "똑같은 일을 반복하면서 결과가 달라지기를

콘텐츠 크리에이티브

기대하는 것은 정신병 초기 증세다." 아인슈타인의 말이다. 이전과는 다르게 살고 싶다면 다른 방식으로 살아야 한다.

반짝이는 삶을 살기 위해 나에게 몰입할 수 있는 시간은 새벽 시간뿐이었다. 아이들이 나를 찾을 일이 없고 누구에게도 방해받지 않는 이른 새벽. 남들 잠자는 새벽에 일찍 일어나 책을 읽는다. 내 몸을 건강하게 만들기 위한 건강한 음식을 선택해서 먹는다. 체력을 기르기 위해 좋아하는 마라톤을 뛴다. 내가 하고 싶고 원하는 것에 집중하기 위해 생활을 단순하게 만들었다. 가장 확실한 투자는 자기 자신에게 하는 투자라고 한다. 지금의 나는 땅속에 묻혀있는 원석이다. 반짝이는 보석이 되기 위해 나만의 속도로 꾸준히 가고 있는 나를 응원한다.

내 인생은 어디에?

조은주
유쾌한 책글맘

전업주부 20년 차입니다. 전업주부, 사모님, '남편이 벌어다 주는 돈으로 사는 네가 제일 편한 줄 알아!' 이런 말을 들으며 살아왔습니다. 주변에 직장 다니는 엄마들을 보며 '좋겠다. 돈도 벌고 네가 쓰고 싶은 데에 쓸 수 있고'라고 말하면 그들의 대답은 항상 '남편이 벌어다 주는 돈으로 살림만 하면 좋겠다!'라는 답이 돌아오곤 했습니다.

양가 부모님께서도 '애 잘 키우는 게 남는 거야!'라고 말씀을 해주시기도 했습니다. 그래서 저는 아이 엄마로 전업주부로 사는 것도 괜찮은 삶이라고 스스로 다독이며 살아왔던 것 같습

콘텐츠 크리에이티브

니다. 그러나 주변에서 아이도 잘 키우고 회사에서 승진하며 멋지게 나이가 들어가는 주변 엄마들을 보면 부러웠습니다. 같이 애들 키웠는데 저에게는 남는 게 하나도 없는 것 같았습니다.

결혼 후 2년 만에 첫아이가 생기고 최선을 다해 키우겠다고 다짐했습니다. 뜨개질로 시작한 태교와 배 안의 아이에게 말을 많이 걸어 주라는 책의 내용을 보고 아무 대답도 없는 나의 배를 향해 말을 해가며 태교를 열심히 했습니다. 임신기간은 정말 행복했습니다. 가정일에 무관심하고 술과 친구가 우선인 남편 말고 진짜 내 편이 생긴 것 같아 외롭지 않고 든든했습니다. 어디를 가든 뱃속 아기와 함께였고 좋은 것만 보여주고 좋은 것만 들려주겠다며 다녔고, 늘 콧노래가 나오는 행복한 하루하루를 보내며 지냈습니다.

하지만, 아이를 낳는 순간부터 내 인생이 너무나 달라지는 것을 보고 충격을 받았습니다. 바로 어제까지 우아하게 원피스를 입고 배 내밀고 다녔는데, 출산을 하자마자 몸을 추스를 시간도 없이 병원에서는 바로 젖을 물려야 한다며 혹독한 젖 물리기가 시작되었습니다. 아이는 밤낮으로 울어댔습니다. 밤에도 잠을 잘 수가 없었습니다. 바로 하루 전만 해도 늦게까지 텔레비전을 보다가 편하게 잠들던 내 인생이 송두리째 없어졌습니다.

남편은 하숙생이었습니다. 남편은 육아와 집안일에 관심이 없었습니다. 그저 출근했다 들어오고, 출근했다 들어오고, 차려진 밥상에 와서 밥만 먹는 그런 사람이었습니다. 결혼 전 아들로서 살 때의 행동을 결혼 후에도 똑같이 하는 사람이었습니다. 육아의 고통을 하나도 알아주지 않는 남편이 미웠습니다. 아이를 키우면서 저는 그런 남편이 미워졌습니다. 아이를 낳고 저의 인생은 완전히 바뀌었는데 남편은 함께 하려 하지 않고 그저 남의 일이려니 생각하는 모습에 서운했습니다. 서운한 마음이 쌓이니 남편에게 향하는 말투가 이쁠 리가 없습니다. 옛날 엄마들이 '자식 때문에 살았다'라는 말이 점점 이해되었습니다. 그래서 저는 더더욱 아이에게 집중했는지도 모릅니다. 좋다고 소문난 교육기관으로, 유명한 학습지로 아이를 가르치고 데리고 다니는 엄마였습니다. 아이 교육을 핑계로 저의 우울감을 해소했던 것 같습니다.

첫 아이가 7살이 되고 둘째가 태어났습니다. 아이가 둘이 되면 남편이 조금은 바뀌려나 생각했지만, 남편은 똑같이 자기밖에 모르고 저만 두 아이 엄마가 되었습니다. 이제는 두 아이를 돌봐야 하는 두 배의 육아시간이 주어졌습니다. 6년의 터울이 지다 보니 둘이 한 번에 돌봄이 되지 않아 더 힘들었습니다. 힘든 만큼 남편에 대한 미움은 더더욱 커졌죠. 매번 남편과는

콘텐츠 크리에이티브

싸우고 부딪히기를 반복했습니다. 아이들에게 매번 싸우는 모습을 보이는 것이 미안했습니다. 지금 생각해 보면 너무 무심한 남편에게 '나 이렇게 힘들다 내 마음 좀 알아달라'고 하는 외침이었던 것 같습니다. 남편은 돈을 벌어온다는 것만으로 자기 할 일을 다 했다고 생각하는 고리타분한 사람이었습니다. 집에 들어오면 가족들의 안부를 묻기도 전에 밥을 달라는 사람이었죠.

2020년 코로나로 집안에 갇히게 되면서는 저는 가슴이 터져버릴 것 같았습니다. 가족들이 집에 함께 있는 시간이 길어졌습니다. 다행인 건 딸이 둘이라 우리 셋은 코드가 맞아 그나마 나았습니다. 그러나 소파와 한 몸이 되어 늘어져 있는 아빠까지 있는 주말이면 저는 너무 갑갑했습니다. 어느덧 코로나가 완화되면서 학원이 재개되었습니다. 언니와 여섯 살 차이 나는 둘째가 마냥 아기 일 줄 알았는데 어느새 커서 주말에도 학원에 가는 것입니다. 주말에도 술과 친구가 부르면 달려 나가던 사람이었는데 코로나로 조금 뜸해지니 집에 부부가 함께 있는 시간이 늘었습니다. 덩그러니 남편과 둘이 있는 집이 숨이 막혔습니다. 코드라도 맞으면 산책하러 가거나 둘이 바람이라도 쐬고 오겠지만 코드도 안 맞고 대화하려고 시도하면 싸움이 되니 그냥 각자 할 일을 하며 애들 오기만 기다리는 나날이었습니다. 그러다 생각했습니다. '나만의 공간을 만들자 집 말고 내가 혼자 편히 쉴 수 있는 공간! 나 혼자 책도 읽고 차도 마시고 휴식할 수 있는 공간! 그런 공간이 있었으면 정말 좋겠다'라고 생각했습니다.

신나는 마음에 검색에 들어갔습니다. 그리고는 바로 절망했죠. 그런 공간을 얻으려면 돈이 필요했습니다. 내 맘대로 자유롭게 쓸 수 있는 당당한 내 돈이 없다는 걸 아는 순간 이 나이 먹도록 뭐 했나? 싶고 서글펐습니다. 현재 가지고 있는 돈은 내 돈이 아니라 남편 돈이었던 것입니다. '당당한 내 돈이 있어야겠구나!'라고 생각했습니다.

우연히 자기 계발 관련 영상이 저의 유튜브에 떴습니다. 유튜브에 나온 그분은 새벽 기상을 하고 독서를 하니 부자가 되었다고 했습니다. '그래? 새벽에 일어나니 부자가 되었다고? 그럼 나도 해보자!' 그분의 이야기를 듣고 저도 무작정 새벽 기상을 하게 되었습니다. 새벽 기상을 시작으로 그분의 인생 책이라고 추천해주는 책으로 독서도 하게 되었습니다. 아침형 인간이 아닌 제가 새벽기상을 한다는 건 참으로 힘들었습니다. 혼자 하는 새벽 기상과 독서는 좀 외롭기도 하고 이렇게 하는 게 맞나? 싶은 생각이 들었습니다.

그러다 부자마녀의 새벽 마음 정원(이하 새마정)이라는 새벽 모임을 알게 되었습니다. 새벽 모임에 가입하면서 저의 자기 계발이 본격적으로 시작이 되었습니다. 새벽 모임을 시작으로 온라인 독서 모임도 하게 되었고, '3p 바인더'라는 플래너를 배워 시간을 견적 내서 쓰는 법도 알게 되었습니다. 새벽마다 식탁에 앉아있는 저를 보고 남편이 놀라기 시작했습니다. 부자마녀를 알게 되고 저의 인생이 점점 달라졌습니다.

도전과 경험이 콘텐츠다

정경희
행부원츄

부동산 초보인 나는 왕초보들을 도와주는 임장코칭마스터로 활동하고 있다. 2021년 자기 계발을 시작하면서 나의 닉네임 행부원츄는 탄생했다. 그해 겨울 빙판길에서 미끄러졌다. 한 발도 움직일 수 없었다. 병명은 대퇴부 골절. 뼈에 금이 갔다. 다행히 수술은 하지 않았지만, 절대적 안정 진단을 받았다. 움직이지 말라는 특명을 받고 6주간 침대 생활을 했다. 가만히 누워있는 건 고통의 시간이었다. 아무것도 할 게 없었다. 매일 핸드폰만 쳐다봤다. 웹서핑하고 넥플릭스를 봤다. 그러다 아이의 한마디에 정신을 차리고 독서를 하게 되었다. 독서는 지난 과거를 짚어주었고, 나의 인생을 송두리째 바꿔 놓았다.

책을 읽으면서 기록할 메모장이 필요했다. 블로그 강의를 들었다. 강의 동기들을 만나면서 현실의 주변 사람들과 완전히 다른 온라인 자기 계발러들을 알게 되었다. 열정과 도전으로 하루하루 의미 있게 살아가고 있었다. 나와는 완전히 다른 삶이었다. 매일 술 마시고 되는대로 사는 나에게는 충격이었다. 새벽을 지배하고 목표를 향해 배움의 길을 가는 사람들이 이렇게 많은지 몰랐다. 티브에 나올 법한 이야기들이 바로 내 가까이에 있었다. 도전하는 그들의 삶을 보면서 현실에 안주하고 살아온 나의 인생을 짚어보았다. 예전처럼 살고 싶지 않았다. 변화가 필요했다. 자기 계발을 하게 된 계기가 되었다.

나에게는 내 집 마련의 간절함이 있다. 지인들이 아파트 분양을 받으면서 부의 축적이 달라지는 것을 몸소 느꼈다. 그렇기에 집은 나의 로망이었다. 부동산 투자로 부자가 되고 싶었다. 부동산 전략독서와 강의 수강은 나도 할 수 있다는 자신감을 주었다. 목표가 분명해졌다. 2025년 100억 건물주. 부동산 투자로 돈도 벌고 월세 수입도 만들어 노후를 돈 걱정 없이 살고 싶었다. 자식들에게 손 내밀지 않고 늙어도 당당하게 용돈 줄 수 있는 부모로 남고 싶었다.

　인생을 바꾸고 싶다면 시간을 이전과 다르게 쓰고, 사는 곳을 바꾸고, 만나는 사람을 달리하라고 했다. 새벽 4시. 오로지 나만을 위한 시간을 가졌다. 강의를 들으면서 주변 사람이 바뀌게 되었다. 온라인 문화공간인 '엄마성장클래스', 어른들의 학교 '다꿈스쿨'에 가입했다. 그곳에서 사람들과 소통하고 참여하면서 사는 곳도 바뀌었다. 인생이 바뀌니 목표가 분명해졌다. 부동산 투자의 꿈은 삶의 나침반이 되었다. 월세 수입과 빌딩주의 목표를 이루기 위해 공부했다. 가리지 않고 수업을 듣고 독서를 했다. 부동산 기초, 상가, 경매, 신축, 창업 수업까지 들었다. 창업 수업은 1인 1과제로 창업 계획안을 제출해야 했다. 직장인으로 실질적인 창업은 무리가 있었다. 직장을 다니면서 할 수 있는 것을 찾아야 했다. 부동산 투자와 관련된 것을 찾았다. 임장. 부동산 공부의 기초인 임장이 절실할 때쯤 같이 갈 사람이 필요했다. 창업과제와 투자에 필요한 임장을 접목시켰다. 그렇게 행부원츄 임장스터디가 탄생했다. 다행히 임장에 관심을 가지는 분들이 있어 시작할 수 있었다.

　행부원츄 임장스터디는 3기까지 무난히 이어졌다. 매주 토요일 임장을 가고 일요일은 오로지 아이들과 시간을 보냈다. 점점 체력이 떨어졌고 힘에 부치기 시작했다. 스터디분들도 매주 시간 빼는 걸 어려워했다. 임장에 대해 고민할 때가 왔다. 계속할 것인가 그냥 접을 것인가. 지난 임장기를 떠올랐다. 여름철 땡볕을 가로질러 돌아다니면서 커피 한잔으로 세상 행복했던 순간들, 나의 임장 지도를 보면서 감탄하며 보던 스터디원분들의 시선, 감사하다는 고마움의 표현까지 잊고 싶지 않은 나의 소중한 자산이었다. 스터디를 계속해야만 하는 이유였다. 선택하니 방법이 보였다. 임장 프로그램에 변화를 줬고 스터디는 무난히 7기까지 진행했다.

임장스터디 운영하면서 축적된 나의 노하우와 경험, 지식을 살려 전자책을 썼다.

'행부원츄가 전해주는 초보자를 위한 임장 노하우 대공개'

전자책 플랫폼인 크몽에 네 번의 거절을 받고 드디어 승인이 났다. 자기 계발하면서 자신감이 생기고 하면 된다는 믿음이 생겼다. 예전 같으면 생각도 못 할 일이다. 작가라니. 작가는 신에게 선택받은 사람의 몫이라 생각했다. 주변에 작가는 없었으니깐. 자기 계발하고 주변 환경이 바뀌면서 내 옆에 작가들이 하나둘씩 생겨나기 시작했다. 이미 작가인 분들도 많았다. 주변이 바뀌니 글에 관한 생각도 바뀌었다. 글은 어려운 게 아니었다. 누구나 쓸 수 있었다. 시작하지 않을 뿐이지 마음만 먹으면 작가가 될 수 있다. 한 달 동안 글을 쓰면서 내가 가진 모든 노하우를 쏟아냈다. 전자책 투고는 그동안의 경험을 매뉴얼화할 수 있었다. 임장 스터디 운영과정이 정리되었다. 나의 경력에 저자라는 명함이 생겼고 확장하는 계기가 되었다.

현실에 안주하며 살던 나는 자기 계발을 통해 도전하는 삶으로 변화했다. 새벽 기상과 독서로 마음 근육이 단단해졌다. 자신감이 생기고 두려움이 없어졌다. 조금이라도 젊은 나이에 많은 일을 하고 싶었다. 경험은 자산이 되었고 나를 알리는 도구가 되었다. 도전, 경험, 나눔을 통해 임장스터디 리더, 전자책 2권, 전략독서 발제 영상을 만들었다. 콘텐츠의 확장은 생산자의 삶을 살게 해주었다. 도전과 경험이 있다면 누구나 할 수 있는 일이다.

위기를 기회 삼아 나를 찾다

최순주
진격의 최여사

맏이로 태어나 부모님에게 자랑스러운 딸이 되고 싶었다. 동생들을 잘 보살피며 믿음직한 맏딸로 자라왔다. 근면 성실한 친정아버지를 보면서 나 또한 누구보다 업무에 최선을 다했다. 인정받고자 매 순간 성실하게 근무했다.

36년간 한 직장을 다녔다. 28년 차 워킹맘으로 시간에 쫓기며 살아왔다. 직장과 가정에서 인정받고 싶었다. 가정주부로 살림도 잘하고 아이들도 잘 키우고 싶었다. 현모양처를 꿈꾸는 건 아니었지만 남편 내조도 잘하고, 모든 면에서 슈퍼우먼이 되고 싶었다.

직장에서 퇴근하고 집으로 돌아오면 집안일과 엄마의 손길을 그리워하는 아이들이 기다리고 있다. 한바탕 전쟁을 치르고 아이들을 재우면 밤 11시가 된다. 그리고 집안일이 시작된다. 소홀해지는 부분들이 보인다. 깔끔하게 정리정돈 되어 있는 집에서 여유롭게 책도 읽고 학교에서 돌아오는 아이들을 반갑게 안아주며 맛있는 간식도 만들어주고 싶었다. 워킹맘으로 최선을 다하지만 항상 미안하다.

가정주부로서 무책임한 사람처럼 느껴진다. 당당하고 싶지만 어느 것 하나 당당하지 못하다. 워킹맘인 나는 왜 당당하지 못하는가?

직장에서는 맡은 일에 대해 누구보다 자부심을 가지고 최선을 다했다. 책임감과 성실함으로 직원들과 소통하면서 일했다. 선배들에게 일을 배우고 동료들의 의견을 존중하며 효율적으로 일하려고 했다. 업무능력이 뛰어나다는 소리를 들었고, 직장 상사들이 서로 같이 근무하길 원했다.

나는 불성실하고 남의 탓을 하는 사람을 제일 싫어한다. 자기 멋대로 해석하고 행동하는 동료 직원과 사사건건 의견이 맞지 않았다. 8개월을 같이 근무했지만 일에 대한 책임감도 없고 개선될 기미가 보이지 않는다. 매번 변명만 늘어놓았다. 어떤 때는 내가 몇 날 며칠 고민해서 만든 업무를 자기가 한 것처럼 상사에게 보고하였다.

행사를 진행할 때 동료 직원은 계획안을 만들어 직원들과 공유를 하며 역할 분담을 해야 함에도 독단적으로 업무를 진행한다. 그러다 보니 체계가 없어 진행이 더디고 모두가 고생을 한다. 그때그때 상황을 모면하기 바쁘다. 전달받은 내용이 없으니 일을 진행하기 어려웠고, 직장 상사나 주변에서 볼 때 내가 일하기 싫어 도와주지 않는 사람처럼 보이게 했다. 미리 공유를 하고 회의를 해서 역할 분담을 해달라고 요청하면 변명으로 그 상황을 모면하려고 한다.

그 사람의 업무 스타일을 바꿀 수 없지만, 최소한 다른 직원들에게 불편과 민폐를 줘서는 안 된다. 계속되는 갈등 속에 스트레스가 있었지만, 불협화음으로 소문이 나면 잘잘못을 떠나 똑같은 사람이 되는 걸 원치 않았고, 상황에 맞게 최대한 부딪히지 않으려 노력했다. 보직 순환 근무시스템이라 1년만 참고 지내려 했다. 참는 게 아니었다.

그 직원은 선을 넘어도 한참 넘었다. 사람들 앞에서 나에게 모멸감 주는 행동을 했다. 자존감이 바닥으로 처박혔다. 눈물이 터져 나오는 것을 간신히 참고 사무실을 나왔다. 동료 직원의 행동은 깊은 좌절과 모멸감을 느끼게 했다. 동료 직원에게 따끔하게 한마디를 하였지만, 그간 최선을 다해 살아온 나 자신이 슬퍼졌다. 관리자가 중재를 해서 나에게 사과를 하긴 했지만, 남 탓으로 일관되게 이야기를 한다. 연장은 고쳐서 사용해도 사람은 고쳐 쓸 수 없나 보다. 그런 일이 있고도 그 직원은 그대로다. 업무를 공유하지 않는다. 똑같은 일들이 반복된다.

실망스러운 건 관리자였다. 처음에는 조정을 해주는 것처럼 보이더니 짐짓 모르는 척을 하고 있었다.

참아왔던 감정이 폭발하였고, 사표를 쓰고 싶었다. 그러나 자의가 아닌 잘못된 상황에 의해 사표를 쓴다는 건 자존심이 허락하지 않았다. 감정적으로 처리할 문제가 아니었다.

퇴직을 고민하다 보니 정년퇴직이 6년 정도 남았다. 정년까지 직원들과의 관계에서 스트레스받으며 근무하고 싶지 않다. 퇴직 후 할 수 있는 일들을 알아봐야 한다. 얼마 남지 않았다고 생각하니 마음이 분주했다. 다른 곳에 더 이상 에너지를 낭비하고 싶지 않았다. 조직에 대해 실망하였고 보직 변경을 위한 신청서를 제출하였다. 특별한 사유가 아니면 보직 변경이 되지 않지만, 그동안 성실하게 근무해 온 날들을 보상이라도 받듯이 보직 변경이 되었다. 새로운 곳에서 업무를 배우고 지냈다. 하지만 패배자가 된 것 같았다. 그곳이 싫어서 나왔는데 왜 이런 기분이 들까? 남들의 시선 때문이었다. 근무 기간을 채우지 못했고 직원과 불협화음으로 나온 상황을 사람들이 나를 어떻게 평가할까? 라는 생각이 들었다.

무기력해졌다. 직원과의 불편한 관계와 퇴직 준비를 위해 그곳을 벗어났지만 어디서부터 준비해야 할지 막막했다. 마음은 급한데 몸이 따라주질 않는다. 답답함과 조급증이 생겼다. 새벽 3시에 눈이 떠진다. 생각이 꼬리에 꼬리를 물고 시간만 흘러갔다. 사무실에 출근해서 운동이라도 해야겠다는 생각이 들었다. 출근 준비를 하고 무작정 밖으로 나왔다. 시계를 보니 새벽 5시다. 지하철역으로 향했다. 지하철의 첫차가 5시 30분이라는 걸 처음 알았다. 탈출구가 필요했다.

닥치는 대로 도서관에서 책을 빌려서 읽었다. 재테크에 관련된 책을 빌렸다. 평소에는 읽지 않았던 자기 계발서도 빌렸다. 책을 읽다 보니 새벽 기상으로 자기 계발을 하는 모임이 있다는 것을 알게 되었다. 새벽 시간을 이용한 엄마들의 성장모임이었다. 엄마로 아내로 딸로서 살면서 나를 생각할 여유조차 없었다. 성장모임에 가입하면서 새벽 시간을 이용한 나만의 시간을 가졌다. 내가 달라졌다. 타인이 아닌 나를 바라보기 시작하였다. 워킹맘으로 가족들에게 미안한 마음을 가졌었다. 미안함을 버리고 최선을 다해 살아온 나를 응원하기 시작하였다.

콘텐츠 크리에이티브

제2장

나만의
콘텐츠로
소명을 찾다

꿈을 켜다, 드림 온

김애련
미라클 부자

사람들이 나에게 궁금해하던 이야기, 교육 방법에 대해, 아이를 행복하게 키우고 싶은 사람들, 육아로 힘들어하는 워킹맘들에게 노하우를 알려주기로 마음먹었다. '1인 지식기업가' 과정 중 동기들 앞에서 아이들 교육법 중 하나인 마인드맵에 대해 15분 스피치를 하였다.

50대에 처음 만들어 보는 발제문과 파워포인트작업, 그리고 ZOOM사용. 긴장되어 떨리는 목소리. 콩닥거리는 심장 소리가 귓가에 들린다. 나의 의도가 제대로 전달이 되었을까? 모든 것이 엉성한 첫 시작은 이러했다. 누구에게나 처음은 있다. 어설퍼

콘텐츠 크리에이티브

보이고 실수투성이지만 첫걸음을 내디뎠다. 15분 발표 후 꿈꾸는 서여사가 본인의 콘텐츠 안에서 나눔 강의를 해보라고 제안해 주었다. 자료를 보완했다. 40여 명이 줌으로 참여했다. 주어진 시간은 30분이다. 내가 경험해보고, 좋은 것은 나누고 함께하고자 하던 오지랖을 본격적으로 발휘할 수 있는 시간이었다. 떨리던 처음에 비하면 나눔 강의는 조금 덜 떨렸다. 마인드맵이 뇌에 미치는 영향, 하는 방법, 자녀에게 활용 방법 등 강의 후 톡방에 쏟아지던 감사와 질문들에 가슴 설레었다. 나의 경험이 다른 사람에게는 처음이면서 문제해결에 도움이 사실에 뿌듯했다.

문득 돌아보니 육아시절, 나도 아이들을 어떻게 키워야 하는지 몰랐다. 배운 적도 없었고 부모교육 이란 것도 없었다. 지금처럼 미디어가 많이 발달된 때도 아니었다. 임신과 육아에 관련한 책을 보고 주변에서 먼저 아이를 키운 선배 엄마들의 이야기에 귀 기울였다. 어린 시절을 생각해 보기도 하고, EBS프로그램에 눈길을 주기도 하였다. 유대인의 교육법이 궁금해 탈무드와 성경을 읽기도 했다.

내가 살아오던 시절, 가지 많은 나무에 바람 잘 날 없다고 문제 있는 자식 하나쯤은 있었다. 그 자식으로 인해 노후가 망가져 가는 부모들도 많았다. 나는 아이들이 행복하고 건강하고 현명하게 본인 스스로 인생을 책임질 줄 아는 사람으로 성장하기를 바랐다. 부모에게 기대지 않고 사회의 구성원으로서 자립하는 어른으로 성장하기를 꿈꿨다. 유대인의 교육 하부르타에 관심을 가지고 아이들에게 적용하려고 애썼다. 무엇보다 건강한 신체에 건강한 정신이 깃든다는 것을 알기에 아이들 건강에 신경을 썼었다.

가장 기본은 그것 이였다. 인생에서 만나는 어려움을 잘 이겨낼 수 있도록 등산을 했다. 힘든 고비를 넘기고 만나는 성취감을 알도록 해주고 싶어서였다.

생각의 그릇을 키우는 것에 집중했다. 뇌의 그릇을 키우는 영양소가 많은 음식을 해먹이고, 뇌를 최적화하는 법에 신경을 썼다. 잠들기 전, 깨어난 후 뇌를 안정시켜 줄 모차르트 음악을 들려주었으며 영어 테이프를 들려주기도 했다. 초등 때부터 하루를 마무리하는 저녁에 차 마시는 시간을 가졌다.

기어 다닐 때 바닥에 책을 깔아 놓고 아이들 시선이 그림에 머물도록 하고, 앉을 무렵엔 아이들 눈높이가 머무는 벽에 지도로 도배했다. 책을 물고 빨게 했으며 오감으로 책을 가지고 놀도록 했다. 책을 찢어도 괜찮았다. 그 책을 중고로 팔 생각도 없었거니와 책을 좋아하도록 만들고 싶었기 때문이다.

콘텐츠 크리에이티브

책으로 도미노 놀이도 하고 탑 쌓기 놀이도 하며 책은 아이들에게 가지고 놀 장난감이 되어 갔다. '놀이는 유년기에 있어서 가장 순수하고 가장 영적인 인간 활동이다.' 프뢰벨의 말처럼 모든 것을 놀이로 했다. 책을 같이 읽고 브레인스토밍과 마인드맵을 하고 북 아트 또한 놀아 학습이었다.

어설픈 하나의 행동에도 기다려 주었다. 그것이 가능했던 이유는 아이가 세 명이었기 때문이다. 세 아이에게 나의 손길을 주기가 버거워 기다림을 선택했다. 옷을 입을 때도 신을 신을 때도 젓가락질을 할 때도 기다릴 수 있었다. 다른 엄마들처럼 아이가 넘어질세라 잡아주고 생선가시를 발라 주고 그러기엔 내 손이 부족했다. 대신 많이 안아주고 사랑한다 해주고 기다려 주었다. 아이들에게 자유를 주었으나 방임하지는 않았다. 마음껏 놀고 행복하며 하고 싶은 게 무엇인지를 찾을 수 있도록 기다렸다. 어떤 선택을 하던 최대한 지지해 주는 것이 부모라고 생각했다. 아이들 이야기에 귀 기울이고, 친구들 이름을 외웠다. 친구들이 놀러 오면 얼굴을 기억해 주고 이름을 불러 주었다. 내가 할 수 있는 최대의 관심표현과 중요한 사람이라는 인식을 아이와 아이 친구들에게 심어 주었다. 아이 친구들은 너희 엄마가 나를 기억한다며 좋아했다. 아이들 중학시절 나는 아이 친구들에게 이름을 기억해 준 것만으로도 인기가 좋았다.

이런 나의 이야기를 블로그에 쓰기 시작했다. 댓글이 달렸다.

– 저도 그런 방법으로 아이를 키우고 싶은데 자신이 없어요.

– 학원을 안 보내도 될까요? 남들 다 학원 가는데 우리 아이만 뒤처지는 건 아닐까요?

– 직장 다니느라 바쁜데 어떻게 해야 하나요?

– 프로그램을 만들 생각은 없나요? 프로그램이 있다면 참여하고 싶어요.

– 마인드맵을 아이들도 할 수 있나요?

사람들의 댓글에 더 많은 것을 알려주고 싶었다. 내 경험이 누군가에게 길잡이가 되고 있음에 마음이 설레어왔다.

'명문대를 보낸 자녀교육법'이라는 주제로 특강을 하였다. 강의를 듣고 용기를 얻은 엄마들의 정규강의 요청이 있었다.

– 일회성이 아니라 정규강의가 있으면 좋겠어요.

– 혼자는 자신이 없는데 함께하면 좋겠어요.

– 강의 듣고 집에서 해보니 효과가 있어요. 계속하고 싶어요.

– 지속적인 프로그램은 없나요?

내 이야기에 귀 기울이고 실천하며 효과가 있다고 말해주는 사람들. 내가 가야 할 길이 이것이구나. 확신을 갖게 되었다. 4주 정규강의를 만들었다. 뿌듯함도 느꼈지만 한편으로는 무거운 책임감도 생겼다. 누군가에게 영향을 준다는 것 절대 가벼운 마음일 수는 없었다.

식탁에 앉아 함께 집 밥을 먹는 것으로도 엄마의 사랑을 표현할 수 있다. 아이의 이야기에 귀 기울여 들어주는 것으로도 소중한 존재임을 알게 할 수 있다. 엄마가 행복해야 아이가 행복하다. 엄마가 성장해야 아이도 성장한다. 아이는 부모의 뒷모습을 보고 자라기 때문이다. 엄마는 엄마대로, 아이는 아이대로 꿈을 꾸고 성장하는 가정을 위해 '드림 온'은 만들어졌다.

'노(NO)를 거꾸로 쓰면 전진을 의미하는 온(ON)이 된다. 모든 문제에는 반드시 문제를 푸는 열쇠가 있다.' - 노먼 빈센트 필의 말처럼 육아가 버거운 엄마들에게 문제를 푸는 열쇠를 쥐어주고 싶었다.

꿈을 켜다. '드림 온', 아이와 함께 성장하는 엄마들을 위한 모임이다.

나의 경험이 누군가를 도울 수 있다는 생각에 이르자 굴곡진 내 인생이 예뻐 보이기 시작했다.

환해진 내 인생처럼, 꿈을 켜다 '드림 온'이 각 가정에 빛이 되어주기를 희망한다.

내가 가진 것 중 가장 좋은 것을 주자!

권미영
돈월이

✦

　자본주의에서는 소비자가 아닌 생산자로 살아야 한다. 가치 있는 생산물을 만들어 돈과 교환해야 수익을 낼 수 있다. 내가 세상에 줄 수 있는 상품은 무엇일까? 끊임없는 고민이 이어졌다. 코로나19로 소통의 방식이 바뀌었고 유튜브는 빠르게 성장했다. 코로나로 오프모임이 어려웠기에 사람들은 영상에 빠져들었고 SNS 소통이 익숙해졌다. 누구든 나를 알리고 상품을 판매하기에 특화된 세상이 도래한 것이다. 공중파 방송의 힘보다는 개인의 힘이 세지고 있었다. 카톡방에서 얼굴을 마주하지 않고도 텍스트와 이모티콘으로 서로의 감정을 나눌 수 있고,

　　　　　　　　　　　　　　　　콘텐츠 크리에이티브

멀리 있지만 가까이 있는 것처럼 친근함을 느꼈고 소모임들도 많이 생겼다. 대면 하지 않아도 소통이 가능한 세상 그것은 생산자의 삶의 시작을 알려주는 듯했다. 오프라인 강의가 줄어들었고, 실시간 줌 강의가 많아졌다. 줌은 나에게 낯설었다.

재택근무도 늘어났고 코로나19가 평범한 일상을 많이 바꿔놓았다. 정보전달은 더 빨라졌고 사람들은 경제적 자유를 꿈꾸었다. 삶의 변화를 위해 챌린지 스터디 모임이 많이 생겼고 그로 인해 돈을 벌 수 있는 틈새시장이 열렸다.

돈 버는 방법도 바뀌었다. 많은 권리금을 내고 장사하거나, 투자금이 들어가는 구조가 아니어도 사업을 할 수 있게 되었다. 경험과 지식이 사업의 상품이 되는 것이다. 대학교 졸업장, 전문가가 아니어도 누군가를 가르칠 수 있다. 초보가 왕초보를 가르치는 것이 어색하지 않았다. 평범한 일상의 경험이 작가로 강사로 거듭날 수 있는 이상한 세상이 눈에 들어왔다.

어떤 경험이든 타인의 삶에 도움을 줄 수 있다면 돈으로 교환 가치가 있었다. 더 멋진 것은 무자본 창업이다. 사업의 투자금은 작은 용기만 있으면 된다. 이쯤 되니 궁금해졌다. '1인지식 기업가', '생산자' 그 삶을 살아 보고 싶었다. 자유롭게 집, 카페에서 노트북 하나로 일 하는 꿈을 꾸었다. 책에서 본 이야기를 현실에서 만나고 싶었고 소모임을 운영하는 리더들의 경력을 보면서 물음표가 던져지곤 했다. 내 경험이 더 크게 느껴진 것이다. 그럼 나도 그들처럼 할 수 있다는 이야기! 더 잘할 수 있을 것 같은 마음속 꿈틀거림이 느껴졌다. 그들과 나의 차이점은 세상이 나를 모르는 것! 그게 가장 큰 이유였다. 누군가 한 발만 떼게 도와준다면 잘할 수 있을 것 같은데, 어떻게 시작해야 할까?

　나만의 콘텐츠를 찾아야 하는 숙제에 부딪혔다. 답답한 마음에 가족과 지인에게 질문을 던지고, 내 장점이 뭐야? 내가 잘하는 것이 뭐가 있을까? 알려주는 것을 스케치북에 적고 뚫어지게 봤지만, 선택이 어려웠다. 돈 벌기 위해서 내가 한 일들이 평범하고 그저 당연한 일들로 보였다. 사업 운영 경험, 부동산투자, 쇼핑몰 그것들은 나에겐 그냥 일상이었다. 아직 부자가 되지 못한 평범한 내가 강사가 된다는 것은 생각하지 못했다. 누가 돈을 내고 내 강의를 들어! 조금 앞서 경험한 사람이 초보에게 도움을 줄 수 있는 사실을 잊고 있었다. 스스로 강점을 인정하는 것이 이렇게 어려운 것일까? 설령 부족해도 할 수 있다고 나에게 말해줄 수 있었는데 말이다. 콘텐츠 찾기에 실패하고 시간은 흘러갔다.

몇 년째 이어온 새벽 기상으로 부자마녀와 1:1 코칭을 할 수 있었다.

생산자의 삶을 먼저 살고 계셨기에 궁금증을 물어봤다. 도움이 절실히 필요했다. "이미 씨앗이 여러 개 있어요 3년 안에 많이 성장하실 것 같아요" 인정받는 느낌이 이런 것일까? 기분이 좋아졌다.

뭐든 다 할 수 있을 것 같은 용기! 이후 부자마녀가 이끄는 '새마정 프리미엄' 과정을 신청하게 되었다.

그 과정에서 생산자의 삶에 대해서 깊게 배울 수 있게 되었다. 어떤 사람을 도와줄 것인지 사명을 세우고 5년 후의 비전도 정했다. 사람들 앞에 설 수 있는 자신감도 발표를 통해 길러졌다. 줌 사용법 유튜브 링크 만들기 모두 배울 수 있었다. 결정적으로 세상과 연결해 준 한 가지 과제가 나에게 큰 사건이었다. '블로그에 모집 공고를 올리고 단 얼마라도 돈을 받고 강의해 보세요' 모집 글을 작성하고 발행을 누르는 순간 손에 땀이 흘렀다. 이것을 누르는 순간 나는 내 말을 책임져야 한다. 뇌와 손이 거부했다.

'나는 할 수 있다' 외침과 동시 용기를 냈다. 부동산법인특강을 3시간 하고 10만 원을 받았다. 그 순간 또 성장했다. 강의를 끝내고 자신감이 밀려왔다. 떨림은 사라지고 무엇을 더 알려줄까? 내가 줄 수 있는 것이 또 뭐 있지? 생산자의 삶에 빠져들고 있었다. 이후 마녀 살롱에서 백 명 이상의 사람들 앞에서 〈자본주의에서 시간 부자로 살아가는 법〉이라는 주제로 강의했다. 사람들에게 생각을 나눠 줄 수 있음이 행복했다. 부동산 법인 셀프 설립, 법인으로 부동산을 투자하는 방법, 비용처리 등 사람들이 궁금해하는 것을 도와주고 수입은 덤이었다. 생산자의 삶은 피라미드 바깥세상! 내가 원한 독립적인 삶이 분명했다!

새로운 경험은 항상 어렵다. 뇌에서 거부 반응을 보내기 때문이다. 인간이기에 그럴 수밖에 없다는 그 진실만 인정한다면 우리는 새로운 도전을 거침없이 할 수 있다. 그날 이후 새로운 아이디어가 넘쳐났다. 칭찬받으면 더 신나 춤을 추는 고래처럼 새로운 콘텐츠를 계속 만들었다. 부동산 독서와 임장을 결합해서 부동산 독서 모임을 만들었다. 작가들의 인사이트를 책으로 배우고 현장에서 익히는 것은 큰 공부가 되었다. 7월 말 뜨거운 태양 아래 20명의 사람과 부동산 임장을 했다. 아이스크림은 시원하고 달콤했다. 힘듦을 나누는 그날 하루만큼은 우리는 전우다! 서로의 열정을 나눴고 돈 버는 방법을 익히고 있었다. 더 많은 걸 알려 드리고 싶었다. 장소를 대여해 임장 지도 만들기도 하고. 지도에 색칠하면서 의견도 묻고 웃기도 했다. 부동산투자 이야기는 덤이다. 주말에 여유로운 시간을 배움으로 바꾼 분들 진정 멋졌다. 믿고 함께한 사람들에게 어떻게 보답할까? 지금도 많은 시간을 고민한다. 생산자의 삶은 혼자만의 삶이 아니었다. 잠자는 순간에도 눈을 뜨는 순간에도 함께였다.

처음 생산자의 삶을 시작한 것은 돈으로부터 자유로운 삶을 꿈꾸는 목표에서 시작되었다. 함께 하는 사람들이 성장한 것을 볼 때면 뿌듯함과 묘한 감정이 밀려왔다. 우리는 분명 함께 성장하고 있었다. 힘들고 어려웠던 위기에 기회를 찾은 것이 보답이라도 한 듯 감동으로 밀려왔다. 생산자의 삶을 통해 따뜻한 말을 들을 수 있었다. "돈월이님 감사합니다" 세상에 살아남기 위해 했던 경험이 타인 삶에 도움이 된다는 것은 참 의미 있는 일이다. 성장의 기쁨은 삶의 활력이 된다. 나만의 가치가 담긴 생산물을 만들고 타인의 성장을 도와주는 것 이것은 내가 스스로 선택한 삶의 가치이다. 생산자의 삶을 선택했고 내가 가진 것 중에서 가장 좋은 걸 나눠주며 살고 싶다.

의미를 찾아가다

손호증
정리힐러

서초구는 부촌인 줄만 알았다. 조그만 방 두 칸짜리 반지하
는 발 디딜 틈이 없다. 커다란 장롱이 이미 반을 차지하고 있
다. 쌀 포대, 두루마리 휴지, 세제, 여행 가방, 주방용품과 알
수 없는 상자들이 나머지 공간도 점령하고 있다. 몸이 불편한
할머니 한 분이 사시는 집이었다.

가족과 연락이 끊긴 지도 한참. 구에서 제공하는 돌봄에 의
지해서 살고 계셨다. 우리가 방문하게 된 것도 구의 요청 때문
이었다.

정리가 시급하다. 청소도 정리를 마쳐야 할 수 있겠다. 과연

할머니가 이 물건들을 내어놓는 것을 허락하실 것인가. 선배 전문가 두 명이 할머니의 마음을 열기 위해서 사전에 두 번이나 방문했다고 한다. 정리에 또 이틀이 걸렸다. 첫날은 구에서 나온 남성들이 도움을 주었다. 물건들을 꺼내기 시작한다. 좁은 골목이 금방 가득 찬다. 이 많은 물건이 다 어떻게 저 안에 있었을까. 다음 날도 전문가 4명이 작업을 했다. 방 두 칸에 현관을 겸한 작은 주방, 겨우 변기를 앉힌 화장실, 다해봐야 몇 평 안 되는 공간이었다. 마지막에 화장실 정리를 하는데 정리보다 청소가 더 오래 걸렸다. 안 해도 그만이지만 해드리고 싶었다.

할머니의 표정이 점점 밝아진다. 연신 고맙다며 주머니에서 꼬깃꼬깃한 지폐를 꺼냈다. 한사코 손사래 치는 우리에게 뭐라도 주고 싶은 할머니의 마음이다. 집안에 흐르는 공기와 할머니의 미소만으로도 모든 피로가 씻겨 나간다.

어느 복지관에서 정리수납 전문가 과정 강의를 할 때였다. 영양사로 일하시는 직원이 수강생으로 왔다. 항상 제일 앞자리에 앉았다. 그분 덕분에 수업이 활기찼다.

전문가 과정에서 과제는 선택이 아닌 필수다. 과제를 하고 피드백을 받는다. 수업을 듣는 것으로 끝나는 것이 아니라 실생활에 활용하면서 몸에 익히기 위함이다.

그녀가 과제를 제출하면서 보내온 메일의 내용이 기억에 남는다.

오십 평생에 빨래를 개어본 적이 없다고 했다. 직장 다니는 엄마다 보니 빨래는 빨래건조대에서 걷어입는 게 불문율이었단다. 과제로 보내온 사진 속 서랍은 가지런히 갠 옷들이 줄지어 서 있다. 당신 집 정리는 물론 주말에 친정 살림도 정리해 주었다고 했다. 남편이 이제까지 배운 수업 중에서 최고로 괜찮은 수업이라고 칭찬했다고 한다.

혼수 이불을 버릴 때의 일화도 잊을 수 없다. 대부분이 별 생각 없이 짐을 이고 산다. 나도 다르지 않았다. 정리를 위해서 의식적으로 비워내는 것이 필요하다. 비움이 필요함을 깨닫도록 계기를 드리는 것, 무엇을 내어놓아야 할지 판단할 수 있도록 도와드리는 것이 정리 수업의 목적 중 하나다.

쓸데없이 공간만 차지하고 있는 짐, 그 대표주자가 혼수 이불이다. 나도 엄마 생각이 나서 쉽게 버리지 못했다. 그분도 마찬가지였던 모양이다. 버리려고 내어놓았던 혼수 이불을 다시 들고 들어왔다고 했다. 하지만 아무리 생각해도 비우는 게 답이었다고. 고민 끝에 쓰레기차가 지나가는 새벽 2시 직전에 다시 내어놓았다고 했다. 서운하기도 하지만 후련하다며 밝게 웃

콘텐츠 크리에이티브

었다. 옷장을 하나 새로 장만한 거 같다고 했다. 이렇게 정리 수업을 통해서 생각과 공간이 바뀌는 분들을 볼 때 보람을 느낀다.

정리 정돈 전문가 과정을 하면서 관심이 생긴 분야가 하나 더 있다. 친환경 생활 분야였다. 정리 수업 과정에 포함된 친환경 수업을 듣고 환경에 관심이 커졌다.

정리 컨설팅을 진행하다 보면 사용할 수 있는 물건들을 많이 배출한다. 아까운 물건이지만 쓰지 않을 때는 과감하게 내어놓는 게 백 번 낫다. 쓸 수 있는 물건들은 어디로든 가서 쓰인다. 하지만 애당초 꼭 필요한 물건만 들이면 피할 수 있는 일이다. 비우고 나서야 현명하게 채워야 함을 깨닫는다. '녹색생활 환경지도사 강사과정'을 통해서 친환경 생활 전문가로도 활동하고 있다.

애당초 정리에 호기심을 갖기 시작한 것은 공간에 대한 관심 때문이었다. 변화된 공간을 보면서 즐거움과 뿌듯함을 느꼈다. 고객들도 달라진 공간에 감동했다. 그러나 일을 할수록 더 와닿는 것은 사람이었다. 변화된 공간은 생활을 변화시켰고 변화된 생활은 사람을 변화시켰다. 나 역시 정리를 통해서 오랫동안 갖고 있던 나쁜 습관들을 고쳐가기 시작했다. 미루는 습관, 약속 시간에 늦는 습관이 없어졌다. 생활의 체계가 잡히고 긍정적인 습관들이 늘어났다. 덕분에 주부의 역할에 추가된 사회생활이 어렵지만은 않았다. 호기심이 관심을 넘어 희망을 보았다.

사람이 변하니 관계도 변하고 인생도 변했다. 공간이 삶을 변화시킬 수 있다는 걸 확신했다. 집이라고 부르는 공간뿐 아니라 지구라는 공간, 환경의 소중함도 깨닫게 되었다.

최근에 밟은 1인 지식 기업가 과정 커리큘럼 중에 나의 사명을 정립해 보는 시간이 있었다. 처음에는 막연했다. 과연 나의 사명은 무엇인가? 쉽지 않았다. 평소 내가 생각하는 가치를 떠올려 보았다.

더불어 살아가는 것이 인생이다. 개인이지만 혼자서는 살아갈 수 없다. 다른 사람이 있기에 내가 있다. 우리는 보이지 않는 고리로 연결되어 있다. 지구라는 터전을 함께 공유하며 살아가고 있다. 그 터전을 돌보는 것이 우리를, 생명을 돌보는 것이다.

어제보다 나은 내가 되고 싶었다. '1인 지식 기업가 과정'을 선택한 것도 그 때문이었다. 정리를 통해서 만난 사람들에게 선한 영향을 줄 수 있었다. 덕분에 매 순간 가슴이 뛰었고, 고된 일도 마다하지 않고 앞장섰다.

콘텐츠 크리에이티브

그렇다. 나의 사명은 생명존중과 성장이다. 다른 사람의 한 뼘 더 나은 삶을 위해 내가 가진 경험과 지식을 나눈다. 그 일은 공간과 환경을 돌보는 데서 출발한다. 그 속에 정리힐러, 나 손호증이 있다.

품고 있던 이야기가 책이 된다

송 진 설
풍요작가

누구에게나 품고 있는 이야기가 있다. 마음속에 간직한 이야기를 세상 밖으로 꺼내어주는 사람. 내가 가고자 하는 길이다. 글쓰기 수업을 하며 만난 아이들은 자신만의 이야기를 간직하고 있었다.

"내 이야기 들어보세요."라며 들려주길 좋아했다.

귀담아 들어주면 마음속에 담아두었던 말들이 쏟아진다. 재미있던 이야기도 들려주고, 속상했던 이야기도 들려주었다. 공감하니 더욱 생생하게 표현하며 실감 나게 말한다. 혼자 듣기에는 아까운 이야기다. 흩어져서 사라지지 않도록 책으로 남겨주고 싶다는 생각이 든다.

　지원이는 소장용 그림책 만들기 프로그램의 어린이 수강생이었다. 그림책을 만들기 위해 엄마를 졸라 찾아왔다. 부모님은 바쁜 직장인이다. 퇴근 후 잠깐 시간을 내어 아이와 함께 들렀다. 처음 보았을 때 지원이의 예의 바른 모습에 눈길이 갔다. 말도 예쁘게 하는 아이였다. 어머니는 아이에게 그림책 만들기 수업이 꼭 하고 싶은지 여러 번 물어보았다. 이미 여러 개의 학원에 다니고 있었기 때문이다. 지원이는 꼭 하고 싶다며, 할 수 있다고 엄마를 안심시켰다.

　수업 첫날이었다. 수업 시간 내내 집중하며 몰입했다. 90분은 짧은 시간이 아니다. 어른에게도 긴 시간이다. 초등학교 2학년에게는 더욱 길고 지루한 시간이 되지 않을까 염려되었다. 힘들진 않은지, 진도는 괜찮은지 여러 차례 확인했다. 지원이는 대답할 때조차 연필 잡은 손은 멈추지 않았다. 어느새 책상 위에는 지우개 가루가 가득했다. 표정은 환했다. 즐겁게 수업하고 있다는 것이 느껴졌다. 아이의 모습에서 빛이 났다.

　그림책 만들기 수업의 첫 시간에는 이야기를 쓴다. 나만의 글을 적어 보는 시간이다. 수강생들은 어떤 이야기로 책을 만들지 고민한다. 지원이는 준비해 온 스토리가 있었다. 가족 이야기다. 엄마, 아빠, 오빠와의 일상을 썼다. 평소에는 가족에게 잘 표현하지 않는다며 마음에 담아둔 이야기가 많았다. 첫 이미지처럼 다정하게 사랑 표현을 잘할 거라 생각했는데 아니었다.

"쑥스럽잖아요."

가족에게 표현하는 것이 부끄럽다고 말했다. 마음 한편으로는 언제나 따뜻하게 품어주는 엄마에게 사랑한다는 걸 표현하고 싶어 했다. 늦은 시간 퇴근해서 피곤해하는 아빠에게도 감사하다고 말하고 싶다 했다. 오빠와는 평소에 많이 다투는 편인데 사실은 많이 사랑한다며 안아주고 싶어 했다.

그림책에 들어갈 글을 쓰고 그림을 그리며 아이는 그동안 마음속에 품고 있던 이야기를 꺼냈다. 처음에는 아무 말 없이 미소만 지었던 아이가 마음을 열고 이야기를 쏟아냈다.

"선생님 그거 아세요? 저 아빠한테 사랑한다고 한 번도 말하지 않았어요."

아빠의 모습을 그려 넣으며 말했다. 아빠는 무뚝뚝해서 말이 없다고 한다. 함께 있으면 아이까지 말이 없어지니 사랑을 표현하기에는 어렵지 않았을까 싶었다. 그림책으로 사랑하는 마음을 전하고자 했던 지원이의 마음이 느껴졌다.

시은이가 쓰고 그린 그림책의 제목은 《행복한 강아지 하랑》

이다. 하랑이는 2년 전에 가족이 되었다. 딸은 하랑이를 예뻐한다. 하지만 강아지를 다루는 건 서툴렀다. 마음처럼 잘되지 않는 듯했다. 어떻게 해야 할지 몰라 당황스러워할 때가 많았다. 강아지를 알기 위해 공부하기 시작했다.

시은이는 제일 먼저 어떤 이야기를 쓸지 생각했다. 처음 만난 날을 되짚어 보기도 하고, 함께 뛰어놀았던 날도 떠올려보았다. 모든 순간이 행복했기에 함께 한 날들을 그림책 속에 담는 것이 의미 있는 일이라고 결정했다. 또한 반려견이 얼마나 사랑스러운지 많은 사람들이 알면 좋겠다는 마음까지 담았다.

"하랑이가 내 꿈에 나오면 좋겠어요."

시은이는 그림책 작업을 하며 하랑이의 마음을 들여다보려고 노력했다. 더욱 행복한 하랑이가 되길 바라는 마음이었다. 그 소망은 다른 반려견도, 살아 있는 모든 동물도 한없이 귀중한 존재라고 여기게 했다. 바라보는 시선이 한층 높아졌다. 그림책을 만드는 과정에서 딸의 생각이 한 뼘 성장한 걸 느꼈다. 유기견을 향한 사랑과 관심까지도 커졌다. 아직 코로나로 인해 유기견 보호 센터에서의 봉사활동은 시작하지 못했다. 상황이 좋아지면 봉사활동을 하겠다는 각오를 다지는 모습을 보여주었다. 글을 쓰고 그림을 그리며 깊어진 마음을 느낄 수 있다.

그림책을 만드는 과정을 통해 마음이 성장한다. 스쳐 지나 갔을 생각이 흩어지지 않고 책 한 권에 온전히 담긴다. 마음에만 담아두었다면 옅어질 감정이다. 그림책은 마음을 표현하기에 더없이 좋다. 글과 그림이 함께하기에 그렇다. 문장이 담지 못한 마음을 그림이 담아낸다. 그림이 표현하지 못했던 마음을 글로 풀어낸다. 글과 그림이 한 장면에 놓였을 때 표현하고자 하는 마음을 온전히 건넬 수 있다.

그림책을 만들고자 하는 이유이기도 하다. 그림책 작가는 누구나 될 수 있다. 특히 아이들은 더욱 그렇다. 순수한 감정들이 때 묻지 않아서 좋다. 그림책에 담아내어 오래오래 보고 싶다.

그림책의 그림은 무엇보다 개성이 중요하기에 잘 그려야 한다는 부담은 내려놓으면 좋겠다. 상상을 글과 그림으로 표현한다는 자체만으로 훌륭하다. 유명한 그림책 작가의 그림과 비교해도 손색없다. 아이들이 그린 듯 표현하기 위해 평생 노력했다는 작가도 있다. 지금 그대로의 글과 그림이면 충분히 멋진 책이 탄생한다. 마음을 들여다보는 시간만 있으면 된다. 화려한 문장과 뛰어난 그림 솜씨로 무장하지 않아도 된다. 자신만의 이야기가 있다면 충분하다.

출판사를 시작하며 '읽고 쓰고 그리다'를 마음에 품었다. 내면에서 들려오는 이야기에 귀 기울인다. 글 쓰며 그림 그리는 사람으로 살고자 하는 이들을 돕고 싶다. 마음을 언어로 표현하는 일이 작가의 몫이라고 생각한다. 책을 만드는 것은 경험과 생각을 한 권에 기록하는 일이다. 일상에서 겪는 수많은 일들 속에 지워져 버리지 않길 바라는 추억을 담는다. 작가의 가치관도 함께 담아낸다.

소장본 그림책은 출간되지 않는 그림책이다. 누군가의 인정을 받기 위한 작업이 아니다. 스스로가 독자가 된다. 판매되는 책이 아닌데 굳이 그림책으로 엮어낼 이유가 있느냐는 질문을 받기도 한다. 소장본 그림책은 사회적인 성취를 위해서가 아니다. 나로 살아가기 위한 행위이다. 반복되는 일상에서 내 생각이 문장이 되고 아름다운 그림이 된다. 한 편의 이야기로 완성되어 다시 나에게 돌아오는 경험은 귀한 체험이다. 나는 그들의 글과 그림을 책으로 엮으며 첫 번째 독자가 되어 본다.

글과 그림에 깃든 경험과 가치관을 하나의 이야기로 만드는 과정이 뜻깊다. 삶이 더욱 특별하고 의미 있게 느껴진다. 어떤 삶이든 잃어버리면 안 될 이야기가 있다. 진심으로 소중하게 간직해지길 바란다. 더 나아가 나 자신이 독자가 되어보는 것도 큰 의미와 가치가 있다. 글을 쓰고 그림을 그리며 하나의 작품

으로 내어놓는 경험은 나를 주인공으로 만들어 준다. 콘텐츠의
시작은 여기서 출발한다.

콘텐츠 크리에이티브

하나의 콘텐츠를 4년 동안 지속할 수 있었던 이유

원효정
부자마녀

거쳐 간 인원만 약 1,500명이다. 새벽 기상 모임을 운영해 온 지 벌써 4년. 2019년 4월 문을 연 뒤 많은 이들을 만났구나! 2021년 7월부터는 매월 회원과 단둘이 만나 1시간 이상 이야기를 나눈다. 그들의 고민, 희망, 걱정, 꿈을 듣고 내 경험과 지식을 나눴다. 그 시간은 어느새 각각의 선택지가 되어주었고 또 다른 이에게 전할 수 있는 해답이 생겼다. 내 시간과 노하우를 나누니 더 큰 선택지와 해답으로 돌아왔다. 덕분에 또 다른 콘텐츠를 만들 수 있었고, 월급을 뛰어넘는 소득이 되었다.

'새벽 마음 정원'이라 이름 붙인 새벽 기상 모임은 오롯이 나만을 위한 시간을 내어 나의 성장과 발전을 위해 그 시간을 쓸 수 있도록 만든 시스템이자 커뮤니티가 되었다. 애초에 모임을 만들 생각은 없었다. 시작은 새벽 기상으로 삶을 바꾼 내 이야기를 블로그에 올리면서부터였다.

다람쥐 쳇바퀴 도는 것과 같은 하루가 싫었다. 아이들 키우면서 발 동동 구르며 장사하는 내 모습이 답답했다. 아이들이 엄마를 필요로 할 때 곁에 있어 주지 못하는 삶에서 벗어나고 싶었다. 아무리 열심히 일해도 나아지는 게 별로 보이지 않았다. 캄캄한 동굴 속에서 눈을 감은 채 벽을 더듬어가며 한 발한 발 옮겨가며 걷는 길 같았다. 밖으로 빠져나오고 싶지만, 사방이 깜깜하니 어느 방향으로 가야 하는지 감이 잡히지 않았다. 같은 상황에 놓여 있는 주변 지인들에게 달라지고 싶다고 말해봤다. 이미 발을 들였는데 어떻게 벗어나겠냐는 핀잔만 돌아왔다. 들리는 소리라고는 '네 복 거기까지인 걸 어쩌겠니'하며 쓸데없는 소리 하지 말고 일이나 열심히 하란 말뿐이었다. 누구하나 할 수 있다 말해주는 이는 없었다. 송충이는 솔잎을 먹고 살아야 한다고, 사람이 갑자기 변하면 일찍 죽는다고 살던 대로 살라고 했다.

지금 알고 있는 것을 그때도 알았더라면…….

새벽기상을 시작하고 알았다. 내 주변의 사람들이 내 삶을 그대로 말해준다는 것을. 삶을 바꾸고 싶다면 만나는 사람을 달리해야 한다는 것을.

"저도 과연 할 수 있을까요?"

조금은 다르게 살고 싶다는 댓글이 서서히 달렸다. 질문을 남기는 사람들이 늘어났다. 그럴 때마다 할 수 있다고, 이제부터라도 조금씩 노력해 보자고 말했다. 도와달라는 댓글을 읽는 순간 그때의 내 모습이 떠올랐다. 댓글로 장문의 글을 남긴 이 사람을 도와주고 싶어졌다. 손 번쩍 들고 앞에 나가 발표해 본 적도 없는 나였다. 리더의 역할보다 조력자가 더 마음 편하다고 생각하던 나였다. 내 몸 하나 건사하기도 힘든 마당에 무슨 남을 도우며 사냐며 세상에 담을 쌓고 살던 나였다. 그런 내가 누군가의 삶에 개입하기 시작했다.

도와달라는 댓글을 달아준 그 사람의 블로그에 찾아갔다. 나와 함께 해보자며 손을 잡았다. 함께할 수 있는 걸 만들어

볼 테니 1주일만 기다려달라고 했다. 나 혼자서 하던 '새벽마음 정원 가꾸기'를 같이 하자며 블로그에 글을 쓰기 시작했다. 막상 발행할 용기까지는 나지 않았다. 내가 이런 걸 한다고 해서 같이 할 사람이 있기나 할지 걱정됐다. 아무도 오지 않으면 창피할 것 같았다. 자기 계발을 시작한 지 이제 겨우 두 달 남짓한 내가 무슨 자격이 있을까 두려웠다. 애써 써둔 글은 약속한 1주일이 다 되도록 비공개로 올려둔 채, 머리카락을 쥐어뜯으며 고민하고 있었다. 누가 보면 세상을 구하러 전장에 나가는 사람이라도 되냐며 한 소리 했을 정도였다. 나의 메시지를 세상에 던진다는 것은 큰 용기를 전제한다는 것을 그때는 미처 몰랐다. 그저 오지랖인 줄 알았던 나에게 그것은 소명이었다.

예전의 나에게 지금의 내가 알고 있고 경험한 것을 나눠주고 조금 더 행복한 삶을 살 수 있도록 돕는 것. 2019년 4월부터 시작된 소명은 어느새 사명으로 자리했다. 어쭙잖은 영웅의식에서 시작된 것이 아닌 진짜 옆집에 사는 언니, 동생 같은 이들과 조금 더 행복하게 같이 잘 살고 싶은 마음 그것이 전부였다.

'부자마녀의 새벽마음정원 가꾸기 1일 차', '부자마녀의 새벽

콘텐츠 크리에이티브

마음정원 가꾸기 2일 차, '내가 새벽 3시에 일어나는 이유', '부자마녀의 새벽 루틴' 등.

블로그에 꾸준히 쓴 글은 어느새 나의 콘텐츠가 되어주었다. 콘텐츠를 만들기 위해 쓴 글이 아니었다. 그저 지금의 내가 예전의 나에게 하고 싶은 말을 글로 썼을 뿐이었다. 내 글을 읽어주었으면 좋겠다고 생각한 예전의 나와 같은 사람들이 어느새 내 글을 읽기 시작했다. 내 글을 읽은 많은 '예전의 나'가 '지금의 나'에게 묻기 시작했다. 댓글에 달리는 질문 하나하나에 내가 본 것, 들은 것, 알게 된 것, 깨달은 것, 노하우 등을 모아 답변을 달기 시작했다. 블로그에 글을 쓰고 댓글에 답변을 쓴다고 돈이 생기는 것도 아니었다. 질문하고 공감하는 사람들이 그저 예전의 나와 같은 마음이겠다는 생각뿐이었다. 그들에게 내가 할 수 있는 답변을 댓글 혹은 블로그 새 글로 적어주는 것이 예전의 나에게 지금의 내가 할 수 있는 작은 대리만족이었다. 지금 와서 돌이켜보면 소명의 순간이 아니었을까.

작게 시작한 소명은 나날이 단단해져 어느새 사명이 되었다. 삶을 변화시키고 경제적으로 조금은 여유롭게 살고 싶었으나 정작 현실의 벽에 부딪혀 어찌하지 못하던 사람들을 도우며 살면 참 행복하겠다는 마음은 용기를 주었다. 내가 무슨 자격이 있다고 이런 모임을 운영하느냐며 비공개로 올렸던 글을 공개로 전환할 수 있게 해 준 작은 용기를.

4년이 넘었다. 꾸준히 하는 게 세상에서 제일 어렵다던 내가 이렇게 오랜 기간 모임을 운영하게 될 줄 꿈에도 몰랐다. 나만의 콘텐츠가 찾아준 소명은 컴포트존 안에서 옴짝달싹 못하던 나를 세상 밖으로 한 걸음 내딛게 해 주었다. 사명으로 번진 작은 소명이 나에게 용기를 준 것이다. 용기 내 시작한 하나의 콘텐츠 덕분에 이제는 하고 싶은 일을 하며 살 수 있게 되었다. 내게 온 사람의 손을 같이 잡고 꾸준히 지속할 수 있었으며 한 발, 한발 나아갈 수 있었다. 앞으로도 그렇게 할 것이다. 소명이자 사명이기에. 이는 하나의 콘텐츠를 4년 넘게 운영할 수 있는 이유가 되어주었다.

콘텐츠 크리에이티브

엄마의 희망이 나의 꿈이 되는 순간

이 세 나
열정루비

며칠 듣지 못한 엄마 목소리가 궁금해 전화했다. 엄마 목소리는 잠겨있었다. 20년 운영해 온 가게 때문이었다. 매년 철물점 사정이 나빠지고 있으니 폐업을 고민하고 있었다. 오랜 사업경영은 아니지만 먼저 겪어본 폐업은 말로 할 수 없이 마음이 무겁다. 손님이 들어오지 않는 문을 하염없이 바라보고 있는 그 기분이란. 겪어보지 않은 사람은 그것이 얼마나 힘든 일인지 모른다. 엄마의 마음이 어떨지 온몸으로 느껴졌다. 얼마나 힘들까. 내 목소리도 어두워졌다. 이야기를 나누던 중, 일주일 동안 만원을 가지고도 살았다는 말에 큰 충격을 받았다. 믿을 수 없었다. 일주일에 만원? 어이가 없었다. 아무리 지난 일이라고 해도 너무했다. 자식에게 걱정 덜어주려 참고 지낸 엄마가 미웠다. 뭐는 먹고 산 걸까. 저러다 나쁜 일 생기진 않을까. 무서웠다. 하염없이 눈물만 흘렸다. 돈 없는 내가 싫었다.

엄마는 내가 운영하는 온라인쇼핑몰에 대해 자주 물어봤다. 철물점과 다르게 재고 없이 물건을 팔고 돈을 버니 신기해했다. 아침마다 어떤 물건이 팔렸는지 보고 전화로 궁금한 점을 묻기도 했다. 나조차도 신기한 시스템인데 엄마는 오죽했을까. 폐업 이야기를 나눈 이후에는 더 관심을 보였다. 내가 몇 달에 걸쳐 이해한 내용도 엄마는 금방 알아챘다. 오랜 사업경력이 큰 힘을 발휘하는 것 같았다. 컴퓨터만 할 줄 알면 누구보다도 잘할 수 있겠다는 생각에 아쉬움이 계속 남았다. 가까이 살면 열 일 제쳐두고 알려주고 싶었다. 2021년에도 겨울은 어김없이 찾아왔다. 철물점 매출 최악의 계절이었다. 게다가 코로나가 심해지니 매출은 더 곤두박질쳤다. 국가지원금을 받을 수 있는 업종도 아니어서 걱정스러운 마음에 용돈을 보내드려도 엄마는 그 돈을 가게운영비로 사용했다. 매달 적자인 가게는 더 이상 운영할 의미가 없었다. 결국 엄마는 폐업을 선택했다. 운영에 대한 부담감은 사라졌지만, 엄마는 앞으로 살아갈 날을 걱정했다. 가게를 정리하는 내내 많이 불안해했다. 자영업만 20년을 해온 엄마가 할 수 있는 일은 많지 않았다. 예순이 넘은 나이도 걸림돌이었다. 경험이 없으니 가는 곳마다 퇴짜를 맞았다. 며칠 밤을 눈물로 지새우는 엄마를 보니 예전의 나 같았다. 엄마의 막막함이 뼛속까지 느껴졌다. 고민할 것도 없이 엄마에게 스마트 스토어를 제안했다. 내가 할 수 있는 일로 엄마를 돕고 싶었다. 희망을 주고 싶었다. 솔직히 말부터 무작정 던진 건 아닌지 걱정이 되기도 했다. 62세의 나이, 컴퓨터 전원 버튼도 눌러본 적 없는 엄마였다. 어디서부터 시작해야 할지 난감했다. 이야기를 들은 남편도 지인들도 회의적이었다. 엄마가 또다시 상처받지 않을까 염려했다. 내가 어떻게 알려줄지가 걱정이었지, 내가 아는 엄마는 뭘 해도 해낼 사람이었다.

갈 길이 멀었다. 독수리 타법으로 타자 연습부터 시작했다. 매일 이론을 설명해 주면 철저하게 복습해 왔다. 내가 수익을 만든 방법을 알려주면 똑같이 따라서 했다. 쉽지 않았을 텐데, 엄마는 생각보다 잘 따라와 주었다. 학생이 된 것처럼 엄마는 새벽같이 사무실에 왔다. 수 없이 반복했다. 엄마는 내 옆에 앉아서 내가 상품 등록하는 방법을 항상 지켜봤다. 눈으로 익혔고, 귀로 듣고, 손으로 실행했다. 하루는 할 수 있는 게 생겼다고 보여준다고 했다. CTRL+C, CTRL+V였다. 굳어 마음대로 벌어지지 않는 손으로 연습했다고 했다. 단축키 쓰는 게 멋있어서 연습했다는 귀여운 엄마였다. 하고자 하는 의지가 대단했다. 컴퓨터의 작은 글씨가 보이지 않아 돋보기를 쓰면서 매진하는 엄마의 모습이 얼마나 멋지던지.

매일의 작은 성취는 엄마를 성장하게 만들고 있었다. 어렵지만 새로운 세상을 알아가는 일이 재미있다고 했다. 엄마는 새로운 시작이라는 두려움을 즐기고 있었다. '재능 있는 사람은 노력하는 사람을 이길 수 없고, 노력하는 사람은 즐기는 사람을 이길 수 없다'는 말을 눈으로 확인하는 순간이었다. 행복해하는 모습을 보니 그냥 고마웠다. 언젠가는 다시 시골로 돌아가야 하는 엄마다. 내가 없어도 모든 단계를 스스로 할 수 있어야 했다. 이게 최종 목표였다. 그러기 위해서는 딸이기 이전에 냉정한 선생님이 되어야 했다. 첫 달은 엄마에게 하면 된다는 가능성을 느끼게 해주고 싶었다. 폐업으로 힘들었을 엄마에게 뭐든 할 수 있다는 자신감을 주고 싶었다. 그렇게 시작한 지 한 달이 지나 첫 정산이 이루어졌다. 정산 후 15만 원의 소중한 수익이 엄마의 통장에 남았다. 다음 달 매출은 4배가 올라 60만 원의 수익이 생겼다. 예순 넘은 엄마가 해내다니. 게다가 두 번째 달은 대부분 엄마 스스로가 이뤄낸 매출이었다. 두 달 동안 할 수 있다는 마음 하나로 달려온 엄마의 결과였다. 1년 정도 하니 웬만한 업무는 스스로 처리할 수 있게 되었다. 현재 엄마는 시골로 돌아가 생활하고 있다. 스마트 스토어로 자신감을 되찾은 엄마는 또 다른 공부를 시작해 자격증도 취득했다. 현재는 그 자격증을 살려 요양보호사로 활동하고 있다. 엄마의 본업도 찾고 부업으로 스마트 스토어도 꾸준히 하고 있다.

집에서 아이를 키우면서 할 수 있는 일을 찾고 싶었다. 어떻게 하면 돈을 벌 수 있는 건지 답답하기만 했다. 아이 학원비 20만 원이 벌고 싶어서 시작했다. 목적을 돈에만 두다 보니 벌이가 시원찮으면 힘이 빠졌다. 내가 원하는 만큼 돈이 벌리지 않으니 자책했다. 지쳤다. 갈 길이 멀게만 느껴졌다. 거침없이 나아가는 내 뒤를 돈이 졸졸 따라와 주면 좋겠다는 생각이 들었다. 우연히 예전의 나와 같이 힘들어하는 엄마를 보니 돕고 싶어졌다. '목적이 다른 삶'을 살고 싶어진 것이다. 한창 엄마에게 스마트 스토어에 대해 알려주던 나에게 건네던 엄마의 말이 문득 생각난다.

"도우면서 살아. 그게 너의 일이야."

나의 일, 나의 길? 생각해 본 적 없었다. 나와 같은 마음을 가진 사람들을 도우면서 깨달았다. 어쩌면 이것이 내 삶의 소명이 아닐까. 엄마의 희망이 나의 꿈이 되는 순간이었다.

콘텐츠 크리에이티브

건강함에서 자신감도 나온다

이영림
행복멘토세전

나이가 든다고 모든 사람이 성숙한 어른이 되는 것은 아니다. 나 또한 나이가 들었어도 내 내면의 아이는 성숙하지 못하였다. 나를 아끼고 사랑하는 법을 배운 적이 없으니까. 나는 사춘기를 유별나게 보내며 자랐다. 우리 부모님 세대에는 아이를 존중해 주고 아이의 마음에 공감해주며 키우는 일은 상상할 수도 없는 일이었다. 먹고살기 바쁘고 당신들도 부모라는 자리가 처음이라 몰랐을 테니 말이다. 나는 내가 자라는 동안 존중받지 못했다고 생각했다. 피해자인 척 나는 나만 아는 이기적인 아이로 자랐다. 내 마음속의 아이는 십 대에 그대로 머무른 채 나는 엄마가 되었다.

성숙한 어른이 된다는 것은 어떤 것일까? 성숙한 사람이 된다는 것은 자기가 선택한 것들에 책임을 진다는 것이다. 나는 나의 선택으로 생겨난 결과물에 대한 책임은 회피하며 살아왔다. 눈을 감고 귀를 닫고 그저 하루가 지나면 그만인 시간을 보내면서 말이다. 그런 시간을 보내며 얻은 결과는 만삭 같은 배와 비어버린 통장 잔액, 나빠진 건강으로 몸이 보내는 신호였다. 남은 것이라고는 자책과 한숨뿐이었다.

어릴 때부터 나는 자존감이 바닥이었다. 다른 사람들과 제대로 눈 한번 마주치지 못하고 살아왔다. 뚱뚱하고 못난 외모에 대한 콤플렉스는 자신감을 지하 백 층까지 떨어뜨렸다. 그럴수록 생각 없이 먹고 마시고 즐기는 것들에 집착하였다. 하루의 일과는 당연히 자극적인 안주와 함께 한잔 술로 마무리를 지었다. 오늘은 무슨 안주를 먹을까? 곱창에 소주? 치킨에 맥주? 그런 고민을 하며 사는 게 낙이었다. 배달 앱에 있는 메뉴들을 도장 깨기를 하듯 시켜 먹었다. 그 시간만큼은 행복하다고 생각했다. 아무 생각 없이 웃을 수 있었으니까. 그렇게 늘어가는 체중계의 숫자와 반대로 통장은 텅텅 비어갔다. 술이 깨고 나면 후회와 반성을 하고 또 반복하며 보냈다. 나는 날씬해지고 싶었다. 44 사이즈도 아닌 근육질의 몸매도 아닌 내가 원한 것은 프리사이즈를 입는 것이었다. 청바지에 티셔츠만 입고 자신 있게 다니는 것이 나의 로망이다.

바닥에 처박힌 자존감부터 끌어올리기로 했다. 이번이 마지막이라는 마음으로 그동안 실패한 다이어트에 도전했다. 하루에 3번 셰이크만 먹었다. 쉬는 날이면 6시간씩 등산을 하고 매일 10킬로 달리기를 하고 웬만한 거리는 걸어 다녔다. 나는 출근해서 8시간씩 몸으로 일을 한다. 퇴근하고 나면 집안일에 아이들까지 돌봐야 했다. 그렇게 나는 6개월 동안 15킬로 감량을 하고 스스로 준비한 보디 프로필을 찍었다. 복근은 하나도 없었지만 내 눈에는 그저 예쁘게만 보였다. 66 치수의 몸매가 내 인생에서 가장 날씬한 순간이었다. 그쯤에 내 몸에서 신호를 보내기 시작했다. 앉았다 일어나면 핑하고 어지러워서 한참을 서 있어야 했다. 식은땀을 흘리며 겨우 진정하고 나서야 하던 일을 마저 할 수 있었다. 머리를 감을 때마다 머리카락이 한 움큼씩 빠지고 손톱은 종잇장처럼 얇아져서 갈라지기 일쑤였다. 건강은 나빠졌지만 날씬해진 만큼 기분은 좋았다. 보는 사람마다 날씬해졌다고 건네는 말들이 듣기 좋았다. 그렇게 나는 처음으로 나 자신에게 '너도 하면 되는구나.' 따스한 온기를 느끼기 시작했다.

나처럼 외모에 콤플렉스가 있는 사람들을 도와주고 싶었다. 건강하고 행복하게 자기 자신을 사랑할 수 있도록 말이다. 여자는 특히 엄마들은 평생 건강한 삶과 다이어트와는 떼려야 뗄 수 없는 존재다. 30년 동안 다이어트와 요요를 반복했다. 잘못된 방법으로 체중계 숫자에 집착하는 다이어트는 절대로 하면 안 된다. 나처럼 힘들지 않게 절대 하지 말아야 하는 것들을 알려주고 싶었다. 워킹맘들은 해야 할 일들이 많다. 양가 집안의 대소사를 챙기는 일부터 회사일, 집안일에 아이들 육아까지. 그야말로 슈퍼우먼이 돼야 한다.

사람들은 행복해지고 싶다면서 자신의 건강과 돈을 맞바꾸는 어리석은 짓을 하며 살아간다. 젊은 나이에는 돈을 벌기 위해 건강을 등한시 여긴다. 건강을 돌보지 않고 살다가 나이가 들면 나빠진 건강을 회복하는데 벌어놓은 모든 돈을 쓴다. 아프기 시작하면 나뿐만 아니라 가족 전체가 힘들어진다. 사랑하는 가족들과 행복한 시간을 보낼 수도 없다. 모든 일에 짜증이 나고 사사건건 시빗거리가 된다. 내가 다이어트를 하는 동안 우리 집은 그야말로 폭풍전야였다. 아이들과 남편은 내 눈치 보기에 바빴다. 일상을 그런 생활들로 평생 지속할 수 있을까? 나는 무엇보다 건강하게 살고 싶었다. 내 아이들이 힘들어할 때나 좋은 일이 생겼을 때 건강한 엄마로 오래도록 함께하고 싶기 때문이다. 그러기 위해 나는 조급해하지 않고 행복하고 건강하게 내 몸을 관리한다.

지금까지 살아오면서 내가 선택한 모든 것들이 지금의 나라는 결과물을 만들었다. 가난도 질병도 몸무게도 말이다. 하루하루 순간순간마다 더 나은 것들을 선택하며 좋은 결과를 유지하는 것. 그것이 평생 지속하며 성공할 수 있는 다이어트 비법이다. 살아가면서 한 가지를 선택한다는 것은 또 다른 하나를 포기한다는 것이다. 누구나 어려운 것보다는 쉬운 것을 선택한다. 나중에 후회하는 것을 알면서도 말이다. 몸을 잘 돌본다는 것은 건강한 먹거리를 선택한다는 것이다. 사람은 먹는 즐거움에서 가장 큰 행복을 느낀다. 몸은 우리가 살아가면서 내 마음대로 제어할 수 있는 유일한 일이다. 나의 소명은 엄마들이 행복하게 건강해지는 법을 알려주는 것이다.

많은 다이어트로 요요를 경험했다. 마지막이라고 생각한 다이어트에서 건강하지 않은 방법으로 6개월에 15킬로그램을 뺐다. 다시 10킬로그램이 찌기까지 한 달이 채 걸리지 않았다. 지금의 나는 체중계의 숫자에 집중하는 게 아니라 내 몸을 건강하게 돌보는데 집중하는 중이다. 살을 빼는 데는 굳이 죽을 만큼 힘든 방법이 아니더라도 맛있게 먹으면서도 얼마든지 뺄 수 있다. 다이어트든 자기 관리는 평생 관리해야 한다. 지금의 내 모습이 누군가에게는 완벽하게 보이지 않을 수 있다. 하지만 나는 지금의 건강한 내 모습이 좋다. 건강하게 살을 빼고 나면 자신감은 더불어 생긴다. 작은 성공 덕분에 다른 모든 일도 잘 해낼 수 있을 것 같다. 아이들은 엄마의 뒷모습을 보며 자란다는 말이 있다. 씩씩하고 환해진 엄마를 보는 아이들의 표정마저 밝아졌다. 지금 우리 집, 봄이다. 따뜻한 인생을 맞이하는 엄마들이 많았으면 좋겠다.

콘텐츠 크리에이티브

불량주부 좌충우돌 성장이야기

조은주
유쾌한 책글맘

　1인 지식기업가 과정은 저에게 신의 한 수였습니다. 제가 감히 이런 과정에 문을 두드려도 될까? 싶어질 정도로 나 자신을 믿지 못했습니다. 용기가 없었고 자신이 없었습니다. 의지도 약하고 지난 제 인생을 되돌아보면 뭔가 하나 끝까지 밀고 나가거나 집중을 해본 적이 없는 거 같습니다. 그런데 1인 지식기업가 모집 글을 볼 때마다 가슴이 두근거리고 '나도 한번 해볼까?' 하는 생각이 떠나질 않았습니다. 이미 이 과정을 마치신 분들에게서 '엄청 힘든 과정이다.'라는 소문을 듣고 있던 차라 '난 못해 지금 새벽 기상과 독서도 겨우 따라가는데…' 라며 망설이고 있었습니다. 점점 마감 기한은 다가오고 모집 글을 읽고 또 읽고, 그러는 순간 저의 손은 모집신청서를 작성하고 있었습니다. 그리고 저에게 날아온 합격 문자!! 기쁜 건지 두려운 건지 온몸에 힘이 쭉 빠졌던 그 순간이 아직도 생생합니다.

1인 지식기업가 과정은 나만의 콘텐츠를 찾는 과정이었습니다. 콘텐츠가 뭔지도 모르고 살아온 저에겐 낯선 단어였습니다. 1인 기업가 과정을 하나하나 밟아가면서 콘텐츠가 뭔지 알아가기 시작했고 한 계단 한 계단 밟아 올라가니 나의 콘텐츠에 다다르게 되었습니다.

저의 콘텐츠인 〈주부성장연구소〉를 찾게 된 거죠. 저는 주부성장 연구소를 운영하면서 전업주부들에게 현재 생활에 안주하지 말고 우리도 성장하자고 외치고 싶어졌습니다.

자기 계발 모임에 들어와 보고 저는 너무 놀랐습니다. 하루 스물네 시간을 쪼개어 쓰며 알차게 살아가는 사람들이 정말 많았습니다. 그분들을 보며 지난 저의 시간이 아깝게 느껴졌습니다. 저는 두 아이를 키우며 정신없이 달려왔다고 생각했는데 감히 그런 말을 꺼낼 수가 없었습니다. 회원분들은 새벽 기상을 하고, 직장도 다니고, 책을 읽고, 틈틈이 공부도 하고, 투자도 하는 놀라운 세상이었습니다. 그 속에서 저는 맘이 조급해졌습니다. 빨리 저 사람들처럼 성과를 내고 싶었습니다. 그래서 닉네임도 '따라쟁이'라고 짓고 무조건 따라 하겠다고 무작정 시작했습니다. 과정은 생각지도 않고 마음만 조급했습니다. 새벽 기상 몇 번 하고는 '달라지는 깃도 없네!'라는 생각도 했고 책을 읽고 앉아 있을 때는 '이러고 앉아 있다고 부자가 된다고?' 역시 아니었어. 에라 모르겠다 '○○ 엄마한테 연락이나 해볼까?' 하고 몸이 근질근질했습니다.

주부성장이라는 말은 결혼 후 아내나 엄마로만 살아온 저에게 하는 말이기도 합니다. 남편이 벌어다 주는 돈으로 하루 삼시세끼, 빨래와 청소를 하면 그날의 과제를 완료했다는 마음으로 잠자리에 들곤 했습니다. 아침마다 출근과 등교를 준비한 전쟁터 같은 집을 청소하고 나면 마음이 공허했습니다. 아이들이 돌아올 때까지 그냥저냥 아까운 시간만 흘려보냈습니다. 오후 시간에는 아이들 학원 라이딩을 하거나 저녁을 하고 집 안을 정리하면 내 일과는 끝이라며 핸드폰을 보다가 잠이 드는 일상이었습니다. 이런 무기력한 삶에서 벗어나고 싶어졌습니다.

1인 지식기업가 과정은 정말 숨 가쁘게 달려왔습니다. 매일 주어지는 어마어마한 과제들, 블로그 글쓰기, 나의 콘텐츠를 잡아가기 위한 과정, 사명, 비전 찾기, 역산 스케줄, 1년 후, 3

년 후, 5년 후 계획하기 또 그에 따른 발표 자료 ppt 만들기 등 등 한 번도 해보지 않은 낯설기만 한 과제들이 쏟아졌습니다. 죽을힘을 다해 따라갔습니다. 주부로만 지내온 시간속에서 이렇게 집중하고 노력한건 처음이었습니다. 그리고 졸업이 다가오니 어느새 저의 콘텐츠가 만들어지고 주부성장연구소 소장 닉네임인 책읽고 글을 쓰는 엄마라는 〈유쾌한 책글맘〉이 되어 있었습니다. 너무도 신기했습니다.

주부의 삶으로만 20년을 살았고 그것도 지극히 전형적인 아니 그보다 못한 불량주부의 삶을 살아왔습니다. 주부라고 해서 요리를 잘한 것도 아니고 가계부를 쓴 것도 아니고 애들을 옆에 끼고 가르친 것도 아니었습니다. 자기 계발을 시작하면서 저는 바쁜 게 아니라 게을렀다는 것을 알았습니다.

처음 자기 계발로 선택한 건 독서 모임이었습니다. 줌으로 하는 독서 모임이라고 해서 호기심에 신청했습니다. 강의 보듯이 보고 있으면 되는 줄 알고 시작하였습니다. 그런데 줌 화면에 제 얼굴이 나오는 걸 처음 알았습니다. 줌 화면에 나오는 제 모습이 너무 낯설고 부끄러웠습니다. 도저히 화면을 켤 수가 없었습니다. 화면을 켜고 있는 사람들 위주로 발표하였습니다. 저는 그 시간도 너무 두려웠습니다.

그랬던 제가 점점 자신감을 회복하면서 화면에 얼굴을 보이게

콘텐츠 크리에이티브

되었습니다. 발표도 하게 되고 농담도 하게 되었습니다. 1인 지식 기업가 과정을 시작하면서 불과 10주 만의 폭풍 성장입니다.

제가 하나하나 성장해 오면서 느낀 것은 주부라도 자신에게 투자해야 합니다. 투자라고 해서 꼭 이쁜 옷과 액세서리가 아닙니다. 자신을 발전하게 할 수 있는 무언가를 해야 합니다. 그중에 기본은 독서라는 걸 말씀드리고 싶습니다. 독서는 꼭 필요하며 독서와 함께 온전히 나에게 투자하는 나만의 시간을 가져야합니다. 나와 생각이 맞고 결이 맞는 사람들과 함께하면 더더욱좋은 거 같습니다. 서로 응원해 주고 위로해 주고 격려해 주는힘은 정말 크다는 걸 몸소 체험했습니다.

늘 가족들 위주로 살아왔습니다. 하지만 지금은 대부분이저를 위한 시간이 되었습니다. 새벽에 일어나 책을 읽고 감사일기를 쓰고 플래너를 정리합니다. 남편과 아이들의 아침을 챙겨 보내고 나면 읽었던 책에 대한 후기를 블로그에 남기거나 부족한 루틴들을 이어 나갑니다. 이제는 닉네임도 책글맘 이라고바뀌었습니다. 책 읽고 글 쓰는 엄마라는 뜻입니다. 거기에 저의 유쾌한 성격을 나타낸 '유쾌한 책글맘'으로 바뀌었습니다. 두딸에게 내세울 게 없던 엄마였는데 매일 새벽에 일어나 책 읽고, 글 쓰고, 노력하는 엄마의 모습을 보여줄 수 있게 되어 뿌듯합니다. 남편 또한 저의 이런 모습에 감탄하고 응원해 주기에 이르렀습니다. 이런 일상을 보내는 요즘은 너무 행복합니다.

살림하면서 독서를 하려면 집중이 되지 않고 삼천포로 빠지기 일쑤였습니다. 그래서 제가 생각한 방법이 단 10분 만이라도 집중하자며 타이머를 맞추고 책을 읽기 시작하였습니다. 타이머를 이용한 10분 독서로 지금은 진정한 독서의 맛을 알아가고 있습니다.

2022년 저에게 일어난 기적입니다. 집에서 살림만 하던 불량 주부가 이렇게 성장하고 발전했습니다. 저와 같이 자존감이 바닥인 주부들에게 저의 발전과정을 나누고 용기와 희망을 드리려고 합니다.

콘텐츠 크리에이티브

부동산 초보가 임장을 통해 나눔으로 성장하다

정경희
행부원츄

　임장 스터디를 진행하면서 가장 신난 건 나였다. 부동산 왕초보가 임장을 간다는 자체만으로도 설렜다. 혼자였다면 생각만 했을 거다. 임장은 부동산을 사려고 할 때 직접 해당 지역에 가서 탐방하는 것을 말하며, 발품 판다는 것과 같은 뜻이다. 부동산 공부는 독서, 임장, 투자로 진행된다. 부동산 관련 서적을 읽으면서 지식을 쌓고 현장을 보면서 아파트 시세와 입지를 분석한다. 지식과 안목을 바탕으로 작은 투자부터 경험을 쌓는 것이 기본 원칙이다. 그러나 부동산 초보자에게는 밖으로 나가기가 두렵다. 어디로 가야 할지 무엇을 봐야 하는지 모른다. 중

개사무소에 방문해서 브리핑도 듣고 친분도 쌓아야 한다는데 문조차 열기가 버거웠다. 아는 게 없으니 물어볼 것도 없다. 독서와 강의만 듣던 나 같은 왕초보에게 혼자 가는 임장은 생각조차 못 할 힘든 일이었다. 할 수 있는 건 임장 스터디 모집이 있으면 따라 가는 게 전부였다.

이런 왕초보가 운영하는 임장 스터디는 함께 가는 임장이었다. 같이 갈 사람이 필요했고 가야 하는 시스템이 절실했다. 알려주는 임장이 아닌 함께 하는 임장. 그래서 타이틀도
'혼자 가기 힘든 임장. 함께 가면 무조건 갈 수 있습니다.
행부원츄와 함께 임장하고 같이 성장합시다.'
부동산 초보자라면 나처럼 임장을 어려워한다. 투자를 위해 꼭 필요한 과정이기에 두려움을 쫓아내고 가야 하지만, 현실은 만만치 않다. 임장은 왕초보에게는 신의 영역이라 볼 수 있다. 가기 전 체크 사항, 보는 방법, 동선, 부동산 중개소 방문 등 법칙과 방법이 있어 보였다. 복잡해 보이는 임장을 함께 간다면 가지 않을까 싶어 시작했다. 같은 마음의 분들이 스터디에 신청해 주었고, 무조건 가야 하는 시스템은 시작되었다.

임장 스터디는 나를 가장 많이 성장시켰다. 임장 리더이고

나를 믿고 접수한 분들에게 도움이 되어야 했다. 아무것도 모르고 진행할 수가 없었다. 지역 선정 이유와 입지 분석, 임장 동선 등 하나하나 체크했다. 강사와 갔던 임장 스터디 경험을 토대로 하나씩 만들어 갔다. 매주 가는 임장이었다. 가기 전 지역분석과 임장 동선을 공유했다. 아무것도 모르는 초보자였기에 시간이 오래 걸렸다. 돈에 대한 가치와 나에 대한 믿음의 보답으로 최선을 다해 준비했다. 매주 가는 발품 임장(걷기 임장)과 미리 준비하는 손품 임장(지역분석, 입지 분석, 개발 호재, 시세 분석)으로 일주일을 불태웠다. 시간과 경험이 부족해서 할 때마다 쉽게 끝나지 않았다. 부동산 어플 사용이 서툴러 지도 작성, 자료 검색만으로도 한나절이 걸렸다. 포스팅 자료 공유와 임장 지도까지 만드는 게 하나의 루틴이었다. 일주일의 시간을 오로지 임장에 다 쏟아부었다. 기수가 진행될수록 시간은 단축되었고 임장에 대한 자신감도 생겼다. 점점 속도감이 붙기 시작했다.

실력은 늘었지만 매주 가는 임장은 힘에 부쳤다. 점점 지치고 가족에게도 미안했다. 체력은 바닥이 났다. 가정과 직장 모두 소홀하게 되었다. 스터디분들도 힘들어했고, 한 분씩 스터디를 떠나기 시작했다. 변화가 필요했다. 그 당시 부동산 시장은 상승장과 부동산 규제로 인해 1억 미만 아파트가 투자 상품으로 주목되었다. 부동산 규제로 취득세가 없는 물건지에 관심들이 많아지면서 매매가는 조금씩 오르고 있었다. 지방 임장이 필요했다. 부동산 시장의 흐름과 고객 니즈에 맞게 4기부터는 지방 위주로 '한 달 한 지역 파헤치기' 프로그램을 진행했다. 한 달 동안 한 지역을 공부하면서 임장은 한 달에 한 번 가는 것으로 바꾸었다. 한 지역 파헤치기 과정은 매주 가는 임장과는 차별화가 필요했다. 3기까지 운영한 노하우와 경험을 바탕으로 손품 임장을 위한 미니 강의를 열었다. 부동산 어플을 통한 지역분석 방법과 임장 동선, 임장 지도 그리는 법을 알려주었다. 3기까지는 지역을 보는 것에 중심을 뒀다면 4기부터는 입지와 시세 분석을 통해 저평가 아파트를 찾는 것에 초점을 두었다. 경험을 나눌 수 있는 계기가 되었다.

3기 임장이 순수 동행이었다면 4기부터 이끌어 가는 임장 리더였다. 지식과 경험을 가르쳐 주면 그것은 훌륭한 노하우가 되고 희소성을 지닌 콘텐츠가 된다. 나눠드린다 생각하니 임장에 대한 태도가 달라졌다. 임장에 중점을 두었던 것이 임장을 알려드리는 것에 집중하게 되었다. 나눠드린 노하우를 문서화하기 시작했다. 매뉴얼이 생기고 강의안이 만들어졌다. 누군가에게 알려준다는 것은 경험을 밖으로 꺼내어 보석으로 만들어

가는 과정이다. 강의는 포스팅을 넘어 나만의 콘텐츠가 되었다. 한 단계 앞으로 나아가는 계기가 되었다. 경험이 있었기에 강의도 가능했다. 시작은 항상 미약하고 두렵다. 강의 첫날은 기억조차 나지 않는다. 준비한다고 했지만 떨리는 마음이 진정될 새도 없이 끝나버렸다. 임장 첫날이 생각났다. 그때도 사람들에게 무슨 말을 했는지 기억나지 않았다. 오로지 갈 곳만 봤다. 강의도 마찬가지였다. 다음 장표만 봤다. 사람들 눈을 마주칠 새도 없었다. 보면 떨려서 못 할 거 같아 화면을 가렸다. 나는 나가서 말하는 것을 싫어한다. 얼굴이 빨개지고 몸에 열이 나는 전형적인 무대 밖 체질이다. 그런 내가 스스로 강의 도전을 했다. 아는 것을 나눠주고 싶었다. '초보가 왕초보를 가르친다'라는 마음으로 부동산 왕초보자를 위한 임장 리더가 되었다. 손품임장, 발품 임장, 임장 노선, 임장 동선, 투자시나리오까지 시간과 경험은 스토리가 있는 임장스터디가 되었다. 강의는 최대한 쉽고 간단하게 진행했다. 임장이 처음인 분도 함께 임장하고 나면 혼자서도 충분히 갈 수 있도록 모든 것을 알려드렸다.

한 발짝 앞서 공부했기에 처음 하는 분들의 막막함을 누구보다 잘 알고 있었다. 나눠드리고 싶었다. 별거 아니지만 분명 필요하다고 생각했다. 내가 해왔던 과정과 임장을 통한 노하우를 다 알려주었다. 나의 이야기에 귀 기울여 주고 도움이 되었다는 말 자체만으로도 행복했다. 누군가를 도울 수 있다는 사실을 알았을 때, 지금까지 걸어왔던 길이 생각났다. 기분이 묘하면서 눈물이 날 뻔했다. 그동안 힘겨운 기억들이 한순간에 사라졌다. 귀한 공부가 되었다는 사람들의 말을 들을 때마다 힘이 났다. 더 많은 이들에게 나의 경험과 지식을 나눠 주고 싶었다. 부동산 초보가 임장 리더를 하면서 강사로 확장하였다. 나누고자 하는 마음 하나로 시작한 임장은 또 다른 도전, 또 다른 기회를 만들어 주었다. 배움, 경험, 지식 등 모든 것들을 나누는 순간 삶의 자산이 된다는 것을 다시 한번 가슴에 새겨 본다.

직장과 육아 속에서 나만의 육아 비법을 나누다

최순주
진격의 최여사

워킹맘은 아이들에게 늘 미안한 마음이다. 그러면서도 아이들이 잘 자라주기를 바란다.

직장에서도 인정받고 싶은 마음이 있다. 모든 워킹맘들의 마음일 거다. 직장과 아이 두 마리 토끼를 잡고 싶어 한다. 하지만 현실은 녹록지 않았다.

큰아이는 어렸을 때 부비동 염으로 환절기에는 특히 병원을 자주 다녔다. 코막힘으로 아이가 밤잠을 설치면 나 또한 함께 밤잠을 설치는 날들이 많았다. 그러다 병원에서 코폴립(비용종)의 진단을 받고 전신마취 수술이 결정이 났다. 수술만큼은 피하고 싶어 여러 군데 병원에 다니면서 수술이 아닌 약물과 치료로 낫게 할 수 있는 방법들을 알아보았다. 병원마다 수술을 권했고, 조금이라도 수술을 잘하는 의사 선생님을 찾기 시작하였다. 수술당일 아이는 꽉 잡은 내 손을 놓지 않은 채 나를 쳐다보았다. 간호사의 제지로 수술실 앞에서 아이를 들여보내야만 했다. 아이의 두려움의 눈빛은 아직도 잊을 수가 없었다. 내가 대신 수술실로 들어가고 싶었다. 아이 대신 아프고 싶었다. 아이의 수술은 워킹맘이라는 현실을 더 힘들게 했다. 집에서 오로지 아이만 돌볼 수 없는 현실이 괴로웠다.

직장인이라면 직장 구성원들과 함께 업무 시간 이외에 친목을 다지기 위한 시간을 갖는다. 회식도 업무의 연장이다. 큰 아이는 친정 부모님 집과 작은 아이는 고모님 집에서 내가 퇴근해서 오기만을 기다리고 있다. 회식이 있는 날은 눈치를 보며 관리자에게 회식 참석이 어렵다고 말씀드린다. 아이도 잘 키우고 싶고 직장에서도 인정받고 싶다. 워킹맘들의 마음이 나와 같지 않을까? "혼자만 애 키우니?" 옆에 있던 선배가 나를 쳐다보며 말을 했다. 그 순간 사무실 사람들의 눈빛이 나를 향했다. 유난 떤다는 표정이었다. 죄인이 된 것처럼 고개를 푹 숙였다.

콘텐츠 크리에이티브

어쩔 수 없이 회식 자리에 참석하였다. 시계를 보았다. 마음은 초조했고 나를 기다리고 있을 아이 모습이 눈에 아른거렸다. 눈치를 보며 밥을 먹는 둥 마는 둥 하며 서둘러 나왔다.

기다리고 있을 아이를 생각하니 마음이 급했다. 아이는 자기 물건이 든 조그만 배낭을 메고 온통 얼굴에 눈물콧물 범벅을 하고 있었다. 내가 무슨 잘못을 했기에 회식 참석 안 하는 게 이렇게 눈치 볼일인가? 아이는 무슨 잘못을 했기에 엄마를 기다리며 이렇게 울고 있을까? 직장 회식도 참석하기 어려운데 친구들과의 만남은 더 어려웠다. 만남의 연락이 오면 그때마다 핑계를 대고 회피하게 되었다. 그러다 보니 자연스럽게 친구들과도 연락이 끊어지게 되었다.

워킹맘의 자녀들에 대한 선입견이 있다는 사실을 알게 되었다. 초등학교 1학년 담임선생님은 "준비물을 잘 챙겨 오지 않는 아이들을 보면 직장 다니시는 어머님들이 시간이 없으셔서 잘 챙겨주지 못하시는데 바쁘시지만 잘 챙겨서 보내주세요."라고 했다.
큰아이 친구 엄마는 본인 남편에게 "○○ 엄마는 워킹맘이지만 아이에 대한 교육철학도 있고 집에 있는 웬만한 엄마들보다 훨씬 아이를 잘 키웠다"라고 했고, 친구 아버지는 "그래봤자 워킹맘이고 워킹맘이 얼마나 잘하겠어, 집에 있는 엄마들이 아이에게 쏟을 수 있는 시간을 워킹맘들이 어떻게 따라서 갈 수 있겠어?"라고 했다고 한다.

그 일이 있은 후 내 아이가 '워킹맘의 아이들은 엄마가 시간이 부족하여 돌봄을 받지 못하는 아이'로 선입견을 갖지 못하게 잘 키워야겠다는 생각을 했다.

불필요한 감정들은 정리해야만 했다. 현재 처한 상황만 탓할 수 없었다.

내 아이 잘 키우고 싶었다. 나만의 원칙 3가지를 세웠다. 첫째는 아무리 바빠도 아이들에게 엄마의 정성과 사랑을 느낄 수 있게 집밥을 해주는 것이다. 그리고 주말에는 도시락을 싸서 아이들 친구 몇 명을 데리고 함께 체험활동을 하였다. 아이들에게 교과서에 나오는 교육과정과 연관이 되는 곳을 방문하여 직접 체험할 수 있는 환경을 만들었다. 가기 전 책을 읽게 하고 다녀와서 그날 보고 왔던 체험들을 저학년 때는 그림으로, 학년이 올라갈수록 글로 쓰게 하였다. 두 번째는 아이들과 습관 계획표를 작성하고 퇴근 시간 이후 주말은 꼭 아이들과 함께 보냈다. 습관 계획 중 아이에게 학교가 끝나면 시간을 정해 엄마에게 전화하기가 있었다. 전화로 엄마와 통화를 하면서 아이가

콘텐츠 크리에이티브

학교에서 있었던 일들을 들어주며 아이와 소통하였고, 끝날 무렵 알림장에 관해 물어보고 학교에 필요한 준비물이 있다면 퇴근하면서 챙겨 갔다. 초등학교 1학년은 씨앗이나 나뭇잎 솔방울 등 문방구에서 살 수 없는 준비물들이 있었기에 미리 준비해야 했다.

세 번째는 아이들에게 미안하다고 물질적인 보상은 절대 하지 말자는 것이었다.

딸이 초등학교 때 자기 친구는 엄마가 시험을 100점 맞아오면 친구가 원하는 것 사준다고 했다고 한다. 자기는 100점 맞았는데 엄마는 왜 자기에게 아무것도 사주지 않느냐고 하기에 원하는 것을 사줄 테니 조건이 있다고 했다. 시험지에 엄마 이름을 써서 100점을 맞으면 원하는 것을 사준다고 했다. 아이는 어리둥절했다. 그 시험은 엄마를 위해 보는 게 아니고 너를 위한 시험이라는 걸 알려주고 싶었다. 그 이후 딸아이는 그런 이야기를 하지 않았다.

아이들은 대학생이 되어도 엄마와 소통을 잘하고 있고, 지금도 친구 같은 엄마 서로 끊임없이 대화하는 사이가 되었다. 누구보다도 나를 이해해 주고 응원해 주는 지원군이다. 가정이 편안하고 아이들과의 관계도 좋으니 직장에서도 업무 효율이 높았다. 편안해 보이는 내게 직장 동료들은 육아 고민 상담을 하였다. 아이들 친구 엄마들도 직장을 다니면서 아이들과 좋은 관계를 유지하는 방법에 관해 물어보았다.

자기 계발을 통해 나를 찾다 보니 나를 인정하게 되었고, 아이들의 육아에 진심을 다했다는 것을 알게 되었다. 육아 질문들을 많이 받았다. 아이와 소통하는 나를 부러워했다. 알려주면서 뿌듯했다. 소명이 생겼다. 나의 경험을 나눠주고 싶었다. 직장과 육아 속에서 나만의 기준으로 아이와의 소통 과정을 나눠주고 싶었다. 나의 소명이 생겼다. 나는 워킹맘 해우소 소장이다.

퇴근하고 집에 오면 녹초가 되었다. 누가 집안일 좀 대신해 주면 좋겠다고 생각했다. 아니면, 집에 앉아 남편 벌어다 주는 돈으로 살림만 하면서 살든지. 집안일과 직장, 둘 다 하려니 피곤하고 지쳤다. '나'는 어디로 사라지고 '직장인'과 '주부'만 남았다. 헛헛했다. 당당하지 못했다. 소통 육아로 아이의 성장에 온 힘을 쏟았지만 정작 내가 없다

마음 편히 고민을 털어놓을 수 있는 곳이 필요했다.

신뢰와 소통을 바탕으로 워킹맘들이 직장생활이나 가정에 충실하기 위해 워킹맘으로서 28년간 자녀를 키운 경험을 함께 나누고 싶다.

　　　　　　　　　　　콘텐츠 크리에이티브

제3장

콘텐츠 생산, 시작부터 수익까지

콘텐츠도 진화한다

김애련
미라클 부자

　'명문대 보낸 자녀교육법'으로 특강 후 나에게 요청된 정규 강의. 요청해 주는 사람들에 의해 프로그램을 만들면서 고민이 되었다. 내가 그럴 자격이 있는 것인가? 콘텐츠는 전문가의 영역이라고 생각했다. 아이들 키우며 주어진 일을 처리하는 직장인으로 살았다. 혼자서 무언가를 기획하고 커리큘럼을 짜본 적도 없다. 무에서 유를 창조해야 하는 과정이었다. 수업을 한다는 것도, 타인 앞에서 발표를 한다는 것도, 자료를 만들어 PPT를 만드는 것도 처음 이였다. 고민을 부자마녀에게 얘기 했다. 사람들은 경험을 듣고 싶어 한다고 한다. 아직 가보지 않은 길이기에. 지금도 아이를 키우고 있는 중이기에 다 키워낸 선배엄마의 이야기가 궁금하다고, 사람들이 가장 궁금해하는 이야기를 전달하면 되고, 경험을 어떤 방법으로 전달할 것인지, 어떤 효과가 있었는지, 함께 실천해 볼 것들은 무엇 인지 생각해 보라고 한다. 한 걸음 앞서 간 사람이 한걸음 뒤에 있는 사람에게 길을 알려주는 것이라고 생각하면 된 다. 경험이 콘텐츠다고 얘기해 줬다.

경험이 콘텐츠다. 한걸음 앞에 있는 사람이 한걸음 뒤에 있는 사람에게 알려 준다. 이 말에 용기가 났다.

내가 살아온 경험이, 블로그에 올린 아이들의 교육법이, 주변에서 자주 물어 오던 아이를 어떻게 키웠느냐는 질문이 나의 콘텐츠가 되었다. 오래전 동네 언니의 이야기에 귀 기울이고, 탈무드의 한 구절에 의지하고, TV육아정보에 목말라하고 내가 가는 길이 옳은 것인지 나에게 물어보던 그 시절, 그때의 나에게 누군가 이렇게 하는 것이 훨씬 더 좋은 방법이야 라고 얘기해 주었더라면. 너 잘하고 있어라고 이야기해 주었더라면 어땠을까라는 생각에 이르렀다.

과거의 나 같은 사람들이 나에게 내민 손을 잡아주기로 했다. 엄마가 행복해야 아이들이 행복할 수 있다고. 아이의 이야기에 귀 기울여주고 믿어주고 사랑해 주어야 아이가 스스로를 사랑할 자존감을 가질 수 있다고 이야기하기로 했다. 4주 동안 무엇을 줄 수 있을 것인지, 어떤 순서로 하여야 할 것인지, 어떤 것들을 함께 실천해 볼 것인지 고민하고 또 고민했다. 엄마를 우선으로 할 것인지 아이들을 우선으로 할 것인지 커리큘럼을 만들어 보았다. 나는 솔직해 지기로 했다. 초보가 왕초보에게 알려준다는 마음으로 임한다는 것을 고백하기로 했다. 그렇게 프로그램은 시작되었다.

드림 온 프로젝트

1. 집 밥의 힘
   - 건강한 신체에 건강한 정신이 깃든다.
   - 가화만사성 – 가정이 평안해야 모든 일이 순조롭다.
   - 수신제가 치국평천하 – 내가 나를 바꿀 수 있어야 가정이 바뀐다.
   - 모든 것은 나로부터 시작한다. 실천할 수 있는 것들을 세부항목에 넣었다.
2. 버려야 할 습관 만들어야 할 습관 – 생활습관 형성하기. 취학 전 만들어줄 습관.
3. 독서방법, 마인드맵 하기.

4. 북 아트, 보물지도, 꿈 로드맵 만들기, 그리고 오프모임으로 멤버들
　과 만나기.

　4주의 프로그램동안 가장 많은 변화를 보인 것은 집 밥과 차 마시는 시간이었다. 워킹 맘으로 직장생활을 하며 집 밥을 해내는 것은 쉬운 일이 아니다. 나 역시 몸이 피곤할 때면 바깥 음식을 먹고 싶다. 직장 내에서 에너지를 효율적으로 비축하는 것도 필요하다. 에너지를 다 쓰고 집에 오면 녹초가 된 몸으로 육아를 한다는 것은 매우 힘든 일인 것이다. 직장 내에서의 감정을 집 안으로 끌어들여서도 안 된다. 나는 매일 직장에서 집으로 출근했다. 현관문 밖에서 감정을 다 털어내고 웃는 얼굴, 생기 있는 얼굴로 집에 들어섰다. 옷 갈아입기 전 아이들을 안아주고 종알거리는 이야기에 귀 기울였다. 엄마가 퇴근하기를 간절히 기다린 아이들에게 이보다 중요한 것은 없다. 밥보다 중요한 것이 정서였다. 엄마의 기분과 감정을 고스란히 아이들이 눈치채기 때문이다. 배달 음식을 먹더라도 그릇에 예쁘게 담아냈다. 소중한 사람으로 대접을 받고 있다는 감정을 느끼게 해주고 싶어서이다. 엄마의 길은 참으로 고되다. 그렇지만 지금의 고됨이 나중에 평안함으로 온다. 지금 편안하고 나중에 고될 것인가? 아이는 기다려주지 않는다. 내가 잠자는 사이에도 아이는

자라고 있다. 바쁘다는 이유로 아이들이 커가는 행복을 우선순위 밖으로 밀어내서는 안 된다. 한 끼를 먹더라도 정서를 함께 나누는 시간이기를 바랐다.

매일 저녁 차를 준비하고 아이와 이야기를 나누는 시간을 가졌다. 차분한 상태로 잠들기를 바랐다. 정서적으로 안정을 주기를 바랐다. 아이들과 함께 한 나의 경험을 프로그램에 담아 냈다.

프로그램을 하는 엄마들도 차 마시는 시간이 좋았다고 한다. 중학생 남자아이가 이 시간을 기다리고 내일은 무슨 차를 마실 건지 물어보기도 한다니 대화거리도 생겼다. '오늘 어떻게 지냈어? 너의 생각은 어때?'라고 물어 봐주는 시간. 이 시간만으로도 사춘기 대화절벽은 사라진다.

드림 온 프로젝트를 하며 변화가 있었던 엄마들은 지속적으로 할 수 있는 과정을 요청해 왔다.

엄마들의 요청에 의해 '드림 온'의 연장선인 꿈이 자라는 '그로우 드림'이 만들어졌다.

커리큘럼을 어떻게 짜야 할지 무슨 얘기를 나눠야 할지 어떻게 진행을 해야 할지 막막했던 나였다.

프로그램에 참여하는 엄마들과 성장을 하며 함께 새로운

콘텐츠 크리에이티브

콘텐츠를 만들었다. 엄마들의 요청에 의해 또 다른 콘텐츠인 '부자습관독서클럽'도 만들어졌다. 함께 하는 힘이다.

'경험이 최상의 증명이다. 나는 나의 길을 인도해 주는 유일한 램프를 가지고 있다. 그것은 경험이란 램프다'- P.헨리. 나의 경험이 타인의 경험이 되어 가고 있다.

경험이 콘텐츠를 낳고 콘텐츠는 나에게 새로운 소득을 가져다주었다. 콘텐츠도 진화한다. 경험이 쌓이기 때문이다.

나 자신이 상품이다

권미영
돈월이

전자책 쓰기에 도전했다. 종이책처럼 두껍지 않으면서 크몽에 등록하는 전자책을 선택했다. 전자책이라는 단어도 조금 낯설었다. 그렇게 작년 2월 부동산 법인의 전자책이 2주 만에 완성되었다. 뿌듯했다. 결재라도 이루어지면 신기했고 신랑 지인에게 홍보를 부탁하기도 했었다. 평상시 블로그에 부동산 법인 이야기를 많이 담지 못했기에 인기가 별로 없었다. 세상이 나를 모르는 건 당연한 결과이지만 그래도 힘들게 쓴 것을 생각하니 판매에 욕심이 생겼다. "줌으로 1시간 코칭해 드립니다". 프리미엄 상품도 등록했다. 당시 운이 좋았다. 워낙 부동산 상승이 이

콘텐츠 크리에이티브

어지다 보니 사람들은 명의가 부족해서 부동산 법인에 대한 관심이 많을 때였다. 높은 취득세로 법인투자를 유행처럼 많이 했었다. 세상은 돈월이가 누구인지도 모른다. 50억 매출의 법인을 운영했던 경험도 부동산투자자인지도 모른다. 고요 속의 외침은 어쩌면 당연한 결과라고 생각하니 이해가 되었다. 전자책은 1만 2천 원이지만 코칭은 11만 원이었다. 큰돈은 아니지만, 경험과 지식이 돈이 되는 경험을 처음으로 하게 되었다. 법인전자책은 6개월 동안 약 백만 원의 수익을 안겨 줬다.

운영하고 있던 스마트 스토어를 접을 만큼 부동산에 빠져들고 싶었다. 더 깊게 공부해서 부자가 되는 건 당연하고 타인에게도 부동산투자의 방법을 알려주고 싶었다. 고민 끝에 부동산 독서 모임을 만들었다. 이것이 나의 두 번째 콘텐츠 생산물이다. 20명 정도 함께하면 월 백만 원의 수익이 가능했다. 생각보다 ppt로 요약하는 일은 힘들었다. 성격이 돈을 받으면 제대로 해야 한다는 생각에 책 한 권을 ppt로 담으려고 무척 애를 썼다. 생각보다 시간이 많이 들었다. 그래서 4권의 독서를 2권으로 줄여서 운영했고 독서로 부동산을 공부하는 것은 새로운 공부 방법이었다. 지금은 부린이 임장 멘토로 꾸준히 임장할 수 있는 시스템을 만드는 임장학교 프로그램을 운영하고 있다. 부동산투자는 비교의 학문 이기에 아는 지역이 많아야 저평가 지역을 잘 찾을 수 있다.

　사실 임장 학교를 운영하게 된 진짜 이유는 따로 있다. 타인의 부동산투자를 돕는 것도 있지만 수도권 지역분석가가 되고 싶은 나의 꿈이 있기 때문이다. 인천에서만 20년을 살아왔기에 서울 지역을 잘 몰랐다. 부동산 강사가 되고 싶다면 서울 지역은 반드시 알아야 하기에 나를 성장시키기에 꼭 필요한 방법이기도 했다. 서울 수도권 도장 깨기! 2단 탬플릿을 만들어 한 지역을 임장하게 되면 도장을 찍는 재미도 더했다. 그러면서 서울 지역을 정복하는 것 그것이 올해 나의 목표이다. 나의 결핍이 콘텐츠이고 생산자의 삶은 꿈으로 가는 길과 일치했다. 안 할 이유가 없다.

　부동산 카페 행투네에서 부동산 법인 기초 강의를 하게 되었다. 평상시 열심히 투자하며 활동한 것이 또 다른 기회를 만들어 준 것이다. 강의를 준비하면서 더 많이 알게 되었고 나는 또 성장할 수 있었다. 알고 있던 부분을 설명한다는 것은 완벽하지 않다면 어려운 일이다. 강의는 2주로 진행했고 부동산법인기초, 스마트 스토어 강의를 함께 했다. 작년 초부터 기회가 있었지만 두려움에 뒷걸음쳐 버렸다. 용기가 부족했다. 이렇게 잘할 수 있는데 말이다. 부동산투자를 하면서 높은 금리 이자를 감당하기엔 스마트 스토어 창업 강의가 필요한 시점이기도 했다. 강의료는 약 8백만 원을 받았다. 놀랍지 않은가? 시간당 나는 얼마를 버는 사람이 된 것일까? 작은 용기가 삶을 바꿀 수 있는 사실을 다시 한번 알게 되었다. 그동안 좋은 화장품 사는 것도 아끼느라 못하고 친구가 가끔 한 박스씩 주는 샘플 화장품을 쓰고 있었다. 강의료를 받고 열심히 준비한 나에게 제일 먼저 선물을 했다. 피부관리실도 등록하고 잘했다고 감사한 마음을 표현했다. 제일 먼저 나에게 말이다.

생산자의 삶을 살고 싶다고 외치고부터 나는 그 길로 조금씩 깊게 들어가고 있다. 이제는 안다. 필요한 건 용기만 있으면 된다는 걸. 새로운 것을 배우고 창업할 필요도 없고 투자금도 들지 않는다. 오로지 나의 지식과 경험이 수익이 되고 이것이 바로 무자본 창업이다. 강의 마지막 날 두 아들에게 자랑도 했다. 열심히 하면 무엇이든 할 수 있다는 걸 보여 줄 수 있어서 다행이다. 그날 저녁은 아이들이 좋아하는 소고기를 먹으러 갔다.

생산자의 삶을 살면서 수입원이 늘어났다. 쇼핑몰 운영 사업가, 부동산 투자자, 부동산법인기초 강사, 스마트 스토어 강사, 부동산 임장 멘토, 그리고 전자책 여러 가지 수식어와 파이프라인을 만들 수 있게 되었다. 이렇듯 경험 부자가 세상을 살아가기 더 편한 시대가 바로 지금이다. 과거의 경험으로도 새로운 삶을 살고 있지만 현재 경험하는 생산자의 삶도 미래의 더 큰 수입원이 되어 줄 거라고 믿는다. 더 멋진 삶이 기다리고 있음이 분명하다.

더 나이 들기 전에 많은 걸 경험하고 배우고 싶다. 실패의 경험도 알려주고 싶고 하면 된다는 실행력도 나눠주고 싶다. 세상에는 무궁무진한 보석이 많다.

아무것도 하지 않으면 보석은 보이지 않는다. 조금만 용기를 내면 눈앞에 돈 버는 방법이 많다는 사실을 알게 된다. 얼마 전 허름한 상가를 임차로 계약했다. 현금 흐름을 만들고자 공유 오피스를 해볼 생각이다. 나는 오늘도 점점 경험 부자가 되어 가고 있다. 공유사무실을 완성해서 수입을 올리면 또 다른 콘텐츠를 만들게 된다. 전자책, 강의 어떤 형태로든 세상과 연결할 수 있는 고리가 만들어 지는 것이다. 이런 세상을 나는 보석이라고 말하고 싶다.

호기심과 배움은 모두 수익으로 연결할 수 있다. 무엇을 판매할까? 고민할 필요 없다. 돈월이! 나 자신이 바로 상품이 될 수 있는 세상이다. 스마트 스토어를 운영하면서 쿠팡 제트 배송 로켓을 함께 하고 있다. 중국에서 상품을 사입해서 판매하기도 하고 상품을 직접 제작하기도 한다. 세상이 원한다면 쿠팡 강의도 할 수 있다. 중국에서 물건을 소싱하는 방법은 덤이다. 무엇이든 용기를 내어 실행할수록 콘텐츠 부자가 될 수 있는 것이다. 누가 말했다. 부자가 되는 것도 선택이라고, 생산자의 삶을 살아가는 것도 자신의 선택에 달려있다.

내가 좋은 사람이 되면 좋은 사람이 다가온다는 말을 믿는다. 부자마녀를 통해 생산자의 삶을 시작하게 되었고 앨리스허 선생님을 통해서 강사가 되었다. 공유오피스 역시 천사 같은 지인을 만나 시작하게 되었다. 이처럼 나를 성장시키는 일은 좋은 사람이 운을 몰고 오는 것 같다. 앞으로도 세상에 도움 되는 사람으로 갈고 닦아 나를 선보이고 싶다. 공평하지 않은 것이 세상이라고 하지만 생산자의 삶은 공평하다. 세상과 교환할 수 있는 가치에 따라 수입이 달라지기 때문이다. 몇 년 전 회사를 중단하면서 홀로서기를 외쳤다. 이제는 누군가의 생각 속에 살지 않아도 된다. 나의 성장이 자유를 만들어 준다는 사실을 알게 되었기 때문이다. 피라미드 안의 삶이 아닌 피라미드 밖 야생의 삶을 살아가며 과거의 나처럼 힘들어하는 사람에게 이제는 내가 용기를 주고 싶다.

모든 일에는 시간이 필요하다

손호증
정리힐러

2022년 새로운 도전을 결심했다. 나의 영역을 더 확장하기로 했다. 건강과 환경을 위해서 친환경 수제 비누를 만들어 사용하고 있다. 기회가 닿을 때마다 주변과 나누고 있다. 더 많은 사람이 비누를 사용하면 좋겠다는 생각이 들었다. 비누를 판매할 방법을 알아보니 자격요건을 갖추어야 한다. 이학사 학위를 따기로 결심한다. 늦은 나이의 도전이 두렵다. 하루의 시작을 당기기로 결심하고 함께 새벽 기상을 하는 모임에 들어갔다.

깜짝 놀랐다. 이렇게 많은 사람이 이른 시간에 일어날 거라고는, 치열하게 살아가고 있을 줄은 상상도 못 했다. 그동안 새

콘텐츠 크리에이티브

벽에 만난 사람들은 새벽 미사에서 본 신자들이 유일하다. 새벽 기상 모임의 줌은 고요하면서도 활기차다.

지난가을, 또 다른 도전을 시작했다. '새마정 프리미엄(이하 새프)'이라는 부자마녀님이 운영하는 1인 지식 기업가 프로그램을 신청했다. 새프를 하던 10주는 내 인생에 다시없을 시간이었다. 봄에 한 유방암 수술과 방사선치료로 떨어진 체력이 겨우 회복이 되어 가던 시점이었다. 전공 6과목의 중간고사와 기말고사가 그 시작과 끝을 같이 했다. 전공과제도 제출해야 했다. 하지만 그 시간을 충실히 살아내지 못하면 스스로를 용서할 수 없을 것 같았다. 기상 시간을 4시 반으로 당겼다. 틈틈이 운동해가며 쏟아지는 과제에 매달렸다. 부지런히 읽고 썼다. 그 기록들은 내 블로그에 고스란히 남아있다. 10주간의 과정이 끝나는 날 새프 3기 MVP라는 영예를 안게 되었다. 최선을 다했지만, 함께 한 동기들 역시 얼마나 치열하게 달려왔는지 알기에 미안한 마음도 들었다.

15명의 새프 3기 동기들은 새프 과정을 하면서 얻은 또 다른 보물이다. 새프 과정 동안 나의 스승이자 동반자였고 앞으로도 그럴 것이다.

'내'가 진정한 '나'로 거듭나는 데는 시간이 필요했다. 자기 계발이라는 신세계를 발견했다. 20대부터 60대까지 모두가 자기 발전과 가족의 미래를 위해 열정적으로 공부하고 있었다. 그동안 나는 어디서 뭘 하며 시간을 보내고 있었던 것인가?

길지 않은 시간이었지만 나는 자기 계발에도 시간이 필요하다는 걸 알았다. 그동안 몸에 익은 게으름과 안이함, 편안함을 추구했던 시간을 벗어던지고 새로운 삶으로 들어가는 데에도 적응하는 시간이 필요했다. 1년 만에 드디어 나는, 나에게 잘 맞는 옷을 입었다. 생명존중과 성장이라는 나의 사명을 찾았다.

정리 정돈 전문가 과정도 그러했다.

프로그램을 시작해서 현장에 나가기까지는 기본 과정부터 심화 과정까지 총 6개월여의 시간이 걸렸다. 이후 바로 현장에 참여했지만, 첫 수익은 그로부터 또다시 몇 달 뒤에야 발생했다. 드디어 정리 전문가로서 정당한 노동의 대가를 받기 시작했다. 학생 때 아르바이트를 한 이후로 처음 벌어본 돈이었다. 온몸이 무지근할 정도로 힘든 작업이었지만, 즉각 주어지는 보상에 고단함도 잊었다. 나의 땀으로 만들어낸 공간 그 자체로 물질적 대가 이상의 선물이었다. 감격하는 고객의 모습에 일한 보람은 물론 성취감을 느꼈다.

콘텐츠 크리에이티브

세월이 많이 변했다. 요즘은 처음 현장에 투입되어도 일한 대가를 받는다. 2014년 당시만 해도 상황이 달랐다. 직접 고객을 섭외한 경우라면 당연히 대가를 받지만, 대부분의 정리 정돈 전문가들은 현장의 팀원으로 시작한다. 그마저도 실력을 인정받아야 기회를 잡을 수 있다. 그 사례금도 최저 임금에 못 미치는 경우가 허다했다. 그러니 첫 수익을 내기까지 상당한 시간이 걸릴 수밖에 없었고 꾸준한 수익으로 이어가기까지는 또다시 1년이라는 시간이 더 걸렸다.

2015년 9월 처음으로 대형 강의실에서 정리수납 교육 강의를 해 달라는 제안을 받았다. 그날은 친정아버지의 병원 진료가 있는 날이었다. 아버지는 2014년 암을 진단받고 같은 해에 큰 수술을 두 번이나 받으셨다. 부산서 올라오신 친정 부모님과 동행할 예정이었다. 하지만 어렵게 들어온 기회를 놓치고 싶지 않아 고민 끝에 수락했다.

강의 날이 다가왔다. 강의 자료를 늦은 시간까지 만지고 있는데 갑자기 배가 심하게 아프기 시작했다. 이 년 전에 대수롭지 않게 여겼던 복통이 수술까지 이어진 적이 있다. 제발 별일 아니길 기도하며 응급실로 향했다. 링거를 맞고 안정을 취하니 통증이 가라앉았다. 위경련이라고 했다. 아무래도 신경성인 것 같았다. 많은 사람 앞에 서야 한다는 부담감이 생각보다 컸던 모양이다. 다행히 강의 시간은 오후였다. 집에 돌아와서 잠시 휴식을 취하고 강의 장소로 향했다. 그날 한 끼도 제대로 먹지 못했지만, 무사히 강의를 마칠 수 있었다. 정리 전문가 손호증이 강사 손호증으로 거듭난 날이었다.

모든 일이 그렇듯 일정한 성과를 만들기까지 시간이 걸린다. 프리랜서로 활동하는 정리 전문가도 마찬가지다. 교육을 마치고 현장에 나가기까지도 시간이 걸리고 수익으로 연결되기까지도 어느 정도가 걸린다. 타고난 감각이나 솜씨가 있는 사람과 그렇지 못한 사람이 차이가 나긴 하지만, 누구에게나 시간은 똑같이 필요하다. 벤자민 프랭클린의 말을 빌자면 인내할 수 있는 사람은 그가 바라는 것은 무엇이든 손에 넣을 수 있다. 시간을 견뎌내는 인내는 우리를 배신하지 않는다.

콘텐츠 크리에이티브

책도 콘텐츠사업이 된다

송 진 설
풍요작가

콘텐츠로 수익을 내는 일은 나와는 거리가 먼 일이라 생각했다. 특별한 능력을 갖춘 사람만이 가능한 일이란 생각에 시도조차 하지 않았다. 책과 콘텐츠에 동일 부호를 그리며 관점이 달라졌다. 내가 하고 있는 일을 통해 성장하고 더 나아가 다른 이의 성장을 도우며 수익까지 낼 수 있다는 것을 알게 되었다.

그림책 작가를 꿈꾸는 한 여성이 출판사에 찾아왔다. 자신의 이름으로 된 그림책을 출간하며 이름을 널리 알리고 싶다는 소망을 말했다. 다른 기관에서 수업을 들으며 더미북 한 권을 제작한 적이 있었다. 더미북은 소장용 그림책처럼 출간되기 전에 그림책 형태로 제작해 보는 것이다. 자신의 가방으로 시선을 돌리더니 그림책 한 권을 꺼내 들었다.

"부끄럽지만 제가 만든 그림책이에요."

그림책을 받아들고 펼쳐 보았다. 얼마나 정성을 쏟았을까. 그림 하나하나 귀하게 느껴졌다.

"이 그림책은 실패했어요."

출간하지 않은 그림책이기에 가치가 없다고 말하는 듯했다. 그림책 작가를 꿈꾸는 다른 이들도 만났다. 그때도 비슷한 말을 들었다. 출간만을 목표로 두고 있었다. 그들을 위해 무언가 해야 하는데. 과연 어떤 도움을 줄 수 있을까 고민이 되었다.

그림책을 기획하고 출간한 적이 있다. 글과 그림을 직접 편집하고, 인쇄소에 넘기며 견적을 보았다. 소량으로 제작할 경우 권당 단가가 높다. 시중에서 판매되고 있는 양장본 그림책은 13,000원에서 조금 웃돈다. 온라인 서점에서 구입하면 10퍼센트 할인에 포인트까지 적립이 된다. 한 권 제작 가격이 저렴하리라 생각했다.

제작을 해 보니 가격이 놀랄 만큼 올라갔다. 표지가 두꺼운지 얇은지에 따라 가격 차이가 컸다. 속지가 몇 장인지에 따라서도 금액이 달라졌다. 종이의 재질에 따라서도 마찬가지다. 겉

표지가 두꺼운 양장본으로 결정을 하고 견적을 냈다. 제작 권수가 많아지면 권당 가격은 낮아진다. 그림책을 1,000권 제작하기로 계약했다. 높은 단가로 적은 부수를 제작하기보다는 낮은 단가로 많은 권수를 제작하는 것이 효율적이라는 판단이 섰다.

제작 후 온라인 서점에서 판매를 시도했다. 서점 사이트에서 신규 거래 신청서를 접수한 후 답변을 기다렸다. 메일이 왔다. 배본사가 따로 있어야 한다는 내용이었다. 고객이 도서를 주문하면 한 권의 책일지라도 당일에 서점의 물류센터로 택배를 보내줘야 한다는 것이다. 직접 택배를 이용해서 출고할 경우 배송 지연, 분실, 훼손 등의 문제가 발생한다 했다. 원활한 도서 공급을 위해 배본사를 찾아 계약했다. 책을 직접 출간하는 일은 절차도 복잡하고, 비용도 많이 든다.

더미북 수업을 시작했다. 꾸준히 그림책 만들기 경험을 쌓길 바라는 마음이었다. 책을 만드는 과정에서 차근차근 자신의 세계를 구축해 나갈 수 있으리라 생각했다. 수업을 문의하는 사람들에게 더미북 만들기 과정에 대해 정성껏 설명했다.

수업은 대면이 답이라 여겼다. 얼굴을 맞대고 소통하며 진행되어야 한다는 고정관념이 있었다. 수강생이 만족할 결과물은 오프라인만이 가져올 수 있다고 여겨졌다. 하지만 코로나와 독감으로 수업이 자주 멈췄고 온라인 수업을 진행해야 하는 상황이 되었다.

인스타그램과 블로그에 모집 공지를 올렸다. 조금씩 문의가 들어왔다. 그동안 시간이 맞지 않거나 거리가 멀어 수업하지 못한 아이들의 부모에게 연락이 왔다. 기뻐하는 목소리로 온라인 수업을 반겨주었다. 온라인 수업으로의 전향을 걱정했던 마음을 조금은 내려놓았다.

온라인 1기 수업은 많은 인원이 모집되지는 않았지만 작은 성공이다. 콘텐츠를 살리기 위해서는 소소한 성공이 필요하다. 어떤 상황에서도 자신을 격려해야 한다. 책을 만들며 사람들을 돕겠다는 소명을 지키는 일에 씨앗 하나를 심은 것이다. 출간이 되어야지만 성공은 아니라는 걸 말하고 싶다. 내 이야기가 글과 그림의 모습으로 드러나는 자체가 멋진 성공이다. 결과물이 쌓이면 자존감이 높아진다. 자신의 노력과 정성이 가치 있다고 믿게 된다. 자존감은 곧 자신감이라는 말이 있다. 좋아하는 일을 하며 자신의 가치를 높이는 기회가 된다. 아이부터 어른까지. 누구나 더미북 작가가 될 수 있다.

콘텐츠 사업으로 새롭게 떠오르는 일들이 많다. 한때는 나도 새로운 일로 바꾸어야 하는 게 아닐까 고민한 적 있다. 책

관련 일들은 콘텐츠로 만들어 수익을 내기 어렵다는 얘기를 많이 들었기 때문이다. 나도 그렇게 생각했다. 수익을 내기 위해 여러 가지 일을 많이 배우며 연구했다. 나에게 배움의 종착지는 언제나 책이었다. 이제는 더 이상 내 일에 있어서 의구심을 갖지 않는다. 무엇보다 내가 좋아하는 일과 사람과의 연결을 고민한다.

연구를 거듭하며 책으로 콘텐츠를 생산하기 시작했다. 좋아하는 일에서 그치지 않고 성장의 매개체가 되었다. 콘텐츠 사업을 하며 1인 기업가가 되는 기회를 맞이하려면 자신을 알아야 한다는 걸 알게 되었다. 나의 장단점을 파악해야 한다. 또한 사람들은 무엇을 원할까. 나는 무엇을 줄 수 있을까. 나의 재능과 콘텐츠를 연결하여 생각해야 한다. 자신의 재능에 확신을 두고 확고한 목표 설정 또한 필요하다. 콘텐츠로 성공하기 위해서 하나에 집중하는 시간을 가지는 것 또한 중요하다.

상황은 계속 변한다. 나의 콘텐츠가 필요한 이들에게 닿을 수 있는 길을 찾아야 한다. 끊임없이 책과 관련된 콘텐츠를 쌓아가며 연결고리를 파악할 것이다.

책은 누구나 쉽게 접할 수 있는 문화 예술이다. 작가와 독자에게 많은 영감을 준다. 서로의 성장을 돕는 콘텐츠가 될 수 있다. 현실 속에 수많은 장애물이 등장하더라도 휘둘리지 않는 뚝심이 있어야 한다. 작은 성공에도 감사하며 끊임없이 쌓아가자. 책이 콘텐츠 사업으로 확장되며 자리매김하는 날을 맞이할 것이다.

콘텐츠 크리에이티브

콘텐츠가 꿈의 연봉을 벌어오다

원효정
부자마녀

"어떻게 하면 부자마녀님처럼 될 수 있나요?"

많이 들어오는 질문이다. 2019년 1월, 온라인 세상에 부자마녀라는 사람이 처음 나타났다. 부자마녀의 입을 빌어 세상에 내가 전하고 싶은 메시지를 하나하나 글로 썼다. 아니, 예전의 나에게 지금의 내가 하고 싶은 이야기를 글로 전했다. 온라인 세상에 존재하는 많은 '예전의 나'들이 내 글에 공감해 주었다. 나에게 있어 콘텐츠는 단연코 글이었다. 현재 하는 노력을 그대로 공유했다. 굳이 성과가 나지 않았어도 공유하는 것만으로도 내 글을 읽어주는 사람들은 충분히 공감하고 마음을 열어주었다.

작정하고 콘텐츠를 만들어서 돈을 벌어야겠다고 생각해 본 적은 없었다. 그저 단순하게 만약 이 세상에 예전의 나와 같은 생각과 고민, 결핍을 가진 이들이 있다면 도와주고 싶은 오지랖이었다. 혹시 있을지 모를 예전의 나와 같은 이들에게 지금 내가 알고 있는 것을 하나하나 글을 써서 전해주고 싶은 마음뿐이었다. 점차 내 글을 읽어주는 사람들이 많아졌다. 어쩜 내 마음을 이렇게도 잘 아냐며 내 글에 댓글이 하나, 둘 달리기 시작했다. 그들과 소통하니 점점 써야 할 글도 늘어났다.

글을 쓸 때 어려운 점 중 하나는 글감이다. 도통 쓸 말이 없다고 많이들 어려워한다. 뭘 써야 할지 모른다는 것은 독자를 정하지 않았다는 말이다. 내가 쓴 글을 누가 읽었으면 좋겠는지 정해야 그들에게 할 말이 생기기 때문이다. 할 말을 글로 옮기면 그것이 글감이 된다. 의도한 것은 아니었지만 글을 처음 쓸 때부터 나에게는 독자가 이미 정해져 있었다. 독자가 정해지니 애써 글감을 찾으려 하지 않아도 매일 글을 쓸 수 있었다. 내가 정한 독자가 나에게로 와 공감하고 질문하니 글 쓰는 게 재미없을 수가 없었다.

콘텐츠를 만든다는 것은 세상에 메시지를 던지는 일이다. 내가 던지는 메시지를 누가 받을 것인가? 이 질문에 답을 먼저 찾아야 한다. 콘텐츠 생산의 시작은 바로 거기부터다. 내가 하는 말과 글을 보고 들어줄 이들은 과연 누구일까? 대상을 먼저 정해야 비로소 그들을 향해 내가 하고 싶은 말을 할 수 있다. 독자이자 고객을 정하는 게 먼저다. 콘텐츠로 돈을 버는 것은 그 후에 따라오는 결과이다. 기왕이면 구체적이고 명확한 게 좋겠다. 이 세상 모든 사람이 봤으면 좋겠다는 것은 아무도 안 봤으면 좋겠다는 말과 같다. 아무나 받으라고 허공에 던지는 공은 아무도 받지 못하고 땅에 떨어져 버리기 쉽기 때문이다. 독자를 정하는 것이 그만큼 중요하다.

독자를 정하고 나면 그들이 가진 고민과 결핍을 알아야 한다. 내 글을 읽어줄 독자가 궁금하거나 고민되는 부분에 대해 해답을 제시해줘야 한다. 그 해답을 통해 나아갈 수 있는 방향도 알려줘야 한다. 나에게 있어 독자는 '예전의 나'와 같은 고민과 결핍을 가진 사람이었다. 나의 독자 중 누군가는 어떤 직업에 종사하는 사람일 수 있고 누군가는 아이들의 엄마로 사는 사람일 수 있다. 어떤 위치에 있든 상관없이 내 글을 읽어줄 독자가 가지고 있을 고민과 결핍을 글로 해결해 주면 된다. 그들의 고민과 결핍에 대해 문제점, 솔루션, 비전 제시의 순서에 따라 글을 알기 쉽게 적으면 된다.

그 글을 블로그에 차곡차곡 쌓아보라. 처음에는 반응이 없을 수 있다. 아니, 반응이 없는 것은 당연한 일이다. 처음에는 독자들이 내가 누군지, 어떤 경험이 있는지, 어떤 생각으로 하루를 사는지 나에 대해 잘 모르기 때문이다. 글을 쌓아야 비로소 내 글에 공감하고 나에게 마음을 열어주는 사람들이 늘어난다. 그러다 보면 내 글을 꾸준히 읽은 독자가 댓글로 내 생각이나 의견에 공감하거나 질문을 남기게 된다. 댓글에는 항상 장문의 답변을 달아주는 등 진심으로 소통했다. 내 독자이기 때문이다. 주로 전문적인 지식 전달보다 내 삶을 이야기했다. 지극히 평범하다고 생각했던 나의 에피소드가 어떤 이에게는 위로가 되어주고 어떤 이에게는 해답이 되어주었다.

나에게 고민을 나누고 질문하는 사람들은 예전의 내 모습과 다르지 않았다. 지나온 시간에 대한 아쉬움과 회한은 지금 그 길을 걷는 이에게 가르침과 교훈이 될 수 있는 법이다. 예전의 나와 같은 고민을 하는 사람들에게 지금의 나라면 하지 않았을 일, 하면 좋았을 것 같은 생각, 해야 했던 마음 등을 글로 전하기 시작했다. 자연스레 이 글들은 하나의 주제로 모여 콘텐츠가 되었다. 어느덧 콘텐츠를 만드는 사람이 된 나는 이 콘텐츠들 덕분에 자연스럽게 브랜딩 되었다. 글을 쓰기 시작했을 뿐인데 사람들은 나에게 강의나 모임을 요청했다. 요청에 따라 모인 사람들에게 내가 줄 수 있는 가장 좋은 것을 주었다. 주고 나니 더 채워야 했다. 비움을 통한 채움은 성장의 기폭제가 되어준다. 내가 가진 것들 중 제일 좋은 것을 주고 나면 그다음에 더 좋은 것을 주고 싶어 계속 배우고 익히고 내 것으로 만들어갔다. 글의 내용은 점점 좋아지고 강의나 프로젝트의 규모는 나날이 성장하고 커졌다.

글에서 시작한 콘텐츠는 강의가 되었다. 함께하는 사람들이 다양한 모임과 프로젝트를 만들어달라고 요청했다. 그러면 어떻게 해서든 사람들이 원하는 것을 만들어냈다. 새벽기상 모임인 새마정에서 시작한 나의 콘텐츠는 결국 여러 개의 콘텐츠로 확장되었다. 새마정, 돈무적, 맘부클, 시간관리 강의, 본질독서 프로젝트, 무자본 지식창업과정까지 사람들이 필요하다고 하면 무조건 만들고 시작했다. 매 순간, 할 수 있는 최선을 다했다. 다양한 콘텐츠로 구성된 플랫폼을 운영하다 보니 사람들이 더 모여들었다. 자연스레 수익도 커지게 되었다. '대한민국 1호 지식테라피스트'라는 영역을 개척했고 매번 새로운 시도와 노력을 하게 되었다.

"나에게 오는 이들은 과연 나에게서 무엇을 채우고 싶어 할까?"

이 질문 하나에 대한 답을 찾아 고민하고 콘텐츠를 만들다 보니 급기야는 남편과 둘이 운영하던 중국집에서 독립해 부자마녀로 온전히 살아낼 수 있게 되었다. 남편의 일을 돕는 것이 아닌, 내가 가장 잘하는 일을 하며 사는 것. 그토록 원하는 길이었지만 여태껏 방법을 몰랐다. 하루 11시간 장사하며 사는 삶에서 벗어나려면 남편을 은퇴시키는 밖에는 없다고 생각했다. 남편을 은퇴시키지 않고도 그런 삶이 가능하다니! 놀라웠다.

소명에서 시작한 마음이 사명으로 자리 잡았다. 예전의 나와 같은 이들의 성장을 돕겠다는 사명대로 살았을 뿐이다. 그렇게 모인 콘텐츠는 나에게 하고 싶은 일만 하며 돈도 버는 삶을 선물해 줬다. 어느새 연 매출 2억을 훌쩍 뛰어넘었고 내가 꿈꾸던 삶을 살 수 있게 되었다. 글을 쓰던 당시에는 생각지도 못했던 삶인데 글을 쓰고 그 글이 쌓여 콘텐츠를 이루게 되자 가능해졌다. 오히려 어떻게 살아야 행복한지 알려주기까지 했다. 콘텐츠는 나를 점점 더 성장시켰고, 나를 원하는 이들에게 작게나마 선한 영향력을 끼치는 사람으로 만들어주었다. 앞으로도 계속 나의 독자가 원하는 콘텐츠를 계속 만들어낼 것이고 그 콘텐츠들은 또 나를 성장시켜 줄 것이기 때문이다. 사명이 시키는 대로 가치로운 삶을 살았을 뿐인데 콘텐츠는 나에게 꿈의 연봉을 벌어다 주었다. 사명에 따라 만들어내는 콘텐츠이기에 그 크기는 더욱 커질 수밖에 없다.

지금 내가 하는 일이 콘텐츠이다

이 세 나
열정루비

코로나가 기승을 부리던 2021년, 온라인쇼핑몰 시장은 엄청 난 성장을 했다. 나 역시 시작과 동시에 온라인 셀러로 자리 잡 았다. 하루 10시간씩 스마트 스토어에 매진했다. 시작한 지 10 개월, 꿈에 그리던 빅파워 등급의 스토어가 되며 1차 목표를 달 성했다. 매달 매출이 늘어나니 콧노래가 절로 나왔다. 생각지도 못하게 남편 월급을 넘어서는 수익도 생겼다. 덕분에 꿈 리스트 에 있던 '매달 가족여행 가기'라는 작은 소망도 이루었다. 내가 선택한 일이 가정에 큰 도움이 될 수 있다니 참 감사했다. 금손 들이 하는 일이라며 치부했던 이 일을 이리도 사랑하게 될 줄 이야. 1년간 무에서 유를 창조해 낸 스스로가 대견했다. 하고자 했던 의지 하나만으로 일구어냈다는 사실이 놀라웠다. 나 혼자 이룬 것은 아니다. 가족들이 배려해 준 덕분이었다. 일하는 엄마를 이해해 준 아이들이 참 고마웠다. 취업하지 않고도 평생 내가 할 수 있는 일이라 든든했다.

둘째 아이가 초등학교에 입학하게 되었다. 몇몇 지인들은 입학하는 아이를 돌보기 위해 회사를 그만두었다. 갑자기 줄어드는 수입에 큰 한숨을 쉬는 엄마들이 많았다. 온라인 셀러인 나는 사표를 쓸 일은 없었다. 하지만 아이가 학교에 입학하면 이전처럼 스마트 스토어 일에 많은 시간을 할애할 수 없을 것 같았다. 게다가 둘째는 예민한 아이라 돌봄 교실도 거부하는 것이 아닌가! 할 수 없이 일을 줄이기로 했다. 내 아이의 1학년은 다시 돌아오지 않으니 잘 챙기고 싶었다. 엄마로서 당장 버는 돈보다 더 값진 일이라 생각했다. 다른 지인들처럼 일을 그만두는 것은 아니지 않나 하는 마음에 안도하기도 했다.

순수익 150만 원만 유지하기로 했다. 하지만 내 마음대로 되는 일은 없었다. 4월 중반부터 주문 알람 소리가 영 신통치 않았다. 나의 문제인가 싶어 덜컥 겁이 나 온갖 방법을 다 동원해서 다시 일에 매달렸지만 되돌릴 수 없었다. 시장 상황을 계속 점검했어야 했다.

일을 줄이는 사이, 코로나 거리 두기가 해제되면서 온라인 시장으로의 유입이 대폭 감소해 버렸다. 주력상품이었던 장난감의 수요가 가장 크게 떨어졌다. 아이들을 데리고 외부로 나가니 장난감들은 외면당했다. 설상가상으로 두 번째 주력상품도 문제가 생겼다. 본사의 제재로 물건 납품이 어렵다며 거래를 단칼에 끊어 버렸다. 암담했다. 생각했던 매출이 유지되지 않으니 불안했다. 원래대로 매출도 유지해야 했지만, 또 이런 상황이 생길 것을 대비해야 했다. 또 다른 파이프라인을 만들기로 결심했다.

어릴 적부터 나는 커리어우먼을 꿈꿨다. 멋진 정장과 예쁜 화장, 당당한 말투로 사람들 앞에서 말하는 내 모습을 상상하곤 했다. 20대의 나는 다양한 직업을 경험했다. 변덕스러운 성격, 끈질기게 한 곳에 있지 못하는 성격이었다. 덕분에 새로운 직장에 가면 서비스와 관련된 교육을 받았다. 그때마다 담당했던 강사들의 모습이 내가 꿈꿔왔던 커리어우먼과 비슷했다. 당당한 모습의 강사는 대단한 능력이 있어야 할 수 있는 일이라 생각했었다.

자기 계발을 시작하고, 나처럼 평범했던 사람들이 강사로 성장하는 모습을 자주 보았다. 그들도 했으니 나도 해보고 싶어졌다. 멘토는 나에게 지금 내가 잘하고 즐기는 일로 콘텐츠를 만들라고 했다. 그런 일이라면 스마트 스토어지만, 이 콘텐츠로 강사를 할 수는 없다고 생각했다. 대부분 강사들은 엄청난 본인의 매출을 공개했다. 그렇다면 나도 확실한 매출을 증명해야 하는데, 나는 그런 상황이 되지 못했다. 떨어졌던 매출을 목표한 수준으로 회복하기는 했지만, 아직은 역부족이라 생각했다.

우연히 두 아이를 키우는 엄마와 이야기를 나누게 되었다. 퇴사하는 남편을 대신해 돈을 벌어야 한다고 했다. 얼마나 막막할지, 중압감이 얼마나 클지, 내 마음도 좋지 않았다. 누구에게나 생길 수 있는 일이었다. 내가 그 상황이 된다면? 생각하기도 싫었다. 대화 도중 그녀는 스마트 스토어를 운영한다고 했다. 위탁판매 수익을 만들어 보고 싶었지만 어렵다고 했다. 내가 아는 분야이니 도움을 통해 작은 희망이라도 주고 싶었다. 코칭을 해주겠다고 일말의 고민도 없이 말했다. 순식간에 벌어진 일이었다. 이미 뱉었으니 해야 했다. 운영하는 쇼핑몰의 링크를 받아 둘러보니 반복적으로 나타나는 실수가 보였다. 그것들과 함께 꼭 알아두어야 하는 내용으로 구성한 자료를 만들었다.

처음 경험하는 탓에 온몸이 덜덜 떨렸다. 그녀에게 할 수 있다는 희망의 메시지를 전해주고자 했다. 이왕 하는 거 잘 해내고 싶었다. 한 시간 정도의 상담이 끝났고 뿌듯하고 만족스러웠다. 내 진심이 전해졌던 것일까? 아낌없는 칭찬을 담아 자신의 블로그에 후기를 남겨주었다. 고마웠다. 덕분에 여기저기서 코칭 문의가 들어오기 시작했다. 강사의 길에 물꼬가 트이는 순간이었다. 횟수를 거듭할수록 내 고객에 대한 감이 오기 시작했다. 블로그에 써놓은 글에 달린 댓글들을 찬찬히 둘러보았다. 시작을 망설이는 사람, 시작하는 방법을 모르는 사람, 하다가 쉽게 포기하는 사람들이 대부분이었다. 내가 도와야 하는 고객은 바로 이들이었다. 나 또한 이들처럼 시작하면서 어려움이 참 많았다. 궁금증이 있어도 속 시원하게 대답 한번 들을 수 없었다. 그럴 때면 멈추고 싶은 욕구가 치솟았다. 돈과 직결되어 있으니 사람들은 쉬이 알려주지 않았다.

나의 처음과 같은 상황인 사람들. 아이 학원비 벌고 싶은 소망을 가진 사람들. 이들의 처음 시작을 도와야겠다고 결정했다. 63세인 엄마도 처음부터 하나하나 알려주며 매출을 만든 경험도 있었다. 충분히 가능성이 있어 보였다. 그들보다 한 발 앞서 나간 나. 시작을 돕고, 방법을 알려주고, 꾸준함을 유지할

콘텐츠 크리에이티브

수 있는 강의를 만들자! 더불어 꾸준히 성장하는 모습을 보여주겠다고 마음먹었다.

강의 준비는 시작과 동시에 난관에 부딪혔다. 대부분 다수를 대상으로 진행하는 강의였다. 효율적인 운영방식이지만 그런 방식의 강의가 부담스러워 고민에 빠졌다. 나도 그렇게 해야 할까. 시간이 지체되더라도 나에게 적응의 시간을 주기로 했다. 다수가 아닌 소수, 한 명부터 시작하기로 했다. 스마트 스토어 1:1 코칭 프로그램의 시작이었다. 여러 번의 경험을 체득하고 1:1 코칭 강의는 '꿈바스 처음시작반'이라는 10명 정원의 소수정예 강의로 바꾸었다. 강의로만 끝나지 않는 서로의 성장을 함께 응원하며 소통할 수 있는 모임으로 만들고 싶었다. 어느새 강의는 스마트 스토어에 이어 두 번째 수입원으로 자리 잡아가고 있다. 이 강의를 중심으로 올해는 3가지 정도의 콘텐츠를 더 생산해보려고 한다.

사람들은 콘텐츠를 만들고 싶어 한다. 꽤 오랜 탐색의 시간을 가진 후 재능이 없다고 말한다. 1년 전의 내가 그랬다. 콘텐츠 운영자들의 블로그를 둘러보면 공통점이 있다. 대부분 본인이 즐겨하던 일에서 콘텐츠가 시작되었다는 것이다. 즐기다 보니 잘하게 되었고, 잘하다 보니 쉽게 알려줄 수 있는 노하우가 생긴 것이다. 그 노하우의 집약체가 바로 콘텐츠이다. 매일 생각해 본다. 지금 내가 하는 일, 매일 즐기면서 하는 일, 내가 경험한 일이 무엇인지를. 그리고 기록으로 남긴다. 반짝반짝 빛나는 콘텐츠로 자라날 때까지!

콘텐츠 크리에이티브

행복하게 자기관리하기 FOR ME

이영림
행복멘토세전

21년 스스로 도전한 바디 프로필. 제대로 준비하지 못해 아쉬움이 남았다. 나는 2023년 10가지의 연간 목표를 세웠다. 그 중에는 마라톤 10회 도전하기와 함께 다시 한번 바디 프로필 촬영을 하는 것이다. 혼자 하려고 하니 막막했다. 함께 하자고 이웃님들에게 용기를 내서 말해볼까? 사람들도 분명 새해의 목표로 건강을 생각하지 않을까? 내가 그랬듯이 말이다. 동기들의 엄청난 푸시 끝에 후다닥 모집 글을 적었다. 발행을 누르지 못하고 하루가 지났다. 왜 망설여지는 걸까? 아직은 자신이 없는 내가 한심하기까지 했다.

결혼하고 난 후 엄마가 아닌 여자로서 나 자신을 가꿀 수 있는 시간이 너무나 절실하게 필요했다. 푸석한 피부, 질끈 묶은 머리, 대충 입은 츄리닝. 내 몸만 챙기면 되었던 그 시간이 나에게도 있었나? 아이들이 어렸을 때는 생각할 수도 없던 일이었지만 둘째가 6살이 되고 나니 나에게도 조금의 여유가 생겼다. 그동안은 항상 남편과 아이들 챙기는 게 먼저였다면 오롯이 나 자신만을 챙기는 작은 사치를 부리고 싶었다.

많은 엄마들이 그렇게 되기를 바라며 콘텐츠 모집 글의 발행 버튼을 눌렀다. 기다리는 시간은 초조했다. 아무도 오지 않기를 바랐던 순간도 있었다. 모집 글은 올렸으나 네이버 폼도 만들 줄 몰랐다. 어디서 그런 용기가 나왔는지 지금 생각해도 어이가 없다. 아무것도 몰라서 용감했다. 한동안 댓글 확인을 하지 않았다. 아니 못했다. 아무도 오지 않으면 어쩌지? 자꾸만 작아지는 내 모습이 싫었다. 긍정적으로 생각하기로 했다. 많은 사람과 함께 하고 싶다는 마음이면 충분하다고 생각했다.

나는 발사하고 조준하기로 했다. 나에게 온 사람들에게 무엇을 줄 수 있을까? 어떻게? 어떤 것들을 나누어 줄 수 있을까? 겨우 혼자만의 다이어트와 요요의 반복이었을 뿐이다. 심장이 두근두근...... 온 신경이 나의 글에 꽂혀있다. '아무도 신청을 안 하면 어떡하지? 너무 많은 인원이 신청했으면 어떡하지?' 오만가지 생각과 함께 천당과 지옥을 오고 갔다. 후회했지만 화살은 이미 내 손을 떠났다.

초보가 왕초보와 함께 성장하는 시간이라고 생각했다. 그들도 나에게 전문가적인 기대를 하고 온 것은 아닐 것이다. 리는 마음으로 확인했다. '어머! 무슨 일이야?! 무려 24명의 신청자라니!' 그것도 글을 올리고 이틀 동안 말이다. 나는 24라는 숫자를 보고 겁이 났다. 처음에는 5명이 딱! 이라고 생각했으니 말이다. 얼른 조기 마감을 시켰다. 크게 심호흡했다. 세상에나 꺅~24명이라니!! 그중에 반은 동기들이지만 놀라웠다. 서둘러 네이버 폼을 만들고 댓글에 알렸다. 여기서 첫 번째로 내가 한 실수를 발견했다. 모집 글을 댓글로 받았더니 연락할 방법이 없었다. 그 사이 마음이 변한 건지 5명의 연락이 닿질 않았다. 그렇게 나는 19명의 뽀미 언니가 되었다. 10주간의 새프 교육 과정을 배웠다고 해도 내가 직접 해보니 현실은 너무도 달랐다. 다음부터는 처음부터 폼을 올리자. 나는 무엇이든 부딪혀 가며 느리게 배우는 사람이다. 실행하며 하나하나 온몸으로 익혀간다.

정당한 대가를 지불하고 참여하는 사람은 마음가짐도 달라진다고 생각했다.

참여비에 대한 고민을 안 할 수가 없었다. 초보인 나는 참여비가 아닌 보증금을 택했다. 자기 관리라는 것은 지루한 것을 매일 해내는 일이기에 많은 참여를 했으면 하는 나의 바람이기도 했다. 초보 강사인 내가 첫 번째 콘텐츠를 발사했다. 일주일 뒤로 잡힌 OT 날. 입꼬리가 씰룩인다. 설레고 떨렸다. 단톡방을 만들고 사람들을 초대했다. 잘하고 싶다는 욕심도 생겼다. 무사히 해내는 모습을 보여주고 싶었다. 평범하지도 못한 40대 아줌마의 진땀 빼는 고군분투. 새마정 프리미엄(이하 새프)을 하며 배운 것들은 다 어디로 갔는지 기억이 나질 않았다. 줌에 관한 모든 것을 하나부터 다시 배워야 했다. 손도 빠르지 않았고 이해하는 것은 더 느렸다. 회사에 연차를 내고 강의안과 ppt 만들기에 매달렸다. 적당한 이미지를 찾는 것이 어려웠다. 하나의 이미지 만드는 데 30분이나 걸렸다. 작성한 문서가 모두 날아가기도 하고 마음에 들지 않아서 다시 만들기도 했다. 그렇게 준비하는 시간은 야속할 정도로 빨리 지나갔다. 나를 찾아온 분들이 만족해하는 모습을 보고 싶었다. 생산자로서 시작하는 첫 번째 프로젝트다.

어리바리 더듬더듬 말이 꼬이고 발음은 엉망이다. 심한 경상도 사투리. 화면으로 마주하는 내 모습과 목소리를 듣는 것은 곤욕이었다. 연습만이 답이었다. 이렇게도 해보고 저렇게도 해보고 미친 듯이 웃기도 했다. 누가 봤으면 딱! 미친 사람이었다. 몇 시간의 연습으로 목소리가 갈라지고 목이 따끔거렸다. 이상한 일이다. 힘든데 안 힘들다.

OT 날. 약속 시간이 다가오니 오히려 홀가분해졌다. 잘하려는 욕심은 내려놓고 내가 하고자 하는 말만 잘 전달하자. 강사 소개를 시작으로 그동안 준비한 미니 강의를 했다. 한 시간 반이라는 시간은 훌쩍 지나갔다. 지금의 엄마들도 엄마이기 전에 여자로서 반짝이는 시절이 있었다. 그렇게 살아가던 시절을 잊은 채로 엄마로서 충실하게 살아가고 있을 뿐이다. 혼자서도 얼마든지 팩 붙이고 운동하고 건강한 식단은 할 수 있다. 아무리 좋은 거라도 혼자는 오래도록 지속하기가 힘들다. 성공과 자기 관리는 하루 이틀 만에 끝나는 일이 아니다. 지치지 않고 멀리 가기 위해서는 함께 해야 한다. 지루한 것을 매일 해내는 무서운 사람이 되자. 행복하게 자기 관리 하기! 뽀미(FOR ME). 뽀미는 누구의 엄마가 아닌 온전하게 나 자신을 먼저 사랑하자는 의미에서 나의 멘토가 지어준 이름이다. 지금 가진 것에 만족하고 행복을 느끼지 않으면 미래의 행복도 제대로 느끼지 못한다. 자신을 격려하고 칭찬하자. 남들과 비교하지 말고 존재만으로 충분히 사랑받을 자격이 있다. 행복은 자기 자신을 온전히 사랑하는 것에서부터 시작이다.

첫 발사는 별 탈 없이 마무리를 지었다. 뽀미 1기를 무사히 마쳤다는 자축의 의미로 MVP와 베스트 포즈상을 뽑았다. 나를 믿고 오신 분들에게 부족함 없이 나눠드리자고 생각했다.

내가 온 마음을 다해 정성을 쏟은 한 사람 뒤에는 더 많은 사람이 기다리고 있다는 것을 믿는다. 나는 돈보다 귀한 경험을 얻었고 사람들이 행복해하는 모습을 보았다. 힘들고 지칠 때 계속 나아갈 수 있는 가장 큰 힘을 얻었다. 아무것도 없이 시작한 나로서는 성공인 셈이다.

콘텐츠 크리에이티브

10분 독서 텐독의 리더가 되다

조은주
유쾌한 책글맘

타이머를 이용한 독서는 정말 집중이 잘 되었습니다. 점점 10분 독서에 익숙해졌습니다.

책을 읽기만 하면 아쉬울 것 같아 책 속의 나만의 한 줄 찾기를 했습니다. 짧은 시간 독서를 하지만 책 속의 나만의 한 줄을 찾기 위해 조금 더 집중해서 독서를 하게 되었습니다. 매일 책에서 찾은 나만의 좋은 구절을 블로그에 올리기 시작했습니다. 블로그에 매일 포스팅을 하다 보니 블로그의 댓글들이 올라왔습니다.

- 10분 독서 좋네요.

- 저도 해보고 싶어요.

- 책 안 읽는 저에게 좋은 방법인 것 같아요.

- 10분 독서 궁금합니다.

- 저도 책만 사놓고 안 읽어요.

등등의 댓글이 올라오기 시작했습니다.

매일 방문해서 제가 뽑아놓은 문장만 읽어도 많은 도움이 된다는 분들도 계셨습니다. 점점 뿌듯했습니다. 저도 누군가에게 도움을 줄 수 있는 사람이 되다니 놀라운 변화였습니다.

자기 계발 모임의 회원들은 저처럼 아무 스펙도 없는 전업주부는 없는 것 같았습니다. 모두 직업이 있었고, 아니면 부동산이나 주식 등에 이미 전문적 지식을 가지고 계신 분들도 많았습니다. 그 외에 독서 모임 운영자나 작가, 사업가, 스마트 스토어 운영자, 요리전문가, 학교 선생님, 인플루언서, 강사 등등 이미 쟁쟁한 사람들이 많았습니다. 이렇게 잘 나가는 사람들이 자기 계발까지 한다고??

저는 너무 기가 죽어서 소리 없이 사라지려고도 했습니다. 하지만 시간이 지날수록 자기 계발을 하고 싶은데 자신감이 없

콘텐츠 크리에이티브

어서 한 걸음도 나서지 못하는 그런 분들을 위해서라도 사라지지 말자고 다짐했습니다. 맨 밑에서 시작해서 한 걸음 한 걸음 발전하는 나의 모습을 그대로 보여주자, 사라지지는 말자. 그리고, 꾸준히 하자. 가다가 지칠 수도 있지만 쉬는 건 잠시뿐 꾸준히 하자.

부족한 점이 많은 접니다. 저의 부족한 자신감과 내면을 채워줄 것은 독서라고 생각했습니다. 그래서 독서를 저의 원씽으로 잡고 가기로 마음먹었습니다. 주변에서 좋다고 하는 추천 책들을 사기 시작했습니다. 그러나 평소에 책을 많이 읽지 않았던 터라 집중도 안 되고 속도도 안 나고 책만 쌓여갔습니다. 안 되겠다 싶었습니다. 남들이 하는 대로 따라가려고 하지 말고 나만의 속도대로 가야겠다고 생각했습니다. 10분 만이라도 독서를 하기로 마음을 먹었습니다. 타이머의 힘은 컸습니다. 10분만 읽자고 생각하고 타이머를 켜고 시작해 보았습니다. 생각보다 집중이 잘 되었습니다. 딴생각이 들거나 집안일이 생각나도 10분 있다가 하자 10분만 딱 책을 읽고 하자 하고 마음을 먹어가며 독서를 했습니다. 10분 독서의 힘은 컸습니다. 10분이 20분이 되고 30분이 될 때도 많았습니다. 뒤에 시간이 여유로울 땐 더 읽기도 하고 바쁠 땐 10분만 몰입해서 읽었습니다. 사기만 하고 읽지 않은 채로 쌓여있던 책들이 하나하나씩 읽혀나가는 것이었습니다. 10분! 짧은 시간인 것 같지만 의외로 꽤 많이 읽을 수가 있었습니다. 10분을 매일매일 읽다 보니 21일 만에 3권을 읽어 내는 성과를 거두었습니다. 속도는 느리지만 책 한 권을 다 읽었을 때의 쾌감은 이루 말할 수 없습니다.

높은 산만 바라보며 미리 포기하지 말고 이렇게 10분이라도 매일 꾸준히 실행하면 나의 내면이 채워지고 성장해 있을 것이라는 확신이 들었습니다. 〈실행이 답이다〉라는 책에서 '작게 시작하라 크게 이루게 된다.'라는 말이 있는데 제가 하는 10분 독서를 응원하는 말인 거 같아 위안받았습니다. 지금도 저의 10분 독서는 계속되고 있습니다. 정말 사소하고 작지만 일단 시작하니 매일 책을 펼치게 되었고, 매일매일 독서할 수 있는 습관도 들이게 되었습니다. 그리고, 제가 매일 블로그에 글을 올리니 자기 계발하는 동료들이 같이하자는 제의가 들어왔습니다.

- 10분 독서 같이해요.
- 책글맘님 10분 독서 모임 만들어주세요.
- 저도 책 읽는 습관 들이고 싶어요.

등등의 제의가 여러 번 들어왔습니다. 동료들의 제안에 힘을 얻었습니다. 매일 하던 일이었으니 한번 함께 해봐야겠다는 생각이 들었습니다.

그렇게 하여 주부들의 10분 독서 모임이 생겨났습니다. 첫 모임에 18명의 회원이 참여해 주셨습니다.

회원님들과 함께 10분 독서 모임의 이름도 지었습니다. 일명 '텐독' 10이라는 영어단어에서 따온 텐과 독서를 합쳐 텐독, 우리 독서모임의 이름은 텐독이 되었습니다. 회원님들이 매일 10분 독서 인증 사진과 좋은 구절을 올려 주시니 좋은 구절이 하루에 열여덟 구절이 되는 것입니다. 다들 올려 주시는 구절만 읽어도 책을 여러 권 읽은 거 같아 좋았습니다. 회원분들도 함께하고 좋은 구절을 나누니 좋다고 해주시고, 독서를 항상 미뤘는데 매일 10분이라도 할 수 있어서 좋다는 피드백이 쏟아졌습니다. 저 혼자 조용히 시작한 10분 독서를 이렇게 좋아해 주시다니 감사할 뿐입니다.

10분 독서는 작은 일이었습니다. 저 혼자 책을 읽기 위한 방법이었을 뿐입니다. 그러나 지금 이렇게 여러분들과 함께하게 되고 생각을 나누게 되었습니다. 주변에 저처럼 독서가 중요하다는 건 알지만 자꾸만 뒤로 미루게 되는 분들이 있다는 걸 알게 된 경험이었습니다. 여럿이 함께 매일 독서하고 인증하고 좋은 구절을 나눕니다. 회원분들의 안부도 묻고 좋은 일은 서로 축하도 해주며 우리는 하루하루 생산적으로 지냅니다. 빨리 가려면 혼자 가고 멀리 가려면 함께 가라는 인디언 속담이 있습니다. 예전에는 별생각 없이 듣던 이 속담이 귀에 박히는 요즘입니다.

역시 쉽고 작은 일부터 당장 시작해야 하는 것이 맞는 거 같습니다.

여러분도 시작하지 못하고 머뭇거리고 있나요? 지금 당장 시작해 보세요. 그리고 꾸준히 나아가 보세요. 어느새 나만의 목표지점을 향해 가고 있을 것입니다.

하나만 잘 하자

정경희
행부원츄

나는 특출한 것 하나 없는 지극히 평범한 사람이다. 늦은 결혼이지만 감사하게도 건강한 두 딸을 품에 안았다. 안정된 직장을 다니면서 지금껏 무난하게 지냈다. 별 탈 없이 잘살고 있다고 생각했다. 지금 생각하면 미래를 보지 않고 현재에 안주하는 쾌락주의였다. 나는 알코올 의존자다. 자기 계발하고부터 알게 되었다. 매일 저녁 술을 마셨다. 밤만 되면 술이 생각났고 술 약속을 잡았다. 술 약속이 없으면 신랑이랑 마셨다. 일주일에 5일 이상 마셨다. 사회생활을 하니 술 마신다 생각했다. 사람 만나는 게 좋고 분위가 좋아 술자리에 간다 생각했다. 아니었다. 내가 술자리를 찾아다녔다. 술자리가 없으면 아이들과 함께 혼자 술을 마시며 하루를 마무리했다. 술을 마시면 기분이 좋았다. 퇴근하면 다시 집으로 출근한다. 엉망인 집을 보면 잔소리와 한숨이 가득하다. 아이들에게 화를 내고 자신에게 불만 불평이 되어버린다. 술은 현실을 덮어버린다. 사람이 관대해진다. 화내지 말고 놀자. 신경 쓰지 말고 그냥 덮자. 이렇듯 나에게 술 마실 거리를 만들었다. 술 마시는 그 순간이 좋았다. 술취한 그 느낌이 좋았다. 뻗어 잘 수 있는 그 공간이 좋았다. 그러면서 매일 술을 마셨다.

눈이 오는 그날도 술을 마시고 집으로 가는 중이었다. 눈이 와서 바닥이 보이지 않았다. 빙판길에 완전히 넘어졌다. 일어날 수가 없었다. 어렵게 일어났지만 걸을 수가 없었다. 구급차를 타고 응급실로 갔다. 대퇴부 골절. 뼈에 금이 갔다. 수술해야 하지만 다행히 한 줄로 금이 가서 저절로 붙을 수 있을 거라 했다. 대신 절대로 움직이지 말라는 6주 안정 진단을 받았다. 침대에 누워 종일 티브만 봤다. 넥플리스는 볼 것이 없을 정도로 봤다. 그렇게 시간을 의미 없이 보내고 있을 때 큰아이가 한마디 했다.

"엄마는 맨날 핸드폰만 봐"

이 말 한마디가 나의 인생을 송두리째 바꿔 놓을 거라고는 그때는 상상도 못 했다. 어떻게 보면 지극히 평범한 말이었다. 충분히 할 수 있는 말이라 생각했고 지나갈 수도 있었다. 그런데 머릿속에서 잊히지 않았다. 처음에는 섭섭했다. 아픈 엄마에게 할 소리인가? 그러나 섭섭함은 창피함으로 바뀌었다. 그동안의 생활들이 머릿속을 지나갔다. 매일 술 취한 엄마, 핸드폰만 하는 엄마, 소리 지르는 엄마만 있었다. 아이들에게는 책 보라고 하고 나는 핸드폰만 봤다. 아이들에게는 공부하라고 하면서 나는 티브만 봤다. 같이 티브 보다가도 숙제하라고 소리친 엄마였다. 이렇게 살면 안 되겠다는 생각이 들었다. 나는 형편없으면서 아이들에게는 바르게 살라고 강요하는 엄마로 살고 싶지 않았다. 나를 바꾸고 싶었다. 변화가 필요했다. 책을 읽기 시작했다.

나는 1년에 책 한 권도 읽지 않는 사람이다. 책만 보면 졸리고 왜 책을 읽어야 하는지 모르는 사람이다. 지금도 이렇게 잘 살고 있는데 책 읽을 이유가 없었다. 그런 내가 책 읽기를 결심했다. 당연히 책 읽기는 어려웠다. 혼자 책 읽기가 힘들어 함께 책 읽는 '숭례문 학당' 프로그램에서 경제 관련 도서를 읽기 시작했다. 처음부터 너무 어려운 책을 선택했다. 단어조차 읽히지 않았다. 메모장이 필요했고 블로그 시작의 계기가 되었다. 책을 읽으면서 새벽 기상을 알게 되었고, 블로그 동기들을 통해 '나인해빗'과 부자마녀 '엄마성장클래스'를 알게 되었다. 주변이 바뀌니 나도 바뀌게 되면서 지난 삶이 어리석었다는 것을 알았다. 불안한 노후와 퇴직 후의 삶을 생각해야 했다. 아이들에게 짐이 되고 싶지 않았다. 편찮으신 시부모님을 보며 돈이 더 절실했다. 퇴직금으로는 노후를 생각할 수 없었다. 병원조차도 못 가는 노후 자금이다. 늦은 나이 결혼으로 퇴직해도 아이들은 학교에 다닌다. 노후에 대해 한 번도 생각하지 않고 살았는데 나이를 계산해 보니 충격이었다. 돈 나오는 시스템, 파이프라인이 절실했다.

돈을 벌고 싶었다. 돈을 모으고 싶었다. 돈 벌고 싶어 부동산 투자를 공부했다. 주변 지인을 보면 분양 하나 잘 돼서 인생이 달라지는 이들을 많이 봤다. 시작은 같았으나 주택 소유 자체만으로 말할 수 없는 수준의 격차를 보였다. 없는 자는 계속 없고 있는 자는 계속 있게 되는 것이 부동산이었다. 정보와 실천이 하늘과 땅의 차이를 가져 주는 시기였다. 있는 자와 없는

콘텐츠 크리에이티브

자의 명확한 구분이 부동산 공부를 시작하게 해 준 계기였다. 2021년은 가리지 않고 강의를 들었다. 책도 읽었지만, 머리에 들어오지 않았다. 책을 읽으면 금방 잊어버려 강의와 병행했다. 2022년 부동산, 경매, 주식, 코인, 상가, 신축, 창업 등 부동산 강의뿐만 아니라 글쓰기, PPT, 부자 강의, 독서 모임, 새벽 기상 모임 등 가리지 않고 들었다. 그냥 접수했다. 간절했기에 가리지 않고 들었다. 누가 좋다고 하면 따라서 다 들었다. 수많은 강의를 들으면서 투자 상품을 아파트로 정했다. 부동산 투자는 임장이 필수다. 나의 니즈를 해소하기 위해 무자본 창업과제로 '행부원츄 임장스터디'를 제출했다. 론칭했고 성공적으로 모객이 이루어졌다. 이후로는 임장 스터디에만 집중했다.

임장 스터디를 진행하면시 오로지 임장만 생각했다. 함께 가는 임장은 시간과 횟수가 거듭날수록 임장 리더가 되었다. 임장의 궁금함과 투자의 두려움에 관한 질문의 답을 찾아가면서 프로그램도 변화했다. 지역분석을 통한 임장은 모의투자 프로그램을 넣으면서 실제 투자까지 이어졌다. 스터디분의 투자사례도 나왔다. 임장 지역에 대해 포스팅 공유만 하던 프로그램은 알려드리면서 강의로 이어졌고 경험을 바탕으로 나눔 강의까지 하게 되었다. 부동산 스터디 모임에서 나눔 강의를 했다. 7명의 스터디 분들이 아닌 모르는 다수 앞에서의 강의였다. 이를 계기로 나의 인지도는 한 단계 업그레이드됐다. 임장 스터디 하나를 통해 수많은 확장이 이어졌다. 세바시, 나눔 강의를 하게 되면서 나누는 기쁨과 짜릿함을 느꼈다. 임장 전자책도 출간하면서 임장에 대해 더 진심이 되었다.

임장 경험과 꾸준한 투자 공부로 나눌 수 있는 모든 것을 나눴다. 아는 모든 것을 풀어드렸다. 이렇게 나눠줘도 되냐는 질문을 받을 정도였다. 다 퍼주시는 것에 감사하다는 말씀과 임장에 대해 막막함이 덜어냈다는 인사는 뿌듯함 마저 든다. 투자 왕초보가 도움이 된다는 자체만으로 충분했다. 내가 쓸모 있어 보였다. 아무것도 모르는 초보가 임장이 두려워 함께 가자고 손 내밀었다. 임장만 생각하고 집중했을 뿐인데 이 하나는 확장되어 콘텐츠가 되었다. 임장은 이제 없어서는 안 되는 나의 자산이다. 즐기면서 꾸준히 했고 알려주면서 또 다른 경험과 기회를 안겨 주었다. 나눈다는 마음으로 임하니 콘텐츠는 하나둘씩 늘어났다. 임장 하나만 생각했다. 시간과 노력을 그 하나에 집중했더니 하나가 열이 되어 나에게 돌아왔다.

아이와의 소통과정이 나의 콘텐츠가 되다

최 순 주
진격의 최여사

변화가 필요했다. 동료직원과의 불화를 계기로 얼마 남지 않은 정년퇴직을 하루라도 빨리 당기고 싶어 자기 계발을 시작하였다. 어디서부터 준비해야 할지 몰라 도서관에서 재테크 관련 책과 자기 계발 책을 찾아 읽었다. 나와 비슷한 어떤 50대는 새벽 기상을 통한 끊임없는 도전을 하였다. 새로운 목표를 이루기 위한 열정적인 도전으로 삶이 변했다. 가치 있는 삶을 살아가기 위해 노력하는 모습을 보며 현실에 타협하면서 안주하려는 나를 반성하게 되었다. 책을 읽고 새벽 기상을 할 수 있다는 자신감이 생겼지만, 실행력이 부족하였다. 혼자서는 작심삼일이었다.

엄마 성장클래스를 운영하는 부자마녀를 만났다. 온라인 줌으로 부자마녀의 인생 강의를 듣게 되었다. 새벽시간을 이용하여 달라진 그녀의 인생 이야기가 깊이 각인되었다. 솔직하고 당당한 모습에 이 사람과 함께하면 내가 처해있는 답답한 상황에 답을 줄 수 있을 것 같았다. 그녀와 똑같이 하면 변할 수 있을 것 같았다. 이번만큼은 새벽시간을 이용하여 변하고 싶은 마음이 간절하였다. 새벽마음정원(이하 새마정)에 가입하였다. 혼자만의 자기 계발의 어려움에서 벗어나 함께하는 자기 계발의 세계로 들어갔다.

내 주변에서 볼 수 없는 온라인 속에 자기 계발하는 사람들이 각자 정해진 새벽 시간에 정해놓은 루틴을 하면서 목표를 향해 배움의 길을 가고 있었다. 새벽 4시에 기상하였다. 1시간 독서를 하기 위해 책을 폈지만, 집중이 되질 않으니 쏟아지는 졸음으로 침대에 들어가고 싶은 마음이었다. 이대로 포기할 수는 없었다. 새벽 4시가 되면 창문을 열어 환기를 시키고 잠을 깨웠다. 긍정 확언의 필사와 가계부작성과 경제신문을 읽었다. 가족들의 아침은 전날 준비해 놓고 1차 새벽 루틴이 끝나면 첫 지하철을 이용하여 사무실로 출근하였다. 직장 내 헬스장에서 아침 운동을 하고 운동이 끝나면 근무 시간 전까지 독서를 하였다.

콘텐츠 크리에이티브

새벽 기상 모임에서 100일 만보 걷기와 만보 걷기를 성공하면 3,000원씩 저축하는 챌린지가 눈에 띄었다. 도전하고 싶었다. 작심삼일이 되지 않기 위해 여러 사람 앞에 공표하고 함께했다. 헬스장 러닝머신에서 운동하기보단 둘레 길을 걷는 걸 좋아한다. 날씨에 영향을 받는 실외운동은 약속을 지킬 수가 없었다. 날씨에 영향을 받지 않는 헬스장을 선택했지만 갑갑한 실내에서 TV를 켜놓은 채 걷기란 너무 지루하였다. 런데이 달리기 프로그램으로 효과를 봤다는 지인의 추천으로 런데이 달리기 프로그램으로 걷기와 달리기를 하니 자신감이 붙었다. 한 달 정도 지나니 새벽 기상과 운동이 어렵지 않았다. 힘들어도 운동복으로 갈아입고 러닝머신에서 걷고 뛰다 보면 아무 생각이 들지 않았다. 운동의 습관이 들었다. 약속한 100일의 만보 걷기를 채우진 못했다. 추석 전날 음식을 하느라, 몸살감기로 이틀은 만보를 채우지 못했다. 약속한 날짜보다는 100일에 의미를 두기로 했다. 이틀을 더해 102일 만보 걷기를 성공하였다. 할 수 있다는 성취감과 자신감으로 또 다른 도전을 하고 싶었다. 성공은 또 다른 성공을 부른다.

자기 계발을 하는 사람들에게 블로그는 나를 알리는 통로라고 했다. 내 글을 블로그에 써놓으면 인스타도 페이스북도 콘텐츠로 연결된다고 한다. 글을 쓰려고 하니 머릿속에 장벽이 쳐진다. 제대로 된 글을 쓰고, 읽는 사람들에게 감동을 주는 글을 쓰고 싶었다. 하지만 내가 쓴 글을 남들에게 보여주는 게 부끄러웠다. 일상생활에서 일어난 소재로 글을 쓰기 시작하였다. 내 글에 댓글이 달리기 시작하였다. 1일 1포스팅으로 주제를 요일별로 정하여 포스팅하였다. 점점 읽어 주시는 분들이 생기고, 관심을 가져주시니 자신감이 생겼다.

새마정은 각자의 루틴을 정해서 새벽인증의 성취 율이 높은 순서대로 부자마녀의 1:1 코칭권이 주어진다. 100%의 성취율로 부자마녀의 1:1 코칭을 받았다. 부자마녀는 새벽에 많은 것을 하기보다 주변의 소음을 차단하고 내게 필요한 것을 찾으라 했다. 손안에 여러 개의 공을 쥐고 있지 말고 한 개의 공을 손안에 쥐고 있어야 한다고 했다. 왜 시작하게 되었는지? 어떤 마음으로 여길 찾아왔는지 초심으로 돌아가서 생각해 보라고 했다. 콘텐츠에 관한 이야기도 나누었다. 나에게는 내세울 만한 나만의 콘텐츠가 없었다. 나만의 콘텐츠를 고민하기 시작하였다.

내가 잘하는 것을 찾아봤다. 워킹맘으로 직장을 다니고 아이를 키우며 살림을 하였다. 바쁘지만 집밥을 꼭 해주었고, 방

학에는 점심으로 먹을 도시락을 아침에 만들고 쪽지에 아이들에게 간단한 메모로 낮에 집에 없을 엄마의 사랑을 느낄 수 있게 소통하였다. 고등학교 때 늦게 끝나는 아이를 위해 기다리고 있다가 집으로 돌아오는 차 안에서 아이와 학교에서 즐거웠던 일들과 아이의 고민을 들어주며 피곤했을 아이의 하루를 기분 좋게 마무리하였다. 엄마인 나는 아이들을 진심으로 응원하며 공감해 주었다.

부자마녀는 "직장을 다니면서 자녀들과 소통하고 자녀교육을 열심히 하였으니 내가 겪었던 시행착오와 자녀를 키웠던 노하우를 후배 워킹맘들에게 도움을 주는 것이 좋을 것 같다"라고 하였다.

도움이 필요한 워킹맘들에게 전문가도 아닌 내가 그분들에게 도움이 될지 자신이 없었다.

자기 계발하기 전 아이들도 내게 "부모와 소통이 안 되고 불편하게 지내는 친구들이 있다"라고 했다.

"엄마는 우리에게 공감도 잘해주고 잘 키워줬으니 자녀교육에 힘들어하시는 분들에게 상담해 주는 건 어때"라고 했다.

직장에서 후배들이 자녀교육에 대해 조언을 구하면 내 경험을 통해 아이와 부모의 입장을 이야기해 주었다. 내 아이에 대해서는 전문가이지만 다른 사람과의 상담은 조심스러웠다.

블로그 작성 시 자녀교육에 대한 글을 쓸 때 자신 없어하는 모습을 보고 딸아이는 "엄마의 글에는 진심이 담겨 있어. 잘 쓴 글을 보고 싶다면 전문가에 글을 찾아보겠지. 워킹맘으로 살아온 엄마의 이야기가 더 와닿지 않을까?"

"힘들어하는 워킹맘들의 이야기를 들어주고 엄마의 경험을 나눠주면 어때?"라고 했다.

내려놓고 싶은 마음을 가족들의 응원에 힘입어 용기를 내어본다.

새벽 기상을 하면서 나에게 집중하고 나를 찾아가는 의미 있는 시간이 되었다. 새벽시간은 충분히 내 삶을 바꿔주었다. 워킹맘들의 애환을 들어주며 나의 경험과 노하우를 나눠 주고 싶다. 가정과 회사에서 둘 다 잘할 수 있는 기준을 세워 도와주는 워킹맘 해우소가 되겠다. 용기 내지 못했던 나의 콘텐츠가 아이와의 소통과정에서 나의 콘텐츠가 되었다.

제4장

콘텐츠 생산,
벽은
이렇게 넘어라

이정표

김 애 련
미라클 부자

　사람을 만나고 사람들의 이야기를 듣는 것을 좋아했다. 만나는 모든 사람에게서 꼭 한 가지씩 배울 게 있었다. 어린아이에게서도. 땀을 흘리며 뒤집기를 멈추지 않는 아이. 쉴 새 없이 배밀이를 한다. 뒤통수 찧으며 넘어져도 앉는 연습을 해내는 아이. 엉덩방아를 찧어도 일어서는 것을 멈추지 않는 아이. 아이를 키우면서 되레 어른인 것이 부끄러울 때가 있었다. 아이들은 스스로 열심히 성장 중인데 어른인 나는 한계선을 그었다. 이 건 이래서 안 되고 저 건 저래서 안 된다. 타인의 시선에 나를 가두고 할 수 없다고 단정 지었다. 실수가 두려웠다. 타인이

　　　　　　　　　　　　콘텐츠 크리에이티브

어떻게 생각할지 두려웠다. 생각하는 것만큼 나에게 관심이 없는데 말이다. 실수는 또 다른 이름의 경험이라는 것을 알지 못했다.

누구나 처음은 있다. 처음은 어설프고 미완성인 것이 당연하다. 불안정한 것이 당연하다. 날 때부터 잘하는 사람이 어디 있나. 천진난만한 아이들은 처음을 두려워하지 않는다. 순수하지 않은 어른이 되어 버린 나는 첫 시작이 두려웠다. 초보자라고 하면 어떡하지? 미흡하다고 하면 어떡하지? 타인의 평가가 두려웠다. 초보자인 건 사실인데 말이다. 이것도 처음 콘텐츠를 만드는 과정에서 겪게 되는 흔한 일이다. 나눔 강의 한 번 하고 나서 내가 한없이 작아짐을 느꼈다. 이건 나만 그런 것이 아니다. 많은 학생들 앞에서 매일 같이 수업하는 선생님인 동기도 쥐구멍으로 숨고 싶다고 했다. 내가 보기에는 엄청 잘했는데 말이다. 내 안의 두려움이 모든 것을 집어삼켰다. 이 두려움을 이겨내야 한다. 콘텐츠를 만들어가는 과정에서 두려워하는 나에게 부자마녀가 말했다. 일단 시작하고 생각하라고. 아니 어떻게 그럴 수가 있는가? 시작을 어떻게 하라고....... 백만장자 시크릿 내용 중에 '준비 발사 조준'하라고 나온다. 발사하고 조준하라고, 아니 조준을 하고 발사해야지? 어떻게 그럴 수가 있지? 두려움에 싸여 있는 나는 부자마녀의 말을 받아들이기 힘들었고, 백만장자 시크릿의 내용을 받아들이기 힘들었다. 전문가가 아니라고 생각했기 때문이다. 타인의 평가가 두려웠기 때문이다. 경험이 콘텐츠라는 것을 몰랐기 때문이다.

아이를 먼저 키워 본 선배 엄마로서 "이럴 때는 어떻게 하는 게 좋아요?"라는 질문에 답해 줄 수 있는 경험치면 된다는 것을 이제야 깨닫는다. 작게 시작하면 된다. 나의 그릇만큼. 당연히 전문가가 아니라는 것을 인정해야 한다. 한 걸음 앞에 가는 사람으로 한 걸음만 알려 주면 된다. 스스로 두려움을 극복하는 방법은 반복해서 하면 된다. 문제보다 내가 더 커지면 될 일이었다.

줌을 처음 하던 날, 심장도 쿵쾅대고 손도 떨리고 목소리도 떨렸다. 화면공유 하는 방법을 배웠지만 당황해서 화면공유 위치가 보이지 않았다. 지금은 능숙해져 위기 상황에 대처하는 위트도 생겨났다. 프로그램에 참여하는 사람들과 인증 사진을 찍는 것도 자꾸 잊어버리곤 했다. 지금은 잘 챙긴다. 대본을 보는 것도 익숙하지 않았다. 대본 없이 중심 키워드만으로 이야기할 수 있다.

이야기하다 보면 시간을 오버하는 일이 많았다. 지금은 시간을 맞출 수 있다.

줌에서 시선을 어디에 둬야 할지 몰랐지만 지금은 사람들과 골고루 눈 맞출 수 있다. 두서없이 이야기했다면 이제 핵심 이야기를 전달할 수 있다. 내 안의 두려움을 극복하는 방법은 반복이었다. 실수가 쌓여 경험이 되었고 경험이 쌓여 두려움이 사라졌다.

시작하고 실패를 해봐야 다음 스텝이 보인다. 보완해야 할 것이 무엇인지도 경험이 쌓여야 알 수 있다. 아무것도 하지 않으면 아무 일도 일어나지 않는다. 이제야 '준비, 발사, 조준'을 제대로 이해했다. 이미 경험해 본 선배들의 노하우이다. 콘텐츠는 경험이다. 경험이 곧 콘텐츠이다. 나의 좌충우돌 경험으로 사람들에게 이정표를 안내하는 것이다. '준비, 발사, 조준'은 생각에만 머물지 않고 실행하기 위한 과정이었다. 많은 이들이 내 안의 보석이 있다는 것을 알아차리지 못한다. 타인의 시선이 두려워, 타인의 평가가 두려워 시작하지 않는다. 나 역시도 그러했다.

두려움을 극복하는 방법 중 또 하나는 사명이다. 사람들에게 어떤 가치를 제공하고자 하는가? 그들의 어떤 문제점을 해결해 줄 수 있는가? 나의 경험이 그들에게 어떠한 영향을 줄 수 있는가? 나는 어떠한 마음으로 임할 것인가? 에 대한 답이 분명하게 선다면 더 이상 망설일 필요가 없다. 나의 사명이 이끄는 대로 나아가면 된다. 의심하지 말고. 가보지 않으면 모른다. 이 길이 어디로 연결되어 있고 이 길의 끝은 어디인지. 많은 아이들이 꿈을 위해 살아갈 수 있고 행복하다면, 많은 엄마들이 스스로 행복하고, 아이들에게 행복한 삶을 제공할 수 있다면, 지금의 두려움 정도는 이겨 낼 수 있다고 스스로에게 주문을 걸었다.

첫 프로그램을 끝내고 마음이 무거웠다. 사명을 가지고 임했음에도 여전히 타인의 평가가 두려웠고, 나보다 훨씬 더 많은 전문가들이 있다는 사실에 작아졌다. 도무지 다시 프로그램을 진행할 용기가 나지 않았다. 인풋이 더 필요한 사람인데 아웃풋이라니……. 스스로를 믿지 못했다. 내 안의 나의 가치를 두려움이 삼켜버렸다. 프로그램을 함께 한 엄마들의 변화된 삶을 기록한 후기가 나를 다시 들어 올렸다. 가슴이 뛰기 시작했다. 별거 아닌 거 같았던 나의 경험이 그들의 앞길에 빛이 되고 있던 것이다. 누군가에게 필요치 않은 물건이 누군가에게는 꼭 필요한 물건일 수 있듯이 먼저 걸어간 내 길 안의 이야기들이 그들에게 이정표가 되고 있었다. 이정표가 되어 준 경험이 두려움

콘텐츠 크리에이티브

을 극복하게 만들었다. 본질을 생각하게 했다. 엄마의 행복을 위해, 아이들의 행복을 위해, 경험을 나누고자 했던 나의 본질, 가치, 사명이 또 나를 춤추게 했다. 오랜 시간 곁에 머물고 싶다는 멤버들의 이야기가 벽을 넘게 했다.

칭찬은 고래도 춤추게 한다. 나의 이정표가 되어 주었던 부자마녀와 꿈꾸는 서 여사처럼 나 역시 누군가의 이정표가 되고 있다. '눈길을 걸어갈 때 어지럽게 걷지 말기를. 오늘, 내가 걸어간 길이 훗날 다른 사람의 이정표가 되리니'- 김구선생의 말이다. 내가 가는 길, 사명대로 신중하게 한걸음 내디뎌 본다.

내가 나를 먼저 믿어주자!

권미영
돈월이

생산자의 삶을 시작할 때 제일 큰 고민이 콘텐츠였다. 아마도 같은 고민을 하는 분들이 많을 거로 생각한다. 사실 그것이 생산자의 삶을 시작하기에 가장 어렵다. 반대로 너무 쉬운 것일 수도 있다. 지나고 나니 그 깊은 고민이 종이 한 장 차이라고 말해주고 싶다. 처음은 어떤 일이든 어렵고 잘 안 보인다. 특히 자신을 객관적으로 보는 것이 더 어렵다. 나는 스스로 질문을 참 많이 했다. 콘텐츠 찾는 것이 너무 막연하고 어려웠을 때 결국 타인이 나의 콘텐츠를 먼저 알아봐 줬다. 나에게 너무 익숙한 일들이 상품이 된다는 것을 믿지 않았기 때문이다. 더 잘

콘텐츠 크리에이티브

하는 사람들이 많기에 자신 없는 것도 사실이었다.

하고 싶은 마음보다 실제로 시작한 것은 시간이 조금 걸렸다. 콘텐츠를 찾는 것이 영혼까지 끌어모을 만큼 나에겐 어려웠기 때문이다. 기껏 생각해서 주위 사람들에게 말하면 너의 장점이 아니라고 하고, 나를 생각해서 가족이 알려주는 것은 내가 원하는 것이 아니었다. 계속 원점을 뱅뱅 돌고 있는 듯한 느낌과 답답함이 이어졌다. 분명 남들보다 더 잘하는 것이 있는데 상품 가치로 인정하기는 어려웠다. 사람들 앞에서 말하는 것도 자신 없었다. 그런데 이미 하는 분들을 보면 저 정도는 할 수 있겠다 싶은 마음이 들었다. 두 가지 마음이 나를 괴롭혔다. 시간이 흐른 후 당장 시작할 수 있는 콘텐츠부터 선택했고 지금은 콘텐츠 부자가 되어 가고 있다. 생산자의 시작은 어둠 속 터널같이 느껴졌다. 전문가가 아니더라도 이제 시작하는 사람을 도와주면 콘텐츠가 된다는 사실을 알고 있었다. 그런데 나에게 적용하기는 너무 어려웠다. 완벽해야 할 것 같은 생각, 남들보다 더 잘하고픈 욕심이 나를 더 붙잡았다. 지금은 왜 그런지 이해한다. 내가 멋진 사람임을 스스로 본적이 별로 없기 때문이다. 유창하게 말하는 것, 사람들을 가르쳐본 경험도 없기에 스스로 인정할 수 없었다. 지금 생각해 보니 나는 완벽을 추구하는 욕심 많은 사람이었나 보다. 오히려 타인이 나를 더 칭찬해 줬고 지금의 돈월이의 시작을 도와주었으니 얼마나 스스로에 대한 믿음이 부족했던 것일까?그런데 신기한 건 누군가 멍석을 깔아주면 나는 마이크를 잡았다. 그리고 어떤 말이든 이어갔다. 그리고 자신은 없지만, 앞에서 나가서 말해보고 싶은 욕심은 가득했었다. 참 너란 여자 어렵다!

나의 MBTI를 들으면 사람들은 놀랜다. 돈월이님이 내성적이라고요? 맞다! 나는 내성적인 사람이다. 그런데 해야 하는 상항이 되면 어떻게든 마무리는 하고 돌아온다. 그리고 죽을 뻔했다고 한숨을 쉰다. 집에 돌아오면 혼자만의 시간도 필요했다. 그런 내가 생산자의 삶을 살아가고 싶고 누군가의 삶에 도움은 주고 싶다고 했으니 시작이 어려운 건 어쩌면 당연한 일이다.

내가 생산자의 시작에서 잘한 점이 있다면 이런 떨림을 이겨냈다는 것이다. 두려움에 포기하지 않고 두근거리는 마음으로 마이크를 잡았다는 것 그것이 지금 돈월이가 있는 이유이다.

내성적인 성격은 SNS 소통에서도 드러났다. 카카오톡에서 상대가 보이는 호의에 나는 반응하기가 힘들었다. 머릿속은 재미있는 이야기를 하고 싶고, 기쁘게 받아주고 싶은데 너무 잘하고 싶으니 오히려 말이 꼬였다. 쓰다가 지우고를 반복하면서

콘텐츠 크리에이티브

결국 보내지 못한 경험이 많다. 얼마나 서운했을까? 내 맘은 아 닌데. 내 이야기에 사람들의 반응이 재미없을까 봐 사실 그게 두려웠다. 지레짐작한 이야기가 아니다. 진짜로 내가 댓글을 달 면 카톡방이 조용해진 적이 있다.

아 이런 쪽에 재능이 없다는 걸. 속상하지만 스스로 인정 했다.

그리고 받아들이기로 했다. 생산자의 삶을 살아가기로 생각 했기에 단점보다는 장점을 더 보기로 했다. 그래서 언제부턴가 나의 댓글에는 하트가 많다. 내가 터득한 나만의 소통 방법이 다. 재미없고 무뚝뚝한 돈윌이지만 마음은 하트입니다. 내 마음 을 하트로 대신 표현한 것이다. 재미있지만 무언가 결실이 없는 사람보다는 말이 별로 없어도 경험으로 인정받는 사람이 되고 싶었다. 그것이 오히려 돈윌이의 독특함이라고 생각한다. 나만 의 착각일 수도 있지만 그렇게 생각하기로 했다. 계속 자신 없 는 나와 매 순간 만날 용기는 더 없었다. 이렇게 단점을 인정할 수 있는 이유는 진정으로 생산자의 삶을 살아가고 싶기 때문이 다. 그 생각이 컸기에 소통의 부족한 부분도 콘텐츠를 찾기 어 려웠던 부분도 나는 다 이겨낼 수 있었다. 생산자의 삶은 스스 로 내려놓지만 않는다면 누구나 가능하다. 왜 힘듦이 없었을까.

우리보다 더 앞서나간 사람들은 더 큰 어려움이 많았을 것이다. 그러나 그들은 지금도 잘 해내고 있다. 진짜 멋있다. 우리의 가슴을 두근거리게 만들어 준다. 그들이 포기했다면 우리는 지금의 그 모습을 볼 수 없었을 것이다.

이제는 나의 차례다 나를 더 믿어주고 지지해 주고 싶다. 힘든 벽에 부딪힐 때마다 생산자의 삶을 시작했던 나의 처음을 떠올리며 내가 기다려 주고 있으니 괜찮다고 말해 줄 것이다.

멈추지만 말자! 우리는 자신을 너무 잘 알기에 자신을 잊어버린다. 매일 보는 가족도 그렇지 않은가 함께 할 때는 모르다가 떨어져 살게 되면 보고 싶어진다.

매일 느끼고 마주하는 자신이니 더 소홀해지고 소중해 보이지 않은 것이 어쩌면 당연하다. 생산자의 삶은 누구보다 나를 더 사랑해야 한다. 나 자신이 세상에 돋보일 상품이고 콘텐츠이기 때문이다. 상품은 항상 빛나야 가치가 있다. 스스로 더 빛날 수 있게 믿어주고 힘을 보태주자

우리가 지금 해야 할 가장 중요한 일이다. 매일 아침 거울을 보며 나의 손을 마주하자! 그리고 잘하고 있다고 격려해 주자.

콘텐츠 크리에이티브

점이라도 찍어라

손호증
정리힐러

나의 콘텐츠는 무엇일까? 대부분은 답하기가 어려울 것이다. 콘텐츠는 어떻게 만들어 나갈 수 있을까? 이 역시 답하기 어렵다. 나 역시 '정리'라는 콘텐츠를 생산하고 있지만 '콘텐츠는 이렇게 생산하는 것이다'라는 정답을 가지고 있지는 않다. 그럼에도 나의 경험을 몇 가지로 추려서 이야기해 본다.

내가 생각하는 콘텐츠 생산의 첫걸음은 모방이다. 스승을 모방하는 것이 가장 빠르고 쉽다. 정리라는 콘텐츠를 스스로 개발하지는 않았다. 배운 것을 실생활에 적용하고 현장에서 일하면서 쌓은 경험이 내 것이 되었다. 정리를 다른 사람에게 알려 줄 기회가 왔을 때, 정리 서비스를 제공할 때도 모방으로 시작했다. 배운 방식대로 전달하고 작업하는 것이었다.

무엇을 알려 줄 것인지를 정한다. 그 무엇을 어떤 순서로 전개해 나갈지를, 어떤 자료를 모을지, 자료를 어떻게 표현하고 풀어낼지 고민한다. 이 모든 과정이 모방을 통해서 이루어졌다.

두 번째로 콘텐츠가 콘텐츠로 자리 잡기 위해서는 눈으로 볼 수 있어야 한다. 막연한 주제나 내용으로만 존재하는 것이 아니라 시각적인 자료로 표현할 수 있어야 한다. 처음 만든 것은 파워포인트로 만든 자료였다. 처음에는 발표를 위한 자료를, 나중에는 강의를 위한 자료를 그다음으로는 교재를 제작했다.

2015년 선배 강사들과 프로젝트 성격을 띤 강의를 진행했다. 프로젝트를 위한 교재가 따로 없었다. 강의를 진행하는 강사들이 모여서 교재를 만들었다. 처음 하는 작업이었지만 그동안 만들어 온 자료를 토대로 만드는 것이었고 전문가들이 힘을 합하여 진행하는 작업이어서 그리 어렵지 않았다. 그리고 보니 콘텐츠를 생산하는 좋은 방법 중의 하나가 협업을 하는 것이다.

세 번째로는 콘텐츠 생산을 위한 자료를 수집한다. 된장찌

개를 만들기 위해서는 몇 가지 재료가 필요하다. 찌개 국물을 위한 육수가 필요하고 된장도 필요하다. 파나 마늘도 필요하다. 콘텐츠 생산에 필요하다 싶은 자료들을 차곡차곡 모을 필요가 있다. 이 자료들은 콘텐츠를 표현하는 재료가 되어 준다.

자료를 저장하는 데에도 요령이 있다. 냉장고 정리가 뒤죽박죽으로 되어 있으면 요리할 때 시간이 오래 걸린다. 자료를 저장할 땐, 우선 자료를 주제별로 분류해서 어디에 보관할 것인지를 정한다. 이 과정에서 낭비되는 노력을 줄이려면 유용한 자료인지 아닌지를 한 번 더 판단한 다음 저장한다. 물건의 정리와 비슷하다. 자료 수집도 처음부터 완벽하게 정리하기는 어렵다. 분류의 기준을 명확히 하고 자료를 수집하고 정리를 하면 한결 쉽다. 요즘은 컴퓨터나 태블릿, 핸드폰을 이용한 자료 저장이 대세다. 저장 매체 안의 폴더들을 잘 정돈해 놓으면 도움이 된다. 클라우드를 활용해서 매체 간 자료 연동이 이루어지도록 하는 것도 유용하다.

네 번째로 콘텐츠 생산을 위해서 많이 읽는다. 무엇을 읽는 것이 좋을까? 기본적으로 콘텐츠 관련 분야의 책을 읽는다. 그 위에 콘텐츠 생산에 필요한 다양한 분야의 책들을 겸해서 읽는다. 요즘은 블로그나 기사에도 정보가 많이 담겨 있다. 믿을 만한 정보를 제공하는 매체나 블로그를 정해서 자주 방문해 본다. 관련된 분야의 잡지가 있다면 잡지를 구독하는 것도 필요하겠다. 같은 분야의 선배나 선구자의 강의를 찾아서 듣는 것도 필요하다.

마지막으로 많이 쓴다. 사실 글을 쓰기 시작한 지 그리 오래되지 않았다. 짧은 글쓰기 경험이지만 글쓰기를 통해서 나의 콘텐츠가 정리되고 확립되는 경험을 했다. 처음에는 블로그에 글을 쓰기 시작했다. 작은 주제들을 하나씩 잡아서 글을 써나가면서 나의 콘텐츠가 켜켜이 쌓이는 것을 볼 수 있었다. 덕분에 블로그를 통해서 온라인 정리 챌린지 '비움테라피'를 진행하게 되었다. 온라인 정리 수업도 진행하고 있다.

글쓰기는 정리와 수집 외에도 콘텐츠를 창조적으로 표현하는 계기가 되기도 한다. 얼마 전에는 정리를 주제로 짧은 전자책을 썼다. 제목은 《정리 육하원칙》이다. 정리의 개념과 비움에 관해서 어떻게 전달하면 좋을까 궁리하다가 쓰게 된 책이다. 비록 짧은 책이고 간명한 내용을 담고 있지만 정리와 비움이라는 주제를 나름 새로운 방식으로 풀어냈다고 생각한다. 처음 쓰면서는 맨땅에 머리를 박는 것 같은 기분이 들었다. 한 권을 마무리하고 난 지금은 콘텐츠를 어떻게 풀어나가야 하는지

콘텐츠 크리에이티브

에 대한 경험이 한 겹 더 쌓였음을 느낀다.

지금까지 이야기한 방법들에 특별한 우선순위나 순서가 있
지는 않다. 정리라는 업을 통해서 생산자의 길에 들어서고 그
길을 걸어온 과정들을 몇 가지 뽑아 보았을 뿐이다. 콘텐츠를
생산하는 것은 백지에 그림을 그려 나가는 과정과 비슷하다. 그
림을 그리기 전에 먼저 머릿속에 구상이라는 작업을 거친다. 구
상이 아무리 그럴싸해도 그림을 그리는 것은 또 다른 문제다.
그림을 그리기 위해서는 작은 점이라도 찍어야 한다. 그 작은
점이 모여서 선이 되고 선들이 모여서 그림이 된다.

콘텐츠라는 그림을 그리고 싶은가? 일단 머릿속에 떠오른
그 생각을 실행에 옮기는 점을 찍어라.

전자책으로 출간의 벽을 넘다

송 진 설
풍요작가

책을 출간하려면 비용이 많이 든다. 그림책 만들기 수업에 찾아왔던 예비 작가들은 자신의 책이 종이책으로 출간되기를 바랐다.

이제는 다르게 생각해야 한다. 전자책을 이용하는 사람들이 많아지고 있다. 도서관을 이용하기보다는 전자도서관을 이용하는 사람들이 부쩍 늘었다고 한다. 문화체육관광부의 조사 결과를 봐도 그렇다. 2021년 독서 실태 조사를 보았다. 만 19세 이상 성인을 대상으로 실시한 조사이다. 연간 종합 독서율이 약 47.5퍼센트였다. 종이책을 한 권 이상 읽은 성인의 비율은 전체의 절반 정도를 차지한다. 2013년을 기준으로 계속 감소하고 있다. 사람들의 손에 종이책이 들리는 시간이 점점 줄어들고 있다. 일상이 디지털화되면서 전자책을 보는 이들이 많아지고 있다.

그림책을 읽는 성인들이 많아지긴 했지만, 여전히 아이들이 많이 보는 책이다. 특히 유아기인 아이들에게는 친구이며 선생님이기도 하다. 글이 전하는 이야기도 있지만 그림이 전하는 이야기도 있다. 글에서 표현하지 않은 부분까지도 이야기를 전한다. 그렇기에 오랜 시선이 머물러야 한다.

종이책은 종이의 결이 그림을 편안하고 따뜻하게 품어준다. 어떤 재질을 사용하고 어떤 처리를 더했느냐에 따라 달라지기도 한다. 종이책에서 전자책으로 넘어가는 일이 쉬운 일은 아니다. 새로운 변화는 골칫거리처럼 느껴질 수 있다. 더 이상 변화를 거부할 수 없기에 받아들이고 편안하게 느껴야 한다. 어른보다 아이들이 전자책을 좀 더 쉽게 받아들이지 않을까 생각한다. 교육용 콘텐츠로 활용을 많이 하고 있기 때문이다.

그림책을 전자책으로 출간하기 위해 세 가지를 고려해서 원고 작업을 한다.

첫째, 글밥을 줄인다. 그림책 중에서 글밥이 많은 책도 있다. 전자책은 작은 글자들을 읽으며 그림을 감상하기에 어려움이 있을 수 있다. 편안하게 보기 위해서는 글자 수를 줄인다.

둘째, 글을 쉽게 써야 한다. 그림책은 시처럼 함축적이고 은유적인 표현들이 많다. 읽으며 감상에 빠지기도 한다. 전자책으로 그림책을 볼 경우 좀 더 쉽게 다가갈 수 있는 글을 쓴다.

셋째, 페이지의 수를 조절한다. 페이지가 많으면 끝까지 읽지 않는 경우가 있다. 물론 그렇지 않은 아이들도 있지만 말이다. 종이책의 경우에도 마지막 장까지 보지 않은 채 덮는 아이들이 있는데, 전자책의 경우는 더욱 그럴 것이다. 아이들이 그림책 한 권을 읽고, 다 읽었다는 뿌듯함을 느끼면 좋겠다.

그림을 그릴 때도 고려해야 하는 사항들이 있다. 그림책은 다양한 기법을 활용해 그림을 그린다. 두루 사용되는 도구로는 색연필과 물감이 있다. 또한 판화, 실크 스크린 기법 등을 이용해서 작업하기도 한다.

판화 기법에서 볼록 판화는 위쪽 부분에 잉크를 바르고 종이를 눌러서 만드는 기법이다. 원화와 반대 이미지를 만드는 인쇄법이다. 실크 스크린 기법은 판 재료에 실크가 사용되는 기법이다. 얇은 실크 스크린에 잉크가 통과하면서 그림이 완성된다. 물감을 활용해서 제작하는 기법들도 있다. 불기, 뿌리기, 흘리

콘텐츠 크리에이티브

기, 번지기, 마블링, 실 그림, 데칼코마니 등이 있다. 우연의 기법이다. 창의적인 그림책에 많이 등장한다. 아이들의 상상력과 연상 능력을 키울 수 있는 기법이다. 그림책은 여러 기법을 두루 이용한다. 종이책의 경우 색감이 다양하다. 부드러운 파스텔 느낌의 그림이 있는가 하면 강렬한 그림들도 많다. 전자책으로 제작할 경우 더욱 색감을 고려해야 한다.

전자책으로 제작하더라도 그림책의 특징에 대해 알고 있어야 한다. 그림책은 글과 그림으로 이루어진다. 글은 눈에 잘 띄어야 하고, 그림은 선명해야 한다. 여러 기법으로 그림을 그렸을 경우 특징을 잘 살릴 수 있도록 스캔하여야 한다. 스캔하는 과정에서 이미지의 느낌이 달라질 수 있기 때문이다. 작가가 전달하고자 했던 감성 그대로를 독자에게 전하고자 노력해야 한다.

편집 과정 또한 중요하다. 글의 폰트와 크기에 따라서 느낌이 달라진다. 어느 위치에 있는지도 세심하게 결정한다. 작가의 의도에 따라 글과 그림이 잘 조화되도록 해야 한다.

책은 결을 만질 수 있는 종이책이 최고라고 생각했다. 일상은 변화하고 있다. 독서문화도 많이 달라졌다. 바뀐 현실에 맞춰 달라져야 한다. 성공한 사람들은 위기 속에서 기회를 찾는다고 했다. 어떤 방식으로든 대처하며 스스로 적응하고 발전해 나가야 한다. 나의 한계라고 생각하며 현실에 주저앉으려 해서는 안 된다.

전자책에서 가능성을 찾았다. 이제 나 자신을 넘어서야 한다. 새로운 시작에 늦은 때는 없다고 하지 않던가. 새로운 것을 추구하는 방법에는 끊임없는 시도밖에 없다.

전자책에 대해 알면 알수록 장점이 많다. 무엇보다 무자본으로 시작할 수 있다는 점이 매력적이다. 종이책은 제작과 유통에 큰 비용이 든다. 한 권의 그림책을 출간하고 난 후 두 번째 그림책 출간을 망설인 이유도 비용 때문이었다. 전자책은 독자에게 전하고 싶은 메시지를 콘텐츠로 제작하면 된다. 미리 비용을 지불하지 않아도 된다.

전자책은 판매할 때도 이점이 많다. 종이책을 출간하고 위탁판매를 통해 비용을 내고 대형 온라인 서점에서 판매하게 되었다. 하지만 대형 서점의 오프라인에서는 판매할 수가 없었다. 동네 서점을 돌아다니며 위탁판매를 부탁했다. 결이 다르다는 이유로 거절하는 곳도 있었다. 다행히 받아주는 서점이 있어서 오프라인에서도 판매할 수 있었다.

인세에서도 종이책과 전자책은 큰 차이가 있다. 종이책은 10퍼센트의 인세를 받지만, 전자책의 경우 70퍼센트의 인세를 받는다. 작가의 입장에서 전자책의 큰 이점이 된다. 1인 출판사를 운영하는 입장에서도 종이책 출간의 많은 벽이 전자책을 출간하면서 크게 해소될 수 있다.

작가의 꿈을 꾸고 있는 이들을 만났다. 나도 마찬가지였다. 종이책 출간을 바라고, 독자와의 만남을 꿈꾸지만, 현실의 벽은 높다. 공모전이나 출판사 투고를 통해 좋은 기회를 잡을 수 있길 간절히 바랐지만 쉽지 않다. 허탈한 현실 속에서 원망도 했다. 이제 전자출판을 하나의 길로 생각하기 시작했다. 좋아하는 일을 멈추지 않고 이어 나갈 수 있는 원동력이 되어 주었다. 가고자 하는 길이 있다면 길 위에 올라서야 한다. 어떻게 가야 할지만 궁리한다면 절대 목표 지점에 도달할 수 없다. 문무일 작가는《길에서 길을 묻다》에서 이렇게 말했다.

"길 위에 삶이 있고 삶 위에 길이 나 있다. 인간은 세상에 머무는 그날까지 자기만의 길을 간다."

전자책을 만들어가는 시간 속에서 나만의 길을 만들어 간다. 고민하고 주저하며 시작조차 하지 않는 사람이 되지 않았으면 좋겠다. 길 위에서 나아갈 길을 찾아가길 바란다.

콘텐츠 생산을 위한 다섯 가지 질문법

원효정
부자마녀

진정 무에서 유를 만드는 작업이다. 생산이라는 말에 담긴 무게는 묵직했다. 콘텐츠를 만들어낸다는 것은 형태가 없는 머릿속 생각을 세상 밖으로 꺼내는 일이다. 배우고 알게 된 것을 머릿속으로 생각만 할 때는 모두 다 이해한 것만 같다. 정제된 언어로 글을 쓰거나 영상으로 촬영하다 보면 그게 아니란 걸 알게 된다. 머리카락을 쥐어뜯어 남아나는 머리카락이 없겠다 싶을 만큼 고되다. 물건이나 제품을 생산하는 일은 비교적 명확하다. 재료를 계량해 넣고 순서에 맞게 조합하면 그만이기 때문이다. 이것을 '매뉴얼'이라 부른다. 남편과 둘이 운영하던 중국집에서 자장면을 만드는 일은 단순명료했다. 나에게 있어 생산이란 그런 단어였다. 손에 잡히는 재료가 존재하고 만드는 방법이 정형화되어 있는 것 그 이상도 이하도 아니었다.

"지금 당장 여러분은 여러분이 가진 것 중 몇 가지나 팔 수 있습니까?"

2019년 3월, 수강하게 된 강의에서 강단에 선 멘토가 말했다. 눈이 번쩍 뜨였다. 지금이라도 당장 밖으로 나가 내가 팔 만한 것이라니……. 자고로 판다는 것은 물건을 만드는 것이 아닌가? 여태껏 내가 팔아온 것은 기껏해야 남편이 만든 자장면 정도였다. 함께 강의를 듣던 수강생들의 입에서 나온 답변은 기상천외했다. 마치 건물 천장이 열리고 태권브이가 하늘로 솟아오르는 모습을 직관한 것 같았다. 생각지도 못한 답변에 헛웃음이 나왔다. 시간을 팔겠다고 했다. 경청을 내놓을 수 있겠다 했다. 어떤 이는 웃음이라고 답했다. 누군가는 글을 판매하겠다며 손을 들었다. 같은 공간에서 같은 강사에게 같은 질문을 받고 나는 자장면을 떠올렸으나 옆에 있던 수강생들은 눈에 보이지 않는 것들을 답했다.

멘토는 이것이야말로 생산자의 삶이라 가르쳐 주었다. 이런 세상이 다 있구나. 그동안 내가 너무 갇혀 살았구나. 세상이 이토록 바뀌어 가고 있는데 나는 그동안 왜 이런 세계를 모르고 살았는지 안타까웠다. 지난 시간이 아까웠다. 진작 알았더라면 참 좋았을 거란 생각에 다시 예전으로 돌아가면 절대 그러지 않겠다고 다짐했다. 멘토는 생산자의 삶을 말하며 블로그에 글을 쓰라고 목에 힘을 주어 말했다. 심지어 나는 이미 블로그에 글을 쓰고 있기까지 했음에도 생산자의 삶과 블로그의 상관관계를 모르고 있었다.

블로그에 글을 발행하거나 일기를 써본 사람은 알 것이다. '열심히 써야겠다.' 생각하고 자리에 앉아 막상 쓰려고 하면 도대체 쓸 말이 없다. 글을 쓰는 것은 차치하고 일기를 쓸 때도 '오늘 하루 무슨 일이 있었던가.' 돌이켜보게 된다. 그날이 그날 같은 하루가 계속되면 일기에 쓸 말도 없어진다. 엄밀히 따지면 그날 있었던 일이 일기에 쓸 만큼 강렬하지 않았거나 특별히 의미 있다고 생각해 본 적이 없다는 말이 정확하겠다. 나만 보는 곳에 내 얘기를 쓰는 일기도 그러할진대 누가 볼지도 모를 블로그에 글을 발행하는 일은 더 어렵다. 블로그를 시작하지 못하거나 꾸준히 지속하기 힘든 사람들 상당수가 블로그에 쓸 말이 없어서라고 답한다. 더 나아가 어떻게 써야 할지, 괜히 글 썼다가 욕먹는 건 아닌지 걱정부터 앞서게 된다. 그야말로 벽이다.

생산자의 삶을 살라는 말에 가슴이 뛰었다. 남편이 만들던 자장면을 파는 것이 아닌 또 다른 내 것을 팔 수 있다는 사실이 설렜다. 더군다나 비용이 들거나 거창한 준비단계를 거치지 않아도 된다고 하니 금맥을 발견하면 이런 느낌일까 싶다. 앞으로는 더 열심히 글을 써보기로 했다. 나 역시 막상 글을 쓰려니 막막했다. 도통 쓸 말이 없더라. 남 얘기인 줄만 알았는데.

문득 내가 글을 쓰면 누가 보게 될지 궁금해졌다. 순간 떠오른 인물은 다름 아닌 나였다. 예전의 나. 삶이 좀 달라졌으면 하는 바람이 있었다. 그땐 어디서부터 어떻게 시작해야 할지 몰랐다. 가계부 열심히 쓰고 돈 관리 좀 잘해서 돈 걱정 없이 살고 싶었다. 이 또한 몰라서 시작하지도 못하던 내가 떠올랐다. 콘텐츠 생산의 첫 단계, 고객을 설정하는 순간이다. 내 글을 읽어줄 그에게 내가 하고 싶은 이야기를 쓰면 된다. 내 영상을 봐줄 그에게 내가 하고 싶은 말을 하면 된다. 내 지식이 필요한 그에게 강의를 통해 알려주면 된다. 프로젝트를 통해 함께 적용하고 실천하면 된다. 콘텐츠를 만들어내는 어려움을 겪고 있는 사람이 있다면 나의 고객을 되짚어 보기 바란다. 자신에게 질문하면서 답을 찾을 수 있다.

예전의 나는 그때의 문제를 어떻게 해결했을까? 해결하지 못했다. 기껏해야 네이버에서 검색해 보는 게 전부였다. 내가 찾고자 하는 답은 없었다. 정확히 말하면 현실적인 해답이 없었다. 곧 결핍으로 이어진다. 자신이 잘 모르는 분야에 대해 알고 싶은 지식, 경험, 방법, 노하우 등에 대한 결핍. 비즈니스는 고객의 결핍에서 시작한다는 마케팅의 속설이 있다. 설사 이 말을 모르더라도 내 글을 읽게 될 독자를 먼저 정하고 나면 다음으로 독자의 결핍에 눈을 돌리게 된다. 내가 무엇을 전할 수 있을지 찾기 위해서.

'예전의 나'라는 독자를 설정하자 놀랍게도 하고 싶은 말이 많아졌다. 예전의 내가 찾지 못한 답은 지금의 내가 알게 되고 경험한 것에 있었다. 내가 왜 이렇게 살게 되었는지 이유를 찾아 썼다. 돈 공부를 시작하던 이야기를 했다. 과거 어려웠던 경험이나 힘들었던 지난날을 블로그에 글로 썼다. 만약 지금 내가 그때로 돌아간다면 다른 방식으로 살았을 거라며. 그 시절의 아쉬움을 전했다. 돈 관리를 잘하지 못해 현실을 파악하고 충격받은 이야기를 하게 됐다. 예전의 나와 같다면 이렇게 해보라며 제안하기도 했다.

과거의 결핍을 토대로 현재 전할 수 있는 해답을 전하니 신기한 일이 생겼다. 내가 설정한 독자, 즉 예전의 나와 같은 상황에 놓인 사람들이 내 글에 공감하기 시작했다. 질문이 들어왔다. 그 질문에 장문의 댓글로 또 해답을 적었다. 점차 나를 멘토라 부르는 이들이 늘어났다. 나와 함께 배우고 공부하고 책 읽으며 성장하겠다고 찾아오는 이들이 많아졌다. 그들을 내 사람이라 부르게 됐다. 나에게 온 내 사람의 손을 하나하나 잡아주는 것, 더불어 조금씩 이전보다 나은 삶을 살아갈 수 있도록 돕겠다는 사명이 다시 떠오르게 됐다. 내 사람에게 하고 싶은 이야기만 전하면 되니 콘텐츠 생산의 벽은 자연스레 낮아지고 없어졌다. 이렇게 그 벽을 뛰어넘고 다시 점프업하게 된다.

첫째, 내가 생각하는 나의 고객은 누구인가?

둘째, 내 고객은 어떤 결핍을 가지고 있는가?

셋째, 내 고객이 겪고 있는 어려움은 무엇인가?

넷째, 나는 무엇을 통해 내 고객의 시간을 줄여줄 수 있겠는가?

다섯째, 나는 어떻게 내 고객에게 솔루션을 전해줄 것인가?

위 질문에 대한 답을 하나하나 빈 종이에 적어보면 좋겠다. 지금 내 입장에서 할 수 있는 이야기가 아니라 고객이 나에게서 듣고 싶은 내 경험과 노하우를 찾아 적어보면 하나하나 풀린다. 고객입장에서 그들이 겪고 있는 문제점에 대해 글, 영상, 강의, 책 등의 콘텐츠로 하나하나 조목조목 짚어가며 세상을 향해 꺼내놓으면 된다. 콘텐츠 생산을 위한 다섯 가지 질문법은 그토록 막강하다.

콘텐츠 크리에이티브

시간은 만들어 내는 것

이 세 나
열정루비

두 아이를 키울 때는 힘들지 않았다. 천직 같았다. 그런 나에게도 아이 셋을 키우는 일은 상상 이상이었다. 들어야 할 귀가 부족했고, 사용할 손도 부족하니 발도 쓰기 시작했다. 나이가 제각각인 아이들을 챙기다 보면 어느새 밤이 찾아왔다. 아이로 시작한 나의 하루는 아이로 끝났다. 전업주부는 바쁘다. 하루를 시간표로 적어보면 쉴 틈이 없다. 일하는 시간으로만 따지면 대기업 연봉쯤 받아 마땅했다. 엄마표를 고수했던 내 육아법은 나를 더 바쁘게 만들었다. 내 손을 지나쳐야 만족스러웠다. 뭐든지 내가 해야 직성이 풀렸다. 그래야 주변으로부터 더 인정받을 것 같았다. 남편에게도 아이들을 위해 노력하는 모습을 보여주고 싶었다. 내가 자신감을 얻을 수 있는 것은 육아요, 인정받을 수 있는 곳은 오직 집 밖에 없었다. 유일한 내 휴식 시간은 잠자는 시간. 피곤하니 무조건 자야 했다. 자고 일어나면 언제 그랬냐는 듯 개운했다. 그렇게 하루는 쳇바퀴 돌아가듯 반복되었다.

우연히 본 블로그 속 세상의 엄마들 이야기는 그야말로 신세계였다. 육아와 더불어 일과 자기 계발까지 하는 사람들이 너무 많았다. 도움을 주는 사람이 있어 가능했을 거라는 내 생각은 틀렸다. 충격이었다. 이들처럼 살고 싶었다. 늘 건설적으로 살고자 했던 20대의 내 모습이 스쳐 지나갔다. 예전의 내 모습을 찾고 싶었다. 한 시간 아니 삼십 분이라도 좋을 것 같았다. 내게 너무도 필요한 시간인데 아무리 생각해도 틈이 보이지 않았다. 방법을 찾아야 했기에 먼저 시작한 사람들의 이야기를 탐독했다. 결론지어보니 시간은 저절로 생기는 것이 아닌, 만들어 내야 하는 것이었다. 절대 일어날 수 없는 새벽 4시. 사람들은 하루 2~3시간, 성장을 위한 시간으로 사용하고 있었다. 부러웠다. 그들은 자신의 이름으로 살아가고 있었지만 나는 그러지 못했다. 종일 아이들의 엄마로만 살아가는 내가 딱했다.

　　　　　　　　　　콘텐츠 크리에이티브

내 이름으로 살아보고 싶다는 바람이 컸을까. 다음날부터 무작정 새벽에 일어나기 시작했다. 엄마를 부르는 소리가 없는 새벽 시간은 휴식 같았다. 한 시간이 참 달콤했다. 더 즐기고 싶었지만 내 바람과는 달랐다. 통잠 자던 8개월 막내는 엄마의 온기가 느껴지지 않아서인지 자주 깨어났다. 덩달아 둘째도 함께 일어났다. 어렵게 만든 시간인데, 일어나서 동그랗게 눈을 뜨고 바라보니 화가 났다. 졸리면서 도대체 왜 일어나는지! 다시 재우다 보면 나도 잠들기 일쑤였다. 더 일찍 일어나고 싶었다. 늘 피곤하니 일어나기가 쉽지 않았다. 알람을 빛보다 빠른 속도로 꺼버렸다. 일어나려면 알람을 10개 맞춰야 했다. 잠자기 전에도 '5시'를 10번씩 외치고 잠들었지만, 실패의 연속이었다. 3시간의 새벽이 손에 잡히기까지 쉽지 않았다. 일찍 일어나니 낮에 졸기 시작했다. 머리만 바닥에 대면 잠이 들었다. 일어나 보면 아이들끼리 놀다가 같이 잠들어 있기도 했다. 코피는 수시로 터졌다. 남편도 탐탁지 않았다. 자꾸만 나를 방해하는 부정의 기운이 넘실거렸다. 목적이 없었던 새벽은 내게서 자꾸만 도망쳤다. 새벽에 일어나려는 이유를 찾아야 했다.

먼저 나의 새벽을 '꿈이 현실로 바뀌는 새벽 기상'이라고 이름 지었다. 이루고자 하는 목표를 이 시간을 통해 꼭 달성하겠다는 의미였다. 새벽 시간에 해야 할 일을 정하고 루틴으로 만들었다. 조용한 휴식으로 시작한 새벽은 영어, 부동산, 블로그, 스마트 스토어 등으로 꾹꾹 채워 나갔다. 꾸준히 하는 법이 없다며 꾸중을 들으며 자랐던 나였다. 포기하나 빠른 나였는데 이상하게도 새벽 기상만큼은 포기하지 않았다. 자발적으로 나의 성장을 위한 목표로 달리니 매일 새로웠다. 다음날이 기대되었다. 목적을 만들어준 새벽이 조금씩 성과를 만들어 낼 때의 희열은 말로 표현할 수 없었다. 작은 성공을 만드는 내 모습이 뿌듯했다. 성장의 과정도 중요했지만, 성과도 만들고 싶었다. 뜻대로 되지 않았다. 같이 시작했지만 나보다 빠른 성과를 보이는 사람들을 보니 조급해지기 시작했다.

성과를 만들어 낸 사람들을 보니 해야 할 일이 많았다. 그들을 따라간다면 내 성과도 금방 보이지 않을까 하는 마음에 따라쟁이가 되기로 했다. 좋다고 하는 것은 다 따라 했다. 단조로웠던 새벽은 부산스러웠다. 한정된 시간 안에 해내지 못한 일들이 쌓여갔다. 예전의 나의 새벽과는 달랐다. 뿌듯했던 새벽의 마무리는 실패의 느낌으로 바뀌었다. 과유불급. 딱 그 말이 맞았다. 성과가 보이지 않고, 계속되는 남과의 비교가 늘어났다. 결국 나는 멈추었다.

콘텐츠 크리에이티브

6개월 정도 새벽과 등지고, 많은 생각을 했다. 그 시간은 나를 인정하고 나를 중심에 두라고 알려주었다. 내게 꼭 필요한 것만 선택할 줄 알아야 함도 깨달았다. 모든 것을 인정하니 시간이 점점 탄탄해지기 시작했다. 많은 것을 해내는 양적성장이 아닌 밀도 높은 시간으로 변화했다. 생산자로의 삶도 이쯤부터 시작되었다. 꿈이 정말로 현실로 이루어지는 새벽이 된 것이다. 새벽은 그 시간은 나를 움직이게 했다. 간절함이 있었기에 변화한 지금의 내가 있다.

몇 년 전까지만 해도 바쁘다는 말을 입에 달고 살았다. 주변 사람들도 바빠서 시간이 없다고 한다. 하고 싶은 일은 많지만 절대 할 수 없다고. 예전에 나였다면 같이 맞장구쳤을 테다. 이제는 그렇지 않다. 우물 안 개구리로 살았을 나를 세상 밖으로 나가게 해 준 건 만들어 낸 시간 덕분이었다. 누군가에게는 24시간이었을 하루가 나에게는 매일 3시간씩 더 생겼다. 그 시간의 주인이 되어 내가 가진 지식으로 생산자의 삶을 살고 있다. 돈도 벌고 내 손으로 삼 남매를 성장도 지켜보며 살아가고 있다.

이 글을 쓰고 있는 새벽, 맞은편 아파트에는 불 켜진 집이 한 곳도 없다. 덜 떠진 눈을 비비며 물 한잔과 함께 뿌듯함도

들이킨다. 어떠한 잡음도 없이 온 집중이 한 점으로만 모인다. 아이 키우기를 지상최대의 목표로 살았던 지난날과 지금의 나는 전혀 다르다. 내 가치를 올리기 위한 목표로 이 시간을 채워나간다. 오직 나만 생각하는 시간이다. 벌써 5년 차가 되었다. 성공한 이들이 입을 모아 말하는 새벽. 그들처럼 한다면 내 인생에도 점 하나 찍겠지 하는 기대감과 함께 계속 걸어간다.

콘텐츠 크리에이티브

인생에 정답은 없다

이영림

행복멘토세전

체중감량을 하고 매일매일 운동을 했다. 그날 먹은 음식의 칼로리를 다 태워버리지 않으면 몸에 남아서 살이 찔까 봐. 다시 뚱뚱하던 시절로 되돌아갈까 봐 강박이 생겨났다. 이 지겨운 운동을 언제까지 해야 할까? 다시 살이 찌지 않을 방법은 무엇일까? 다이어트에 관한 책도 보고 유튜브도 찾아봤다. 모두가 목표를 이야기했다. 내가 그동안 매번 다이어트에 실패했던 이유는 목표가 없었기 때문이다. 단지 날씬해지고 싶다는 이유가 전부였고 그것을 이루고 난 다음은 없었다. 나는 내가 날씬해져야만 하는 이유를 생각해 봤다. 어릴 때부터 모델이 되고 싶었으나 뚱뚱한 몸으로는 차마 그 생각을 입 밖으로 꺼낼 수 없었다. 지금이라도 모델이 되기 위해 노력하면 나도 될 수 있지 않을까? 그렇다면 나는 무엇을 해야 할까? 일단 모델이 되려면 남들이 인정할 만큼의 체지방이 없어야 하고 보기 좋은 몸을 가지고 있어야겠다는 목표가 생겼다.

우리 몸의 시스템은 큰 변화를 싫어한다. 새로운 일이 생기거나 변화가 감지되면 위기 상황이라고 느끼기 때문이다. 익숙한 예전으로 돌아가려고 하는 것이다. 자신의 몸에 변화를 주고 싶다면 가장 하기 싫은 운동을 가장 하기 싫을 때 하라. 라는 책의 구절이 생각났다. "그래, 지금 내 몸이 변하려고 이런 마음이 드는구나!" 예전의 나였다면 술이나 먹고 에라~모르겠다. 하고 말았을 텐데. 그동안 새벽 기상을 하고 책을 읽으며 보낸 시간이 헛되지는 않았나 보다. 무작정 운동화를 신고 밖으로 나가 달리기 시작했다. 가장 싫어하는 달리기를 해내자. 달리기를 해내면 무슨 일이든 못할게 없겠다는 생각이 들었다. 첫날은 5분을 목표로 뛰었다. 숨이 턱까지 차고 심장은 미친 듯이 뛰었다. 매일 조금씩 뛰는 시간을 늘려갔다. 이왕 뛰는 거 마라톤에 도전해 기록을 남기고 싶었다. 처음으로 참가한 10킬로미터 마라톤에 한 시간 10분이라는 기록을 세우며 완주에

　　　　　　　　　콘텐츠 크리에이티브

성공했다. 한 번의 성공은 더 큰 목표를 바라보게 했다. 두 번째로 도전한 종목은 21킬로미터 하프마라톤이다. 걸어서라도 완주만 하자! 앞사람의 발뒤꿈치만 보고 달렸다. 2시간 18분이라는 기록으로 골인 지점을 통과했다. 10개의 발가락에 물집이 잡히고 발톱 2개는 시커멓게 멍이 들었다. 한 번도 멈추지 않고 21킬로를 달렸다. 멈추면 다시는 뛸 수 없을 것 같아서 천천히라도 계속 뛰었다. 지금 힘들게 뛰는 마라톤이 꼭 내 인생 같아서 멈출수도 멈추고 싶지도 않았다.

아무것도 하지 않으면 아무 일도 일어나지 않는다. 많은 사람은 부자가 되기를 바라고 날씬한 몸을 갖고 싶어 한다. 사람들은 원하는 일의 성공하는 방법보다는 안 되는 이유를 먼저 생각한다. 굳이 안되는 이유를 찾아내는 마음은 뭘까? 바로 이루고 싶은 확실한 목표가 없기 때문이다. 갖고 싶다는 간절한 마음이 없다. 있으면 좋고 없어도 그만인 마음, 좋은 건 알겠는데 힘들게 하고 싶지는 않은 마음이다. 예전의 나도 그런 마음으로 인생을 살았었다. 컴퓨터로 할 줄 아는 거라고는 고작 연예 뉴스와 인터넷 쇼핑이 전부였다. 그런 내가 콘텐츠를 만들 수 있었던 것은 예전과는 다른 삶을 살고 싶다는 간절한 마음 하나였다. 빠르진 않아도 나만의 속도로 천천히! 내가 가려고 하는 길에서 내려오지만 않으면 내 인생도 반짝일 수 있다는 희망을 품고서 말이다. 나는 목표를 정했고 행동했다. 예전처럼 살고 싶어지는 마음을 누르고 앞으로 나가기 위해 해야 할 것들을 행동으로 실천했다.

워킹맘인 내가 나에게 온전히 집중할 수 있는 시간은 새벽 시간뿐이었다. 새벽 기상을 위해 내가 선택한 것은 매일 먹어대던 술을 끊어낸 것이다. 금주야말로 내가 다이어트만큼이나 절실하게 바라던 것이었다. 더 이상 술에 취해 인사불성이 된 모습을 내 아이들에게 보여주고 싶지 않았다. 술에 끌려다니지 않는 본이 되는 엄마로 살기 위해 금주를 선언했다. 100일이라는 시간이 지나서 기념 파티를 했다. 그동안 나를 응원해 주신 분들에게 작은 선물을 드리고 싶었다. 다른 사람들에게는 그깟 금주가 사소한 일인지도 모른다. 하지만 나에게는 주도적인 삶을 살기 위한 간절함이었다. 금주라는 작은 성공의 마음을 선물로 나누니 진짜 부자가 된 것 같았다. 이제는 성공해야만 하는 이유가 한 가지 더 늘었다. 나누는 삶을 사는 부자가 되고 싶다. 핏빛 같은 선명한 목표에 추가했다.

만나는 사람도 흘러가는 시간도 내가 원하는 것을 얻기 위

콘텐츠 크리에이티브

해 선택하고 집중했다. 다른 사람들과 나는 출발선이 달랐다. 모두가 처한 상황이 다르고 원하는 결과가 다르다. 기준점을 어디에 두느냐에 따라 보는 관점이 달라진다. 성공이라는 것은 내가 하는 일에 집중하고 매일 매 순간 하나의 점들을 찍어가는 게 아닐까? 긴 인생에서 본다면 하루라는 시간은 작은 점일 뿐이다. 한 번에 하나씩 점들을 찍고 쌓아가다 보면 1년이 지나고 2년이 지나 하나의 선들로 연결이 된다. 시간이 지나서 반짝이는 인생이 될지 여전히 후회와 한숨을 쉬면서 살아가는 인생이 될지는 내가 어떤 선택을 하는가에 달렸다. 성공이냐, 실패냐를 따지는 것보다 내가 선택한 것을 행동하느냐 아니냐가 더 중요하다. 나의 성공을 막는 걸림돌은 행동하지 않는 게으른 나 자신이다.

마라톤과 금주에 성공함으로써 자신감이 붙은 나는 그동안 망설이던 프로그램을 시작했다. 나의 작은 나눔에도 기뻐하고 고맙다고 말해주는 사람들. 그 말 한마디에 나는 더 가슴이 뛰고 행복해졌다. 내 식구라고 부를 수 있는 사람들에게 어떤 것을 더 나누어줄 수 있을까? 어떻게 하면 뽀미식구들을 조금이라도 더 행복하게 만들 수 있을까? 치열하게 공부하고 싶어졌다. 우리는 유한한 인생을 살아간다. 아무것도 하지 않고 보내는 시간이 낭비라고 생각하는 사람들은 그다지 많지 않다. 하루는 86400초라는 시간이다. 망설이고 우물쭈물하는 사이 매일 입금되는 86,400원의 시간은 사라지고 다시는 되돌릴 수도 없다.

새벽 기상을 하면서 많은 책을 읽어도 삶이 변하지 않는 것은 나의 하루를 어제와 똑같이 살면서 변화시키지 않았기 때문이다. 성장하고 싶고 성공하고 싶다면 안 해본 일들을 선택하고 도전하는 것뿐이다. 올바른 선택을 했을 때 좋은 결과가 나타난다. 무슨 일이든 내가 마음먹기에 달렸다. 나라고 불안한 생각이 들지 않는 것은 아니었다. '도전해 보고 안되면 접으면 되지. 며칠만 혼자 부끄러워하면 되지 뭐.' 이번에 안되면 다음에 다시 한다는 생각으로 했다. 최악을 상상해 봤지만 내가 감당해야 할 몫은 부끄러움뿐이었다. 못 먹어도 고! 다. 이거 아무것도 아니야~라고 마음먹는 순간 그 일은 진짜 별일 아닌 게 된다. 기대치를 낮추고 일단 한번 해보자 뭐~(부자 마녀의 책 제목처럼)라는 생각. 인생에 정답은 없다. 내가 한 선택이 정답이 될 수 있게 노력하며 사는 것이 전부다.

콘텐츠 크리에이티브

진심은 언제나 통한다

조은주
유쾌한 책글맘

    1인 지식 기업가과정 중에 나의 세바시 발표 과제가 있었습니다. 모든 과정이 힘들었지만 졸업이 다가올수록 주어지는 과제는 점점 더 어려웠습니다. 세바시 과제는 가장 어려운 것들의 총집합이었습니다. 저의 인생 이야기를 영상으로 풀어내야 하는 작업이었습니다. 제 이야기를 여러 사람 앞에서 발표한다는 것이 두려웠습니다. 파워포인트로 ppt를 만드는 것도 걱정이 앞섰습니다. 파워포인트를 해본 적이 없었습니다. 남이 하는 ppt 발표만 봤지 제가 만들어 본 적이 없었기에 이것 또한 큰일 났다 싶었습니다. 하지만 해야 하는 과정 중의 하나이고, 1인 지식 기업가과정을 수료하려면 여기서 멈출 수가 없었습니다.

　매주 토요일, 일주일에 한 번 1인 지식기업 과정 동기들과 줌으로 수업합니다. 일주일에 한 번 만나는 동기들! 토요일 한 번의 수업은 동기들을 만난다는 반가운 맘으로 수업 시간이 기다려졌습니다. 힘든 과정을 함께 하나하나 밟아 나가는 동기들이기에 더더욱 정이 많이 들었던 거 같습니다. 힘들 때 서로 힘이 되어주고 격려를 해주는 정말 든든한 동기들입니다.

　매주 수업 후에는 과제를 줍니다. 저는 수업이 끝나면 걱정과 한숨이 가득했습니다. 어마어마한 양의 과제와 내 능력으로 할 수 없을 것 같은 과제들이 쏟아졌습니다. 하지만 한 주 한 주 과제를 완수해 가는 저를 보며 놀라웠습니다. 주말마다 도서관에 가서 저녁까지 책을 읽고 과제를 하고 오는 제모습에 가족들도 놀라고 저도 저 자신에게 놀라는 일상을 보냈습니다.

　세바시 영상 과제가 주어지던 날 저는 수업이 끝나고 거실로 나가 가족들 앞에서 한숨을 쉬며 큰일 났다고 푸념했습니다. 그런데 저에게 한마디 해주는 딸의 말에 힘이 났습니다.

　"엄마 힘들어도 지금까지 다 해냈잖아? 이번에도 해낼 거야~!"

　　　　　　　　　　　　콘텐츠 크리에이티브

딸의 이 말 한마디가 어찌나 힘이 되었는지 모릅니다. 저는 곧바로 힘을 내어 할 수 있다는 마음으로 하나하나 과제를 해 나갔습니다.

파워포인트라는 걸 직접 해본 적이 없는 저는 너무 막막했습니다. 모르는 것, 안 되는 것은 질문하고 또 질문하며 하나하나 완성했습니다. 완성 후에는 또 다른 산이 남아있었습니다. 영상녹화!!! 저는 나이가 들수록 점점 제 사진을 안 찍습니다. 사진 속 제모습이 맘에 안 들고 낯설고 자신감이 없었습니다. 그런 제가 남들에게 저를 보여주는 영상녹화를 해야 했습니다. 나름대로 머리도 빗고 화장도 해보고 괜찮아 보이도록 화면의 각도를 잡고 발표를 시작합니다. 그런데 한 번만 녹화하면 끝날 줄 알았는데, 떨리고 발음도 꼬이고 목이 마르고 여러 가지 복병이 찾아왔습니다. 찍다가 멈추기를 몇십 번을 반복했습니다. 첫인사인 "안녕하세요"를 몇 번을 했는지 모릅니다. 지금 생각해도 힘들었던 기억이 생생합니다. 결국 과제를 다 해냈지만, 그때를 생각하면 아직도 떨림이 남아있습니다. 녹화를 마치고 다음 수업 시간에 동기들에게 직접 발표하는 시간을 가졌습니다. 동기라 해도 서로 속속들이 까지는 모르는 사이였습니다. 서로의 인생이야기 세바시를 들으며 함께 울어 주며 감동도 해주고 위로도 해주면서 우리는 서로 더 가까워졌습니다.

나의 인생 이야기인 '세바시' 과제를 하고 나니 나 자신이 변해 있는 것이 느껴졌습니다. 파워포인트도 할 수 있게 되었고, 줌이라는 프로그램도 사용할 수 있게 되었습니다. 세바시 발표 과제를 마치고 난 후부터는 모든 일에 조금은 자신감이 붙었습니다.

혼자 하던 10분 독서를 여럿이서 함께 하자는 요청을 받아 10분 독서 모임인 텐독도 운영하게 되었습니다. 첫 오리엔테이션에서 저는 회원분들께 저의 발전과정 인생 이야기인 세바시를 들려 드렸죠. 아무것도 없던 아니 게으른 불량주부가 성장할 수 있었던 이야기를 다 들려 드렸습니다. 발표를 이어 나가고 내 이야기를 내가 하면서 저절로 눈물이 흘렀습니다. '아, 내가 이렇게 성장했구나!' '내가 이렇게 변했구나!'를 발표하면서 다시 한번 느끼게 되니 눈물이 흘렀습니다. 발표 후 눈물 흘려 죄송하다고 사과를 드렸는데 회원분들도 같이 눈물을 흘리고 계셨고, 저의 진심이 느껴져서 더 좋았다고 말씀해 주셨습니다.

이렇게 회원분들께 저의 모든 면을 먼저 보여 드리고 나니 회원분들도 저에게 마음을 여신 것 같습니다. 그 후로 저의 10분 독서 일명 텐독 모임은 책 이야기와 더불어 서로의 일상 이야기도 함께 소통하는 따뜻한 방이 되었습니다.

콘텐츠 크리에이티브

콘텐츠를 만들고 이끌어가게 될 거라곤 꿈도 꾸지 못하던 제가 이렇게 10분 독서라는 콘텐츠로 회원분들과 함께하고 있습니다. 블로그 글과 나의 솔직한 이야기에서 회원님들이 저의 진심을 알아주시고 함께 해주시는 것 같습니다. 저 또한 저는 이런 평범한 사람이고 저도 성장하고 있는 중에 있으니 함께 성장하자며 회원들에게 이야기 합니다. 역시 진심은 통하나 봅니다.

첫 회원인 1기분들께서 한 달 과정을 끝낸 후 저에게 주신 피드백은 감동 자체였습니다.

회원님들이 올려 주신 글을 그대로 복사해 와 봅니다.

– 내가 읽는 책이 아닌 다른 분의 책들도 볼 수 있어 좋은 시간이었습니다 ^^

– 공부 같은 독서가 놀이 같은 독서가 되었네요. 10분 독서로 오히려 책 읽는 시간이 늘었어요.

10분이 1시간이 되는 마법? ㅎㅎ 감사합니다. 이웃 간의 소통도 감사해요. 쭈~~우욱 하고 싶네요 ^^

– 덕분에 매일 독서할 수 있었어요. 감사해요.

– 이동 중에도 할 수 있어 좋았습니다. 피드백도 잘 주셔서 기대 이상이었고요 ^_^

– 10분이라도 시간 내어 독서를 하자는 취지로 꾸준히 이

어갔으면 좋겠습니다.

- 좋은 습관 만들 수 있는 기회 마련해 주셔서 감사합니다~
- 너무 좋았어요. 함께 읽으니 미뤘던 책도 읽게 되고, 건너 뛸까 싶던 마음도 10분이라도 읽게 되고요. 또 읽고 싶은 책들이랑 좋은 글 보면서 자극도 받았고요.
- 10분 독서하면서 자투리 시간 활용할 수 있었어요. 버리는 시간 없이 바깥에서도 했네요.
- 늦은 시간 피곤하고 졸려도 딱 10분이라서 마음 낼 수 있었어요. 그러다 보니 낮에도 잠깐씩 여유가 생기면 책 생각이 나요.

피드백을 보고 회원들의 진심이 느껴져 감동적이었습니다. 벌써 4기를 맞이하는 우리 모임입니다. 저와 함께하고 있는 10분 독서 텐독 회원님들께 다시 한번 감사한 마음을 전합니다.

콘텐츠 크리에이티브

도망가지만 않는다면 방법은 언제나 있다

정경희
행부원츄

2022년 시작한 임장스터디는 매달 쉬지 않고 진행했다. 청주, 전주, 충주 등 간 곳이 점점 많아졌다. 지역이 많아질수록 임장에 대한 자신감이 높아졌다. 임장이라는 단어가 나에게 붙기 시작했다. 지방으로 가는 임장은 언제나 새벽에 떠났다. 태어나서 처음으로 첫차도 타봤다. 지금껏 혼자 여행 간 적은 한 번도 없었다. 그런 내가 매주 토요일 새벽마다 첫차를 타고 지방으로 임장을 간다. 새벽녘에 가방 둘러매고 가는 나를 볼 때마다 신기하고 뿌듯하다. 발 사진도 찍어보고 비친 내 모습도 찍어본다. 혼자 여행 간다는 것이 이런 느낌일까. 임장은 여행이었다. 떠날 때는 오로지 나에게 집중하고 도착해서는 지인을 만나 수다 떠는 여행이었다. 도착한 곳은 주로 카페이다. 처음 본 어색함을 풀기 위해 커피 한잔 마시면서 서로 이야기를 나눈다. 이야기할 때마다 느끼지만 공부하는 사람들은 하나같이 아름답고 빛이 난다.

커피 한잔하면서 이야기 나누는 시간이 가장 좋았다. 새로운 분을 만나 그들의 투자 경험담과 공부 방법, 투자에 대한 간절한 이유를 듣다 보면 내 마인드도 세팅이 된다. 팀원들과 지역 브리핑 시간을 가지고 나면 걷기 임장이 시작된다. 보통 하루에 5시간 이상은 걷는다. 집에 오면 2만 보에 많게는 3만 보를 채울 때도 있었다. 나의 보물인 임장 지도를 다들 탐내한다. 지도 하나 들고 길을 찾아가는 모습을 신기해했다. 다행히 길치가 아니라 지도 하나로 길 찾는 건 자신 있었다. 어플로 보는 것보다는 지도를 보면서 가는 것이 편한 나에게 임장 지도는 없어서는 안 될 필수품이었다. 임장할 때는 오로지 지도와 스터디 분들에게 집중한다. 나를 믿고 왔기에 철저히 준비해야 했다. 오전 임장을 하고 나면 당이 떨어지고 집중도가 확연히 내려갔다. 오후는 약간의 운에 맡긴다. 길을 잃어도 티가 나지 않기를 바라면서 진행한다. 임장하고 나면 며칠 온몸이 쑤신다.

그런데도 나는 임장할 때가 가장 신난다. 나를 믿고 함께 하는 스터디 분들을 볼 때마다 힘이 난다.

- 행부원츄님은 길을 참 잘 아시네요.
- 이렇게 짚어주시니 더 기억에 남아요.
- 임장이 어려웠는데 쉬워졌어요. 우리 집 근처부터 다녀볼래요.

감사 인사를 받으면서 임장에 대한 자신감이 넘쳐났다. 줄 수 있는 건 가리지 않고 주고 싶었다. 그렇게 모든 걸 주었기에 그분들도 같은 마음이라 생각했다. 톡 방의 고요함과 재등록 비율이 낮다는 건 아쉬웠지만 항상 모집 정원이 마감되어 깊이 생각하지 않았다. 직장과 육아로 시간이 많지 않았다. 스스로 위안하며 소통보다는 진행 과정에 더 집중했다. 하나라도 더 알려드려야 한다는 마음으로 프로그램만 생각했다. 매번 빠른 마감으로 자신감이 생겼다. 확장하고 싶었다. 임장의 인원수 한계를 생각해서 혼자서도 임장 갈 수 있도록 알려드리고 싶어 코칭과 피드백을 더한 랜선 임장 스터디를 론칭했다. 결과는 참패였다. 뒤이어 진행한 8기 모집도 실패했다. 첫 시련이었다.

모집공고 포스팅의 댓글은 조용했다. 한 분의 문의조차도 없었다. 간혹 축하해 주는 지인의 댓글만 달렸다. 마음이 답답했다. 괜한 짓을 했구나! 자책했다. 그러면서도 실제 가는 임장이 아니라 온라인 임장이어서 안 되었나 보다 위안했다. 그리고 바로 8기 모집했다. 매번 마감되었기에 자신 있었다. 그리고 발행을 눌렀다. 결과는 참패. 연달아 치른 실패에 무너졌다. 자신만만했던 나는 없고 자존감은 바닥에 떨어졌다. 다 때려치우고 싶었다. 아무것도 하기 싫었다. 쉬고 싶었다. 숨고 싶었다. 그래서 8기 임장 스터디를 접었다. 그냥 접기에는 아쉬웠다. 내 임장 기록이 다 부정되는 게 싫었다. 그래서 선택한 것이 전자책이었다. '10월 원씽 전자책 쓰기' 타이틀을 걸고 모든 일정을 미뤘다. 한 달 동안 전자책 원씽을 위해 스터디는 잠시 쉬겠다고 공지에 올렸다. 긴 여정의 끝에 휴식 시간을 가졌다.

쉬는 동안 생각해 봤다. 왜 실패한 것일까? 하락장이지만 임장에 대한 사람들의 관심은 여전히 뜨거웠다. 지역 선택이 잘못되었을까? 인구수가 많고 호재가 있는 관심 지역을 찾았어야 했나? 외부로 찾기 시작했다. 외부의 문제가 아니었다. 내부의 문제였다. 나의 소통이 문제였다. 알려드리는 것에만 집중하니 사람이 없었다. 문제는 알았지만, 해결 방법을 찾지 못했다. 손

놓았던 임장 스터디에 돌아갈 용기도 없었다. 전자책 출간을 했지만, 임장 스터디를 시작할 수 없었다. 임장으로 돌아갈 수 없었다. 두려웠고 무서웠다. 모집공고를 내면 아무도 접수하지 않을 거 같았다. 약간의 불안과 의구심은 점점 더 불거지더니 두려움과 무서움으로 다가왔다. 누구에게 손을 내밀어 이야기할 상대가 없었다. 입 밖으로 내는 순간 더한 두려움이 올까 무서웠다. 그렇다고 아무것도 안 할 수가 없었다. 문제에 대한 해결책이 필요했다.

답은 찾지 못하고 바디프로필, 무인카페 도전으로 불안한 마음을 채웠다. 임장으로 다시 돌아가는 길은 멀고도 험했다. 가고 싶은데, 갈 수가 없었다. 그러다 기회가 왔다. 새마정 프리미엄(이하 새프) 3기 모집공고가 나왔다. 신이 나에게 준 기회라 생각했다. 분명 리더인 부자마녀는 나를 끌어내 줄 거라 확신했다. 새프 3기 수강생이 되었다. 새프 과정을 통해 1인 지식 창업가로서의 마인드와 방향을 알게 되었다. 그동안 임장 진행만 생각하고 임장 노하우만 주는 데 급급했다. 외적인 것만 생각했다. 경영이 빠지니 사람도 없고 관계도 없었다. 소통을 통한 내적인 관계는 없었다. 자연히 사람도 없었다. 이어주는 게 없는 스터디는 차갑게 혼자 덩그러니 남았다. 새프 과정을 통해 사람, 연결, 소통에 대해 배웠다. 사명을 알게 되었다. 1인 지식 창업가로서의 길을 알게 되었고 가야 할 방향도 찾았다.

인생에서 가장 중요한 건 사람이다. 주변에 사람이 있어야 발전하고 성장한다. 임장스터디 운영에만 집중했다. 헤쳐 나갈 일만 생각했다. 나에게 온 사람을 살피지 못했다. 그러니 홀로 나만 남아있었다. 새프 과정은 나에게 소통을 가르쳐주었다. 일하다 보면 한계에 부딪히고 벽에 막힐 때도 있다. 그걸 딛고 넘어서면 나의 가치는 한 단계 업그레이드된다. 비록 실패하였지만, 다행히 멘토를 만나 임장으로 돌아갈 수 있었다. 해결하고자 하는 의지만 있다면 우리는 답을 찾을 수 있다. 포기하지만 않으면 된다. 그 속에서 해답을 찾아야 한다. 벗어나지만 말자. 진흙투성이가 되더라도 사라지지는 말자.

공감과 공유하는 소통의 여왕이 되다

최순주
진격의 최여사

50대를 위한 자기 계발서의 책을 읽고 늦은 나이이지만 시작한 자기 계발이었다. 더 발전하고 싶어 새마정 프리미엄(이하 새프)에 도전하게 되었다. 10주 동안 1인 지식기업가 과정을 배우면서 또 한 번의 인생의 전환점을 맞게 되었지만 매주 새롭게 도전하는 과제에 시작도 못 하는 나와 달리 척척 해내는 동기들을 보면서 주눅이 들었다.

타인의 시선과 평가에 비교적 민감한 성격에 남 앞에 나서는 것도 힘들었고 많은 사람이 주목하는 것도 모든 게 힘들었다. 발표를 하거나 자기소개를 하는 것도 어려웠다. 앞에 나서기보다는 옆에서 도와주고 아이디어 내는 것이 마음이 편했다. 퍼스널 브랜딩 첫걸음은 블로그의 글쓰기다. 내가 할 수 있고 내가 하고 싶은 분야의 키워드를 찾아서 블로그에 브랜딩 하는 것이다. 블로그 글쓰기는 나를 드러내는 작업이다. 나를 드러내는 것이 불편했고, 다른 사람의 평가를 받는다는 게 두려웠다.

매주 주어지는 과제가 어마어마했지만 그중 블로그에 1일 3 포스팅을 하는 과제였다. 새프를 하면서 블로그를 시작하였다. 리더인 부자마녀가 우리들의 블로그를 피드백해주고 진단하는 과정이 있었다. 피드백을 받기 위해서는 글을 써야 했다. 일상생활에서 일어난 소재로 글을 쓰기 시작하였다. 강의를 듣고 강의 내용을 고스란히 옮겨 적기보다는 적용할 수 있는 부분과 생각들을 정리했다. 나의 콘텐츠와 관련된 전략독서를 읽고 리뷰와 아이들 키우면서 느꼈던 에피소드를 블로그에 올렸다. 100일 만보 걷기를 하면서 성취하는 모습을 블로그에 함께 공유했다. 내 글을 읽어주는 이웃 분들의 응원과 댓글 덕분에 자신감을 얻었고 편안하게 글을 쓸 수 있게 되었다. 2022년 10월 15일부터 꾸준하게 써온 결과 블로그 이웃 분들이 3,000명이 넘었다. 애드포스트 승인도 되었다. 블로그에 오신 이웃님들과의 꾸준한 소통으로 성장할 수 있었다.

　1인 지식기업가 과정 중에 콘텐츠를 발굴하고 내 콘텐츠에 맞는 아웃풋을 위한 강의 발표를 해야 했다. 콘텐츠에 맞는 전략독서와 콘텐츠를 아웃풋을 냈던 과정을 만들어야 했다. 사람들 앞에서 발표하는 기회가 별로 없던 터라 관심이 집중되는 발표 시간은 상당히 부담스러웠다. 발표와 프레젠테이션을 준비하는 과정에서 온몸에 힘이 들어갔고 잘해야겠다는 생각뿐이었다. 줌을 켜기만 하면 긴장감에 로봇이 말하는 것처럼 발표하고 시선 처리가 너무 불안했다. 대본대로 말하고 싶어 대본을 통째로 외웠다. 외우는 것에만 신경을 쓰다 보니 몸이 경직되었고 자연스럽지 않았다. 쓸데없는 완벽 성향이다. 과제는 마감 기한 안에 제출해야 했다. 마음에 들 때까지 10시간을 녹화했다. 시간에 쫓겨 발행 버튼을 눌렀다. 긴장한 탓에 몸은 결국 탈이 나고 말았다.

　너무 잘하려고 한 것이 문제였다. 열정만 가지고 되는 게 아니었다. 힘 빼는 법을 몰랐다. 남들에게 멋지게 보이고 싶은 마음이 컸다. 잘하는 것보다 중요한 것은 내가 전하고자 하는 말들을 하는 것이다. 편안하게 조언해 주듯이 정확하게 메시지를 전달하는 것이 중요하다는 것을 알았다. 프레젠테이션의 본질은 내가 멋있어야 하는 게 아니라 상대방에게 내용을 잘 전달하는 것에 있었다. 글쓰기도 마찬가지다. 가독성 있게 내 생각을 잘 정리해서 전달하는 게 중요하였다. 글을 잘 쓰기 위해서는 남의 글을 많이 읽는 것이 중요하다. 자기 계발을 하면서 독서의 부족함을 알고 자신감과 내면을 채워줄 책 읽기를 시작하였다. 평소 책 읽는 속도가 느리고 집중이 분산되니 책 읽기가 어려웠다. 책을 10분이라도 집중해서 읽기 위해 타이머를 10분에 맞춰 독서를 하였다. 10분의 힘은 컸다. 집중하다 보니 나도 모르게 책에 빠져 1시간을 읽고 있었다. 책을 읽으면서 나만의 한 줄 찾기로 내 생각을 꺼내 글을 쓰기 시작하였다. 처음에는 생각이 정리되지 않아 짧게 글을 썼지만 글을 읽으면서 좋은 부분은 줄을 긋고 책에 내 생각을 적고 책의 귀를 접으면서 글을 쓸 때 그 부분들을 다시 읽어 보면서 생각을 정리하게 되었다.

소통의 여왕이 되었다. 1인 지식기업가 과정 졸업식에 동기들이 뽑아준 값진 우정상을 받게 되었다.

힘들고 지쳐도 남들에게 도움을 주고 싶고 공감하고 싶어 동기들 한 사람 한 사람과 소통했다. 나만이 힘든 게 아닌 것을 알기에 손을 내밀었다. 손을 내미니 응원과 격려를 받았다. 내가 내밀었는데 받은 게 더 많다. 그리고 사람들이 나를 찾기 시작했다.

워킹맘들이 마음 편히 고민을 말할 수 있는 공간을 만들었다. 워킹맘 해우소이다.

나의 소명은 신뢰와 소통을 바탕으로 워킹맘들이 직장생활이나 가정에 충실하기 위해 워킹맘으로서 28년간 자녀를 키운 경험을 함께 나누는 것이다.

할 수 있는 것과 할 수 있을 것만 같은 것을 구분할 줄 알아야 한다. 포기할 줄 아는 용기 그리고 자기를 믿는 고집이 있어야 한다. 그럼에도 불구하고 "나는 할 수 있다" 자신감을 가져야 한다.

타인의 시선을 의식하지 않고 내가 추구하는 목표를 이루기 위해 나의 내면을 단단하게 할 것이다.

힘든 1인 지식 기업가과정을 하면서 지칠 때도 있었지만 꿋꿋이 모든 과정을 헤쳐 나갔다. 비록 완벽하지 않지만 해냈다는 자신감이 생겼다. 힘든 과정 속에서 나만 생각하지 않았다. 동기들과 함께 공감하고 소통했다. 아이를 키울 때도 마찬가지다. 소통과 공감이 관계를 만들어 준다. 1인 지식 기업가과정을 통해 남을 생각하고 있는 자신을 발견했다. 사람들의 이야기를 듣는 게 좋았다. 힘들어하는 사람들이 내 눈에는 보였다. 나는 그 사람들의 손을 잡아 주고 싶었다. 힘들고 어려운 과정을 꾸준히 끝까지 해내다 보니 나를 찾게 되었다. 나는 소통의 여왕이다. 지금껏 그렇게 살았다. 주변과 소통하고 아이들과 끊임없이 대화했다. 나의 재능을 사람들에게 나누고 싶다. 나는 해우소 소장이다.

제5장

누구나 가슴에
콘텐츠 하나쯤
품고 산다

내 안의 보석 찾기

김애련
미라클 부자

　평범한 일상을 살아가다 한 권의 책을 만났다. 성공한 사람들은 특별해서라고 생각했다. 평범한 50대 아줌마가 자산을 일구고 두 번째 인생을 사는 이야기. 나도 그렇게 살고 싶다는 욕구가 생겼다.

　50대에 도전해서 부자 되는 법의 저자 꿈꾸는 서 여사처럼 살아 봐야겠다. 자산을 일구고 성공하고 싶었다. 생각을 실행으로 옮기기까지 오래 걸리지 않았다. 무엇이 이렇게 뜨겁게 했는지. 50대라는 공통점 이었는지, 평범한 일반인이라는 것 때문인지 모르겠다. 할 수 있다는 용기가 생겼다. 2022년 3월. 차

량으로 이동하면 20분 거리를 1시간 반 동안 걸어 출근했다. 이른 아침 만나는 졸졸거리는 시냇물 소리, 짹짹거리던 새들의 지저귐, 운동을 하는 사람들, 새벽이 주는 신선함이었다. 안주하던 삶을 뒤로하고 다른 삶을 살아보고자 스스로 선택한 새벽이었다. 작심삼일이 일상인 내가 해낼 수 있을까 두려움도 있었지만, 새벽이 주는 상쾌함이 좋았다. 부자들은 새벽 자기만의 시간, 자신에게 투자하는 시간을 소중하게 생각한다고 한다. 삶을 바꾸고 싶거든 시간을 바꾸고 사는 곳을 바꾸고 만나는 사람을 바꾸라고 한다. 한번 해보지 뭐. 지금까지 살아온 결과가 지금 이 모습이라면 반드시 끊어 내야 한다. 다른 삶을 살고자 선택했으니까.

부자마녀와 꿈꾸는 서여사가 운영하는 프로그램에 참여하며 직접 만나고 싶었다. 생생한 목소리로 그녀들의 이야기가 듣고 싶었다. 내가 했으니 당신도 할 수 있다고 이 말을 직접 해줄 거 같았다. 나도 그 삶을 살아낼 수 있다는 용기를 얻고 싶었다. 생산자로 살아가는 그들의 삶이 궁금했고 그 길은 어떻게 가야 하는 것이며 그들은 어떻게 가능성을 발견하였는지 궁금했다. 책에서 읽는 것과 줌으로 보는 그녀들의 에너지로는 부족했다. 하고픈 일을 하며 시간의 제약 없이 돈을 번다는 것도 궁금했다.

시간의 주인이 된다는 것. 지금까지의 삶을 끊어 내고, 새벽을 통해 새로운 삶을 구축하고 부를 일구었다는 사실이 신기했다. 직접 만나는 날, 심장 소리가 귓가에 들릴 정도로 컸다. 무슨 연예인도 아닌데 이렇게 설렐 일인가? 막상 만나보니 평범한 사람들이었다. 경제 책을 읽고 가계부를 쓰면서 삶의 방향을 틀었던 부자마녀. 아이 셋을 케어하고 남편과 중국집을 운영하느라 너무 바빠 새벽 시간을 활용했다고 한다. 누군가 새벽에 일어날 수 없으니 도와달라는 요청에 새벽기상 모임을 시작했다고 한다. 다른 사람을 돕고자 하는 그녀의 따뜻한 마음이 시작점이었다. 사랑하는 딸의 뜨거운 눈물로 인한 마음 아픔이 시작점이 된 꿈 꾸는 서 여사. 사람들을 초대해서 음식을 대접하는 것을 잘했다고 한다. 그 경험으로 음식 레시피를 블로그에 기록하였고 멘토가 하라는 것은 무조건 했다고 한다.

본인의 장점 중의 하나가 빠른 실행력이라고.

블로그에 글을 쌓아라. 부자마녀와 꿈꾸는 서여사가 말했다. 삶을 기록한다는 것! 내 경험을 기록한다는 것. 누군가에게 도움이 되어 줄 수 있는 장치이다.

그녀들을 만나고 돌아오는 길. 나의 삶이 파노라마처럼 펼쳐졌다. 직장생활을 하면서 주인의식을 가졌다, 무엇이든 시키기 전에 솔선수범했다. 이런 삶의 태도로 인해 인정받고 급여를 많이 받았다. 더 열심히 일하는 것이 나의 가치를 올리는 것이라고 생각했다. 좁은 의미의 가치였다. 가치 있는 삶이란 무엇일까? 내가 아닌 우리의 삶을 살아간다는 것은 무엇일까? 내가 나눌 수 있는 것은 무엇일까? 나는 누구의 손을 잡아줄 수 있을까? 삶을 좀 더 풍요롭게 한다는 것은 무엇일까? 내가 잘하는 것은 무엇일까?

나는 누구인가? 의 생각까지 미치자 머리가 복잡했다. 내가 가지고 있는 달란트는 무엇일까? 사람들은 누구나 달란트 하나쯤 가지고 태어난다는데. 오랜 시간 고민을 해봐도 명확한 답을 찾을 수가 없다.

부자마녀와 함께 하는 '1인 지식기업가 ' 과정 중 사명에 대해 생각해 보는 시간이 있다. 사명?? 처음 만나는 질문이었다. 고귀한 수도자나 생명을 다루는 의사가 가져야 하는 것이라 생각했던 사명이라는 단어. 내 안의 사명이라. 가치 있는 삶을 어떻게 살 것인지. 삶의 방향에 대한 질문이었다. 무얼 잘할 수 있을까? 고민하던 중에 사람들이 나에게 많이 물어보던 질문이 생각이 났다.

– 아이들을 어떻게 키우면 저렇게 밝고 건강할까요?

– 어떤 방법이 학습효과에 좋은 가요?

– ○○은 사춘기가 없나요? 대화를 안 하려고 그래요.

질문을 받을 때마다 신나게 이야기했다.

넉넉지 못한 형편에 학원을 보낼 수 없어 시작한 엄마 표 놀이 학습. 교육철학. 건강에 도움이 되는 신체활동과 제철 음식들. 두뇌에 좋은 음식. 아이들이 다퉜을 때 대처법. 가정철학. 퀴즈 놀이. 책 비치 방법. 책을 읽은 뒤 하는 활동들. 지도를 좋아하게 만드는 법 등. 아이들과 관련된 이야기가 나오면 하나라도 더 알려주고 싶어 들뜨던 내가 떠올랐다. 아낌없이 정보를 나눠주었다. 그 집에 변화가 있는지 없는지 관심이 생겨서 내 일처럼 기뻐하던 일들이 떠올랐다. 엄마들이 공부보다 아이들에게 관심을 보이고 진짜 대화해야 한다고 아이들은 행복하게 자랄 권리가 있다고 외쳐 대던 내가 떠올랐다. 아! 그 순간 내가 가슴 뜨거웠구나. 처음 만난 사람과도 편하게 인생 이야기를 하는 나. 물질적 결핍에도 마음이 풍요로웠다. 아이들을 부러워하면 기꺼이 방법을 알려주는 나는, 타인의 행복에도 관심이 많았다는 걸 알았다. 누군가를 도우면 행복했다.

내 안의 보석을 발견했다. 아주 작은 것일지라도 나누고 먼저 손 내밀어 주는 마음이 보석이었다.

나만의 교육법과 타인의 문제를 해결해 주려는 마음. 자존감 있는 아이로 성장하게 한 나의 경험들.

다른 사람들의 장점을 잘 발견해 내는 능력. 이 모든 것이 내 안에서 반짝반짝 빛나고 있었다.

'자식을 불행하게 하는 가장 확실한 방법은 무엇이든지 손에 넣을 수 있게 해주는 일이다.' – 루소의 에밀에 나온 말이다. 아이는 기다려주면 스스로 해낼 수 있다. 성질 급한 어른들이 기다려주지 못하고 금지옥엽 해주는 것이다. 아이 스스로 빛날 수 있는 방법을 콘텐츠에 담았다. 육아로 힘들어 하지만 아이를 행복하게 키우고 싶은 엄마, 아이의 강점을 찾고 아이와 관계를 개선하고 싶은 엄마들과 함께 내 안의 보석이 아닌 다른 사람의 보석을 찾아내고 있다.

누구나 당연하다고 생각하는 경험이 있다. 그 경험이 특별해지는 것은, 경험해보지 않은 사람들을 만날 때이다. 나의 경험이 필요한 사람을 만났을 때, 그 경험이 도구를 만났을 때 콘텐츠가 된다. 나의 경험은 소중한 보석이 되었다. 누구에게나 보석이 있다. 아직 발굴해 내지 못했을 뿐이다. 원석을 발굴하

고도 보석으로 가공하지 못한 것이다. 마음 광산에서 보석을
발견하는 일. 원석을 갈고닦아 보석을 만드는 과정, 엄마들이
자녀에게 해주어야 할 일이다.

콘텐츠 크리에이티브

세상에 이력서를 내자!

권미영
돈월이

이 책을 선택한 사람들이라면 가슴 뛰는 삶을 마음에 품고 있을 거로 생각한다. 나이에 따라서 다르지만 우리는 정말 많은 경험을 하며 살아왔다. 슬프고 힘들고 기쁘고, 성취했다. 지금도 더 나은 삶을 꿈꾸고 있다. 가슴이 뛴다. 독서, 새벽 기상, 운동 삶을 변화시키고자 매일 조금씩 달려가고 있다. 가슴속에 남아 있는 뜨거운 피! 열정! 부자를 갈망하는 마음! 나는 그런 마음을 이해한다. 내가 그렇다. 매일 새로움을 배우고 도전하는 이유도 여러 가지 파이프라인을 늘이는 것도 그 때문이다.

여러분들과 똑같다. 단지 내가 생산자의 삶을 먼저 경험했

을 뿐이다.'시간 부자의 삶을 꿈꾸며 타인의 삶에 도움을 주고
픈 마음만 있다면 함께하자고 말하고 싶다. 할 수 있다고 말해
주고 싶다.

생산자의 삶을 시작하기 전 가장 많이 들었던 이야기가 '세
상에 나를 알려라.'였다 나는 이 말에 공감한다. 생산자의 삶을
살아가려면 세상이 나를 알아줘야 한다. 콘텐츠가 아무리 좋아
도 세상이 모르면 가치를 인정받을 수 없다. 그러기에 생산자의
삶을 시작하기 전 SNS를 먼저 해야 하는 이유이다. 나는 그러
지 못했다. 블로그는 했지만, 콘텐츠에 관련된 글은 작았다. 충
분한 소통과 글 위에 생산자의 시작을 외쳤다면 더 많은 사람
에게 나를 알 수 있었을 텐데 말이다. 세상과 소통하는 SNS가
없다면 지금부터라도 블로그를 시작하라고 이야기하고 싶다.
　"생각을 블로그에 남기세요! 세상에 이력서를 쓰세요! 나에
게만 말하지 말고 주위에만 보여주지 말고 더 넓은 세상에 이력
서를 보내세요." 방법은 여러 가지가 있다. 그중 쉬운 것이 인스
타, 블로그 다음으로 유튜브가 있다. 더 많은 SNS를 할 수 있
다면 좋지만, 시간이 부족할 수 있기에 3가지를 먼저 추천한다.
　내가 세상에 하고픈 이야기를 쓰고 사람들에게 도움이 될만
한 정보를 조금씩 넣어 보자. 이후 반응을 기다리자. 댓글이 많

이 달린다면 그것은 세상이 원하는 것이다. 더 알차게 포장하고 꾸며서 세상에 선보이면 나만의 콘텐츠가 되는 것이다.

알고 보면 결국 내가 하고픈 것, 관심 있는 것, 잘하는 것, 중에서 콘텐츠를 선택하게 된다. 먼저 선택하고 시작하면 좋지만 내 선택이 세상이 원하는 것이 아닐 수 있다. 그러기에 세상의 반응을 먼저 보라고 말해주는 것이다. 사업을 시작하려면 아이템이 있어야 한다. 아이템을 정할 때 세상에서 힌트를 얻는다. 사람들이 불편해하는 그것을 변형시키고 가공해서 나의 상품으로 선보인다. 즉 세상에 없는 상품을 만드는 것이 아니라이미 존재하는 것을 변형시키면 된다. 최초의 상품을 만드는 것은 어쩌면 불가능한 것일 수 있다. 콘텐츠의 선택도 똑같다. 세상에 있는 상품에서 인기가 좋은 것을 내 것으로 둔갑시키면된다. 이 말을 나의 콘텐츠에 빗대어 설명하면, 부동산투자를 잘하고 싶고 수도권 지역분석가가 되고 싶은 것이 나의 꿈이다. 지금 부동산 시장이 어떤가? 하락장이다. 내가 강의를 한다고해도 경험이 부족하기에 세상은 쳐다보지 않을 것이다. 경험이많다고 해도 하락장에서 부동산이라는 콘텐츠가 인기 많을 리없다. 그래서 내가 선택한 콘텐츠는 부동산 임장 리더이다.

하락장이니 투자보다는 아는 지역을 많이 넓히세요! 혼자 꾸준히 임장하는 것이 어려우니 제가 함께하겠습니다. 임장 학교는 이런 의미를 담고 있다. 어떤가! 내가 하고픈 것을 세상이 원하는 것으로 약간 비틀어서 둔갑시켰다. 현재 부동산카페에서는 임장 활동을 많이 하고 있다. 이것은 세상이 원하는 증거이다. 콘텐츠로 고민하는 분들에게 내 이야기가 도움이 되었으면 한다.

내가 했던 실수 중 하나가 있다. 그것은 조급한 마음이다. 조급한 마음에 콘텐츠가 떠오르지 않아 불안해했다. 고민 끝에 올린 모집 글에 신청자가 작으면 걱정했다. 지금도 이 고민은 같다. 하지만 한 단계 향상된 고민을 한다. 생산자로 시작한 기간이 짧고 의욕에 앞서 여러 콘텐츠를 시도했기에 돈월이 하면 떠오르는 콘텐츠가 너무 많다. 생산자인 나에게도 하루 중 쓸 수 있는 에너지는 정해져 있다. 단 하나의 콘텐츠에 몰입한다면 훌륭한 결과물을 만들어 낼 수 있다는 생각이 든다. 아직 머릿속에 남아 있는 아이디어가 많다. 일단 하나의 콘텐츠가 세상에 자리매김하고 파생되는 콘텐츠를 만드는 것이 순서인 듯하다. 새로운 콘텐츠를 찾는 것보다는 오히려 버리는 작업을 하고 있다. 불과 1년 만의 이야기이다.

일단 작은 경험이라도 세상에 도움이 된다면 시작해 보자!

그다음 수정하고 방향을 비틀면 된다. 모두 그렇게 성장했다.

가는 길이 길어도 지치지 말자. 원하는 삶의 목표와 방향이 같다면 끝까지 가보자. 세상이 인정해 줄 때까지 가자. 유명한 연예인도 한 번에 대박을 터트리기는 힘들다. 이제 세상에 점 하나를 찍고 시작하는 우리는 더 많은 시간이 필요하다. 부자도 천천히 된다. 모든 길이 반듯한 것은 아니다. 사람과 함께 하는 생산자의 삶은 더 할 것이다. 나의 가치가 세상에 빛날 때까지 사람들이 알아봐 줄 때까지 우리는 그 길에 있으면 된다.세상에 태어나 일이 없는 사람은 없을 만큼 일과 직업은 인생에서 누구나 배우고 성장하는 곳이다.참 많은 걸 배우고 알게 된다. 태어나는 순간은 내가 정 할 수 없지만 앞으로 살아갈 방향은 내가 정 할 수 있다. 죽기 전에 삶을 돌아봤을 때 참 뜨겁게 살았구나! 조금 더 뜨겁게 살 것을 이라는 후회가 들지 않은 삶을 살아가고 싶다. 그 삶 속에서 많이 나누고 사랑해 주자. 내 삶은 물론이고 가슴 뛰는 삶을 꿈꾸는 많은 이들의 삶이 빛나고 소중해 보이도록 오늘을 더 열심히 살아내자.

지금 세상은 좋아하는 일을 하면서도 돈을 벌 수 있다. 인터넷과 유튜브를 통해 젊은 부자들이 늘어났고 노트북 하나만 있다면 여행지에서도 일을 할 수 있다. 나와 함께 하고픈 사람들만 있다면 얼마든지 가능하다. 콘텐츠를 통해 진짜 팬을 만들어 가고 그들의 성장을 기꺼이 도와주자. 타인의 성장을 돕는 것이 고로 나의 성장이 된다. 회사에 이력서를 던지는 것이 아니라 세상에 이력서를 던지자! 더 많이 알리고 기꺼이 나눠주자. 삶이 목표와 일을 일치시켜 행복한 미래를 만들어 보자! 생산자의 삶을 시작하고픈 이들에게 나의 이야기가 작은 희망의 씨앗이 되었으면 좋겠다.

콘텐츠 크리에이티브

일상이 콘텐츠다

손호증
정리힐러

2004년, 큰 아이 초등 입학을 앞두고 이사를 결정했다. 학교와는 오히려 멀어지지만, 아이에게 더 안정되고 정돈된 공간을 만들어 주고 싶었다. 그동안 집에 대해서 꿈꾸던 나의 로망을 실현하고 싶은 마음이 더 컸는지도 모르겠다.

집수리를 하자고 했다. 베란다를 확장하고 좁은 현관도 키우고 싶었다. 베란다만큼 늘어난 공간에 수납공간을 만들면 좋겠다. 주방 가스와 개수대도 옮겨서 식탁 공간을 넓히고 원래 싱크대가 있던 공간에는 냉장고가 들어가는 전면 수납장을 만들면 어떨까. 확장한 베란다 창 옆에도 수납 선반을 짜 넣으면 쓸모가 있을 것이다.

남편은 생각이 달랐다. 우선 집에 있는 짐부터 좀 버리자고. 안 버리고 살았던 것은 아니지만 일부러 쓸 수 있는 짐을 내어 놓자는 남편을 이해할 수 없었다. 이사를 준비하며 둘 사이에 팽팽한 신경전이 벌어졌다. 서점에 들렀다가 《아무것도 못 버리는 사람》이라는 책을 발견했다. 제목에 이끌려 책을 펼쳤다. 사용하지 않고 가지고 있는 짐은 모두 잡동사니나 다름없다. 잡동사니를 집에 쌓아 놓고 사는 것은 안 좋은 기운을 불러들이는 것과 마찬가지라고 한다. 충격이었다. 다른 시각으로 바라보니 정리해야 할 물건들이 꽤 되었다. 부지런히 물건을 정리하기 시작했다. 그러자 남편도 나의 계획에 동의해 주었다.

그동안 살뜰히 모은 목돈을 들여 집을 수리하고 이사했다. 잘 가꾸고 싶었다. 공들여 짠 수납장이지만, 사용해 보니 그제야 불편한 점이 하나둘 눈에 들어왔다. 모든 수납공간이 선반으로 되어 있다시피 했다. 큰 물건들이야 선반에 그저 얹어놓아도 그만이지만 작은 물건들은 애매했다. 어떤 선반은 폭이 좁아서 아쉬웠다. 냉장고 깊이에 맞춰서 짠 주방 선반들은 너무 깊어서 문제였다.

궁리를 했다. 바구니(당시의 나는 수납 바구니나 수납 도구라는 개념도 없었다.)를 넣어서 사용해 보면 어떨까. 줄자를 들고 고속버스 터미널이며 마트를 뛰어다니며 온갖 바구니를 사 모았다. 어찌나 샀던지 훗날 정리 정돈 전문가 과정을 하고 집 정리를 할 때, 가지고 있는 바구니만으로도 해결이 얼추 될 정도였다.

넉넉한 수납장 덕분에 물건을 감추고 살 수 있었다. 손님들은 아이들도 어린데 집이 어쩜 이렇게 깔끔하냐고 감탄했다. 칭찬을 들으면서도 내 마음은 편치 않았다. 수납장 문이라도 열면 바로 들통날 게 뻔하다. 크고 넉넉한 수납장도 오래가지 못했다. 이사한 지 10년이 다가오자, 우리는 답답함을 느끼기 시작했다. 아이들이 자란 탓일까? 그때는 전세금에 조금만 보태면 집을 넓혀 이사하는 것이 어렵지 않았다. 마침 위치도 좋고 내부도 깔끔한 집이 바로 옆 동에 나왔다. 이사를 했다. 우리 집은 주방이 좁은 편이었다. 이 집은 주방에 드러누워도 되겠다. 냉장고 용량이 늘 아쉬웠기에 새로 나온 대형 냉장고를 들였다. 곳곳에 선반이 있던 우리 집과는 달리 큰 붙박이장만 가득하다. 아이들이 한창 공부할 때라 책꽂이를 여러 개 사서 빈 벽을 채웠다. 반면 거실에는 수납공간이 전혀 없다. 덕분에 거실 테이블 위에는 매일 무언가가 쌓여갔다. 공간이 넓다고 수납장이 많다고 정리가 마법처럼 해결되지는 않았다.

정리 정돈 전문가 수업을 들으러 간 것은 살면서 답답하고 가려운 부분을 해결하고 싶은 마음 때문이었다. 별 뜻 없이 발을 들인 것이 나의 업이 되었다. 집이 정돈되니 살림이 한결 수월하고 재미가 붙었다. 내가 싫어하는 집안일 두 가지가 빨래 개기와 실시지한 그릇 제자리에 돌려놓기였다. 정리 정돈을 배우고 둘 다 즐겁게 하게 되었다. 손재주가 있는 편이어서 옷을 비슷한 크기로 반듯반듯 잘 개었다. 빨래 개기도 배운 것을 실습한다 생각하고 하다 보면 어느새 끝이 나 있었다. 나란히 줄을 맞추어 서랍에 넣으면 뿌듯했다. 자주 사용하는 그릇의 자리가 건조대와 더 가까워지고 공간이 생기니 그릇을 제자리에 돌려놓는 과정이 훨씬 빨라지고 쉬워졌다. 두 번의 이사를 통해서 겪었던 시행착오 덕분일까. 배우는 속도가 빠른 편이었다. 초보 전문가들이 어려워하는 수납 도구 선택도 그다지 골치 아프지 않았다. 그러니 일이 재미있었다. 나한테도 유용하니 다른 사람들에게도 필요할 거라는 믿음이 생겼다. 선배들을 보면서 나도 언젠가 강의를 할 수 있으리라는 희망이 생겼다.

무엇보다 그동안 살림만 하면서 살았던 시간이 허송세월만은 아니었구나 싶어서 감사했다. 나의 손 맵시나 눈썰미가 일하는 데 도움이 되었다. 나한테 딱 맞는 일을 찾았다는 확신이 들었다.

콘텐츠 크리에이티브

망설이는 시간이 있었지만, 정리 전문가가 되기로 결심하고 는 무엇이든 열심히 했다. 봉사나 험한 현장도 마다하지 않았 다. 정리 수납 박람회가 있다고 하면 찾아갔다. 기회만 되면 선 배들의 강의를 청강하러 다녔다. 주방 수업을 듣다 보면 친환경 살림법을 덧붙여 수업하는 강사들이 제법 있다. EM에 대해서 알게 되었다. EM을 활용하고 천연세제를 사용하는 것이 지구 환경을 지키는데 도움이 된다. 그래서 친환경 분야의 강사 과정 도 밟았다. 지금은 천연 수제 비누를 만들어서 사용하고 주변 에도 알리려고 노력하고 있다.

돌이켜 보면 생활 속에서 내가 꾸준히 관심을 가져온 것이 나의 일이 되고 콘텐츠가 되었다. 한 가지의 콘텐츠가 생기자 그 콘텐츠가 확장이 되었다. 언젠가 내 일을 갖고 싶다 생각할 때 사회생활 경험이 전혀 없다는 사실이 제일 우울했다. 어디서 시작해야 할지 감이 잡히지 않아 막막했다. 누가 경력도 없는 아줌마에게 일을 줄 것인가. 사업을 한다는 건 더 상상할 수가 없다. 우연이지만 나의 관심사를 깨닫고 매진하다 보니 삶 속의 모든 일들이 경험이었다는 생각이 든다. 다만 무엇이 나의 콘텐 츠인지 깨닫지 못하고 있었을 뿐이다.

박웅현 작가님의 《여덟 단어》에 '행복은 풀과 같습니다.'라는 문장이 있었다. 행복이란 게 귀해서 느끼기 어려운 것이 아니라 다만 들여다보지 않았을 뿐이다. 콘텐츠도 풀과 같다는 생각이 든다. 아름드리나무나 화려한 꽃만이 콘텐츠는 아닐 게다. 일상 속의 무수히 많은 콘텐츠를 발견하는 것, 그것이 생산자로서의 첫걸음이 아닐까?

　　　　　　　　　콘텐츠 크리에이티브

경험이 수익화를 가져온다

송 진 설
풍요작가

오랜 기간 동화 쓰기 수업을 했다 아이들에게 책을 읽어주며 이야기 쓰기를 도왔다. 나아가 그림책 만들기 수업을 진행했다. 학교에서, 도서관에서, 기관에서 많은 아이를 만났다. 책과 오랜 시간 함께하며 출판사에 관심을 두게 되고, 지금은 1인 출판사 대표가 되었다.

시작은 재능기부였다. 책이 좋았기에 돈은 중요하지 않았다. 거리가 멀어도 달려갔다. 때론 많은 지출로 버겁다 느껴질 때도 있었다. 하지만 아이들에게 좋은 수업을 해주고 싶었다. 행복한 표정을 볼 때면 '그거면 됐다!'라는 생각이 들었다. 수업하며 감동적인 순간도 많았지만 때로는 씁쓸한 감정이 밀려올 때도 있었다. 재능기부이기에 수업의 질을 낮게 보는 이들이 있었다. 내 열정이 의미 없다 느껴질 때면 나누고자 하는 마음마저 가치 없게 느껴졌다.

본격적으로 수업료를 받고 강의를 시작했다. 책을 읽어주며 아이들과 이야기를 나누었다. 같은 내용을 들려주어도 느끼는 감정은 모두 달랐다. 경험에 따라 다르게 해석되었다. 아이들이 새롭게 써 내려가는 이야기가 좋았다. 책으로 만들어 주고 싶은 마음이 생겨 더미북에 관심을 가지게 되었다. 모든 경험들이 출판사를 시작한 계기였다.

작고 아담한 출판사를 운영하고 싶었다. 출판사 이름에 나의 가치관도 담고자 했다. 아들과 딸에게 이름을 지어달라고 말했다. 단풍노을이라고 지어주었다. 단풍과 노을은 닮은 점이 많다. 붉은빛을 띠며 아름답다. 바라보고 있으면 황홀하다. 둘은 처음부터 붉지 않다. 인생과도 닮았다는 생각이 든다. 붉게 물든 단풍은 뜨거웠던 여름을 뒤로하고 한 해의 반이 훌쩍 넘어간 가을이 되어야 찾아온다. 노을도 마찬가지다. 하루가 저물어 갈 때쯤 볼 수 있다. 아름다운 단풍과 노을은 보는 이의 마

콘텐츠 크리에이티브

음을 훈훈하게 만든다. 행복을 전해주는 듯하다. 단풍과 노을의 감동을 닮은 출판사가 되어 독자에게 행복한 시간을 선물하고 싶었다.

좋아하는 책을 만들어 독자에게 감동을 전하는 일을 하고자 한다. 혼신의 힘을 다해 일한다면 좋은 책을 만들 수 있으리라 생각했다. 쉽게 생각하고 결정한 일은 아니지만 생각했던 것보다 1인 출판사의 길은 험난했다.

딸의 그림책 출간을 목표로 본격적으로 출판사의 길을 나섰다. 아이의 글과 그림을 어떤 방향으로 기획해야 하는지 고민했다. 출판 경험이 없기에 모든 결정에 있어, 오랜 시간이 걸렸고 어려웠다. 그저 책을 좋아해서 많이 보았고, 따라 그려보고 만들어 보았던 경험만 있었다. 기획은 독자를 생각하며 진행하는 작업이다. 작가만을 생각한다면 좋은 콘텐츠가 될 수 없을 듯했다. 작가에게도 독자에게도 좋은 책을 만들어야 한다.

그림책을 출간하며 느낀 점이 있다. 책 한 권이 세상에 나오는데 많은 노력과 과정들을 거쳐야 한다는 것이다. 그림책에 들어가는 글을 쓰고 그림을 그리는 시간은 끊임없이 창조하는 시간이다. 수없이 수정하는 과정을 거친다. 편집하는 일도 마찬가지다. 글과 그림이 적절한 위치에 놓이도록 수없이 고민하며 디자인한다. 제작하는 과정에서도 많은 과정이 있다. 출판이라는 일은 혼자 처리하기에는 무리가 있다는 것을 알게 되었다.

정성을 다해 책을 만들어 세상에 내놓았다. 책을 내는 일은 독자에게 가치를 전하는 일이기에 좋은 일을 한다고 생각했다. 그런 만큼 좋은 결과도 바랐다. 하지만 세상의 벽은 높았다.

어려움을 겪더라도 다시 일어서고 시작해야 한다. 낯설고 두렵기까지 했던 출판사 일은 준비가 부족한 탓이다. 1인 출판사를 운영하기 위해 무엇을 준비해야 하는가를 끊임없이 고민하며 공부해 나아가야 한다.

책이라는 콘텐츠는 어렵다는 생각부터 버린다. 1인 출판사라서 힘들다는 부정적인 생각은 하지 않는다. 어려운 콘텐츠는 없다. 어떤 방향으로 만들어 나아갈지 고민하며 성장하면 된다. 수많은 길이 있었지만 가고 싶은 길이었기에 선택했다. 탐험하듯 걸어가 보련다. 경험은 인생이란 여행을 흥미롭게 만들어준다. 지난날들을 되짚어보면 모든 순간은 완벽한 시간이었다.

모든 것은 본질이 중요하다. 사람과 연결이 되도록 시도하고 노력해야 한다. 상황이 좋아지기만 기다려서는 안 된다. 지금 바로 시작하는 용기가 필요하다. 자기 계발을 하는 사람들이

콘텐츠 크리에이티브

많이 듣는 단어 중 하나는 실행일 것이다. 목표한 바를 추구하기 위해 지금 바로 한 발을 떼어야 한다. 기어서라도 가야 한다는 말이 있지 않던가. 시작하는 것에 의미를 둔다. 흔들리는 순간이 있더라도 콘텐츠에 신념을 담아 나아간다면, 사람들을 도우며 수익화도 이뤄낼 수 있다.

모든 경험은 버릴 것이 없다. 중요한 것은 경험을 연결하는 것이다. 오랜 시간 동안 해 왔던 경험들을 하나하나 엮으며 내 것으로 만들어야 한다. 마음에 품고 살았던 일들을 세상 밖으로 내놓는 용기가 필요하다. 그 속에서 내 삶을 들여다볼 기회를 가진다. 전하고자 하는 메시지가 하나의 콘텐츠가 되어 세상으로 전해진다. 나의 이야기이기도 하고, 다른 이들의 이야기이기도 하다.

누구나 마음속에 콘텐츠를 품고 산다. 자신을 들여다보면 찾을 수 있다. 「마음이 담길 길을 걸어라」시에서 용기를 얻는다. 내가 가는 길이 마음을 담은 길이라면 좋은 길이라 말한다. 가슴 깊이 품어 둔 콘텐츠로 소명을 다해 살아간다면, 그 길은 나에게 좋은 길이다. 나의 콘텐츠가 필요한 사람에게도 좋은 길이 된다. 오늘도 경험을 콘텐츠로 만들기 위해 자신을 들여다본다.

나의 콘텐츠가 나를 살리는 마법

원효정
부자마녀

"학교 다녀오겠습니다!"

어떤 그림이 떠오르는가?

누구에게나 기억 한 편에 나타나는 이미지가 있을 것이다. 사람들의 기억 속에 존재하는 그때 그 시절은 다 다르다. 각기 다른 사람에게서 똑같은 삶은 존재하지 않기 때문이다. 같은 시간대를 공유하더라도 그들의 기억 속 시간은 다르게 자리한다. 삶을 살아가는 주체는 전부 다르기 때문이다.

그 누구도 살지 않고 살아내지 않는다. 저마다의 시간과 공간에서 만들어내는 삶의 이야기는 다를 수밖에 없다. 경험을 통해 얻게 되는 삶의 교훈도 다 다르다. 하여 내 삶의 경험에서 알게 된 다양한 문제 해결 방법은 다른 사람의 그것과 다를 수 있다. 자로 잰 듯 똑같이 적용되는 사례는 없다. 사람의 인생은 기계의 매뉴얼과 달라서 A라는 문제에 B라는 정답 하나만 존재하지 않는다. 내 삶의 경험이 누군가에게 문제 해결의 실마리가 될 수 있는 이유이자 삶에서 정답이 아닌 해답을 찾아야 하는 까닭이기도 하다.

가계부를 꾸준히 쓰기 힘들었다. 해마다 1월 1일이 오면 큰 맘 먹고 이제는 가계부를 열심히 쓰겠다고 다짐한다. 예쁜 새 가계부를 사곤 했다. 농협에서 나눠준다는 가계부를 얻기 위해 줄을 서보기도 했다. 가계부의 문제인가 싶어 아기자기한 다이어리를 사 본 적도 있었다. 하나같이 일주일을 넘기지 못했다. 그저 목적 없이 남들 따라 적기 시작해서 그랬구나! 결혼 15년 차에 들어서야 알았다. 돈을 관리해야 할 이유가 명확하지 않아서였음을 대출받아 아파트를 장만하고 나서야 알게 되었다. 시아버지가 목을 다쳐 중환자실과 요양병원을 오가다 자식들에게 외면받는 상황이 되자 돈이 무서워졌다. 이렇게 흥청망청 돈을 쓰면 안 된다는 두려움이 생겨나면서 돈을 공부하기 시작했다.

가계부를 꾸준히 쓰게 됐다. 굳이 예쁜 새 가계부가 아니어도 괜찮았다. 아는 게 많이 없어서 가계부를 못 쓴 건가 싶었는데 그게 아니었다. 많은 시행착오를 겪고 나서야 비로소 가계부 쓰고 돈을 관리하는 것도 습관의 영역이라는 것을 알게 되었다. 가계부를 꾸준히 쓰기 위해 노력한 방법에 대해 글을 썼다. 거창하지 않았다. 그저 나처럼 많은 시행착오를 거치고 있을 누군가가 읽기를 바랄 뿐.

어딜 가든 돈 쓰면 무조건 가계부에 적는 것부터 시작해 보라고 블로그에 글을 썼다. 이른바 '돈무적'이다. 항목을 정하고 예산과 결산을 제대로 잡는 등 처음부터 자세한 틀을 생각하다 결국 포기했던 글을 썼다. 그러니 처음에는 아무것도 하지 말고 일단 첫 달은 돈 쓴 내역들을 무조건 적는 것부터 시작해 보라고 했다. 내가 해보니 한 달의 기록을 바탕으로 결산하고 결산한 내용을 토대로 다음 달 예산을 현실적으로 세우는 게 전문적인 금융 지식을 자세하게 공부할 때보다 더 도움이 되었다. 만약 나처럼 꾸준히 가계부 쓰는 게 어렵다면 여기부터 시작해 보라며 블로그에 글을 썼다.

나에게만 해당하는 이야기라고 생각했다. 이런 글을 쓴다고 한들 과연 누가 와서 보겠냐며 헛웃음을 쳤다. 오판이었다. 내

콘텐츠 크리에이티브

글을 읽는 독자들이 공감하기 시작했다. '나만 그런 게 아니구나!'하며 내 글에 댓글로 질문하기 시작했다. 자기도 해보겠다며 자세히 방법을 더 묻는 사람도 생겨났다. 가계부를 쓰면서 경제신문도 함께 보는 글을 올렸더니 어떻게 하는 거냐며 질문하는 사람들이 늘어났다.

가계부 쓰고 투자하는 이야기를 글로 쓰니 전문적인 투자 고수는 아니더라도 아직 투자하지 못하고 머뭇거리는 이들에게 본보기가 되었다. 투자는 고수들만 할 수 있는 영역이 아니라 착실하게 돈을 아끼고 모아가는 우리도 할 수 있는 거라고 말하기 시작했다. 희망이 보인다며 고맙다는 인사를 남기는 사람들이 많아졌다. 급기야는 팬이라고 만나고 싶다는 사람들도 생겨났다.

기분이 묘했다. 별것 아니라고 생각한 나의 이야기가 누군가에게 도움이 된다니! 마치 사막에서 마실 물을 찾아 헤매는 이를 만나 그를 물가까지 손잡고 같이 가준 것과 같았다. 정글 숲을 걸어갈 때 맨 앞에 서서 얼기설기 얽혀있는 나뭇가지를 하나하나 쳐내며 길을 터주는 사람이 된 것만 같았다.

내 경험이 타인에게 도움 될 수 있다는 것을 느끼는 순간 세상에 태어나길 잘했다고 생각했다. 돈 관리를 전혀 하지 못하고 결혼한 지 14년 동안 번 돈 다 어디로 갔는지 모르겠다며 투덜대던 그 순간이 되려 다행이다 생각했다. '왜 나는 꾸준히 가계부를 쓰지 못했을까.' 자책하며 살던 그때의 순간이 오히려 감사하기까지 했다. 시아버지가 다치고 나서 돈 때문에 사람에게 상처받고 속상한 일부성이던 그때의 시련이 말 그대로 선물로 다가온 순간이기도 했다. 그때의 일이 아니었으면 지금 내가 이런 글을 쓰며 누군가를 돕는 일은 없었을 것이다.

자존감이라고는 땅속 깊이 처박혀서 올라올 생각을 안 했다. 내 경험을 글로 썼을 뿐인데 내 삶이 누군가에게는 도움이 된다니 자존감도 쑥 올라왔다. 자꾸 신나니 더 많은 이야기를 쓰게 됐다. 삶이 즐거워졌다. 살아지는 대로 사니 죽지 못해 산다고 투덜댔는데 살아내는 삶을 사는 것만 같았다. 내 글을 읽고 나에게 질문하고 도와달라는 그들이 바로 내가 설정한 독자층이었다. 내 콘텐츠가 세상에 도움 되는 순간이었다.

나는 그럴만한 콘텐츠가 없다고 생각하는가?

누구나 반드시 삶의 경험은 있다. 많은 사람이 찾을만한 이야기 말고 나만이 할 수 있는 나의 경험. 그 경험이 이 세상 어딘가에 있을지 모를, 내가 설정한 나의 독자에게 닿을 수 있다면 족하다. 그 경험을 세상에 풀어내고 그때 알게 된 나만의 해결 방법이나 교훈을 함께 적어준다면 그 문제로 전전긍긍하고 있을지 모를 그 한 사람에게 큰 도움이 된다. 콘텐츠는 그렇게 닿아야 한다. 내 도움이 필요한 이에게 나만의 이야기가 닿았을 때 비로소 빛이 나기 시작하기 때문이다.

내 경험을 글로 풀어냈을 뿐인데 그 글이 쌓여 나에게 콘텐츠로 모였다. 내 콘텐츠들이 모여 나를 브랜딩 되게 해 주었다. 이제는 제법 '새벽 기상'하면 나를 떠올리는 사람들이 많아지고 '가계부'하면 나에게 물어보는 사람들이 많아졌다. 더 나아가 콘텐츠 생산자를 떠올리면 나를 생각하는 이들이 늘어났고 부자마녀처럼 살고 싶다며 어떻게 하면 되는 거냐며 질문하는 사람들이 많아졌다. 점차 나를 롤모델, 멘토라 부르며 찾아오는 이들이 늘어났다. 내 삶의 경험을 글로 꺼냈을 뿐인데 그 콘텐츠는 내가 살고 싶은 삶을 살아갈 수 있게 해 주었다.

사람은 누구나 콘텐츠 하나쯤은 품고 산다. 관건은 삶의 경험을 글로 썼는가, 마음속으로만 간직하고 있는가이다. 세상 어딘가에 있을지 모를 나의 독자를 위해 가슴속에 간직한 경험을 글로 꺼내 보기를 바란다. 그 글은 나의 콘텐츠가 되어 마법처럼 나를 살린다. 내가 살고 싶은 삶을 살 수 있도록.

어설프고 거지 같아도 꺼내면 된다

이 세 나
열정루비

　내 경험을 콘텐츠로 만들어 판매하는 과정은 쉽지 않았다. 세상에 나를 알리는 일이 먼저였다. 내 이야기를 사람들에게 계속 보여주어야 했다. 자존감이 바닥이었던 나는 특별히 잘하는 일이 없어 보였다. 이런 나를 봐준다는 말인가? 누구나 다 경험해 봤을 평범한 이야깃거리만 가진 사람 같았다. 콘텐츠를 찾기 위해 블로그에 적은 내 이야기들을 읽어 보았다. 그동안 써 놓은 글은 참 많았다. 하지만 내 글은 연관성이 전혀 없어 보였다. 고군분투하며 열심히 살았다고 생각했는데. 글 속에서의 나는 방랑자 같았다.

블로그 강사들은 콘텐츠 발굴을 위해서 한 가지 주제를 가지고 글을 쓰라고 했다. 한 분야에 깊은 관심이 없는 나는 상당히 어려운 일이었다. 내가 써 놓은 글의 주제는 각양각색이었다. 새벽 기상, 가계부 쓰기, 체험단, 스마트 스토어. 뭐 하나 연결고리가 없었다. 이런 나도 콘텐츠를 찾을 수 있는 것일까. 2019년도부터 시작된 콘텐츠 찾기는 4년이란 시간이 걸렸다. 지금에 와서 생각해 보니 기회가 있었지만 잡지 못했던 때도 있었다. 블로그 체험단으로 100만 원 이상의 생활비를 절약하고 있었을 때였다. 주변의 온라인 지인들은 나에게 강의를 요청했다. 하고 싶었다. 하지만 못했다. 경험이 그다지도 많지 않았던 나인데, 내가 누구에게 무얼 알려준다는 말인가! '강의'라는 단어에 기가 죽었다. 내가 할 수 있는 일이 아닌 것 같았다. 배움은 많은 경험과 성과를 가진 사람에게 얻어야 한다는 생각으로 가득 찼던 나였다. 결국 생산자의 길로 가려는 나를 스스로 막았다. 온라인에서 만난 사람들은 내 생각과 달랐다. 본인이 가진 결핍을 경험하고 해결했던 이야기를 듣고 싶어 했다. 나보다 한 발 앞서 나간 사람의 이야기를 원했다. TV에 나올법한 대단한 사람의 이야기가 아닌 단지 한 발 앞선 사람을 원했다. 나만 그걸 몰랐고 깨닫기까지 4년이 걸린 것이다.

활동하던 온라인 모임에서 '나의 새벽 기상'에 대한 강연 기회가 생겼다. 아이를 키우는 엄마들에게 새벽이라는 시간을 알려주고 싶었다. 나를 위해 시간을 갖고, 성장하기를 바라는 마음을 전달하고 싶었다. 강연을 듣는 시간이 아깝지 않게 만들고 싶었디. 원고 준비를 위해 내가 가진 경험을 적어 내려갔다. 역시나 특별함이 없어 보였다. 별것 없어 보이는 나의 이야기를 강연으로 만든다는 게 부끄러웠다. 점으로만 찍혔던 내 경험들, 선택에 대한 후회로 가득한 과거뿐이었다. 몇 날, 며칠을 고민했다. 성공, 실패 이런 단어들은 모두 지우고 경험 자체로만 바라보기로 했다. 내가 찍은 점 하나가 가진 작은 의미를 찾아내고자 했다. 따로국밥처럼 흩어져있던 내 경험을 유심히 보았다. 아무런 의미 없다고 생각했던 이 모든 일들은 다음을 위한 과정이었다. 모든 점 하나하나가 보이지 않는 희미한 선으로 연결되어 있었다. 이 시간을 위해 조금 돌아서 왔다는 생각이 들었다. 그렇다. 내가 가진 경험, 어느 것 하나 헛되지 않았다. 쉽게 보이지 않았을 뿐, 작은 성공을 만들 때마다 선의 농도는 조금씩 짙어져 가고 있었다. 내 눈에 보이기까지 참 오랜 시간이 걸렸다. 강연 준비를 통해 그동안 후회로 가득했던 지난날을 인정받은 느낌이었다.

콘텐츠 크리에이티브

주업으로 하고 있던 스마트 스토어를 콘텐츠로 결정하고 정규강의 오픈을 앞두고 있었다. 멘토는 강의오픈 전 나눔 강연 자리를 만들어주었다. 세 아이를 내 손으로 키우며 돈 벌고 싶어 시작한 스마트 스토어. 시작부터 현재까지의 과정을 이야기하는 한 시간짜리 강연이었다. 경제적으로 지친 삶에 희망의 빛을 느끼게 해주고 싶었다.

아침 7시, 100여 명의 청중이 내 이야기를 듣기 위해 모였다. 너무 많은 숫자에 놀라 긴장한 채로 강연은 시작되었다. 한 시간이 어떻게 흘렀는지 모르겠다. 강연 도중 내가 눈물 흘리니 청중들도 함께 울어 주었다. 내 이야기가 진심으로 다가가고 있음이 느껴졌다. 멘토는 강연 시작부터 끝까지 청중의 이동이 없었다고 전해주었다. 뿌듯함과 함께 지난 시간이 주마등처럼 눈앞을 스쳐 지나갔다. 이날의 경험이 나를 살렸다. 바닥이었던 내 자존감을 우뚝 솟아나게 해 준 최고의 날이었다. 많은 응원과 감사의 인사를 받아본 건 내 인생 처음이었다. 내 마음이 잘 전달되었는지, 첫 정규강의 마감도 일정보다 빠르게 완료되었다.

콘텐츠의 시작은 간단하다. 내가 알고 있는 것을 그것조차도 모르는 사람에게 알려주는 것. 그게 바로 콘텐츠의 시작이라고 정의하고 싶다. 내 경험을 블로그에 정리해 두면 된다. 사람들은 그 이야기를 보고 나에게 도움을 요청한다. 내 도움이 필요한 이들에게 알려주고 도움에 대한 비용을 받으면 그게 콘텐츠 수익이 된다. 정리 정돈을 잘하는 것도 콘텐츠이다. 아이 숙제를 꾸준하게 잘 봐주는 것도 콘텐츠가 될 수 있다. 나를 기록해야 한다. 잘하는 일, 꾸준하게 하는 일이 생각나면 노트에 적어둔다. 남들에게 칭찬받는 내 모습이 있다면 무조건 적는다. 다른 사람의 불편함도 적어둔다. 그 재료들이 모여 콘텐츠가 될 수 있으니 말이다. 별것 아니라고 치부하는 일이 누군가에게는 분명 큰 도움이 될 수 있다.

콘텐츠를 만들고 싶어 가장 먼저 한 일은 블로그에 글쓰기였다. 나의 첫 글은 3줄이었다. 지금 보면 흑역사로 느껴질 정도이다. 그래도 무조건 써 내려갔다. 사람은 망각의 동물이다. 내가 원하는 시점에 과거를 기억하려고 하면 절대 생각나지 않는다. 그래서 더욱이 기록해야 했다. 매일매일 내가 하는 모든 경험을 소중하게 바라보고 경험을 재료 삼아 글을 적었다. 누가 내 글을 읽으면 어쩌나 하는 걱정에 쓰고 지우기를 반복했다. 무조건 쓰고 발행 버튼을 눌렀다. 저장 버튼 속에 넣어둔 글은 살아 움직이는 글이 아니다. 크게 망한 키즈카페 사업 이야기를 나라고 이야기하고 싶었을까. 내 이야기를 꺼내놓는 실행의 차이는 크다.

　내가 매일 콘텐츠를 구상할 수 있는 이유도 블로그 속의 내 글 덕분이다. 자본금 하나 없이 경험을 기반으로 하는 콘텐츠 사업. 도전정신 하나면 충분히 시작할 수 있다. 나 역시도 어설 프고 거지 같아 보여도 꺼냈다. 부끄러워도 꺼내라고 하기에 했 다. 용기 내어 무대에 올라가니 어느새 생산자가 되어 살아가고 있다.

지금 내가 선택한 것이 곧 내가 된다

이영림
행복멘토세전

예전부터 나는 예쁘고 반짝이는 것들을 좋아했다. 좋다 하는 화장품은 써봐야 직성이 풀렸고 화장대에는 뜯지도 않은 상품이 쌓여갔지만 새로운 상품을 볼 때마다 사들였다. 날씬해지고 싶어서 유명한 다이어트 프로그램은 거의 다 도전했지만 끈기도 목표도 없던 나는 매번 실패했었다. 그때는 몰랐었다. 나를 위한 일이 아닌 다른 사람에게 잘 보이기 위해 집착했던 일들이 콘텐츠가 돼서 나올 줄 말이다. 처음부터 이런 것을 콘텐츠로 만들어야지 하고 생각한 건 아니었다.

22년 9월에 새벽마음정원(이하 새마정)을 시작하고 한 달 만에 새마정 프리미엄(이하 새프) 과정을 12월에 수료했다. 자기 계발을 시작한 지 아직 6개월도 되지 않는 햇병아리였다. 함께하는 동기들은 이미 가지고 있는 각자의 콘텐츠로 치열하게 고민하고 있었다. 거기에 반해 이렇다 할 콘텐츠가 없는 나는 수료할 때까지도 걱정이 많았다. 나의 어떤 경험이 콘텐츠가 될까? 어릴 때부터 자기가 좋아하고 관심을 가지며 살았던 익숙한 것들이 다른 사람들에게는 힘들고 어려워서 콘텐츠가 될 수 있다고 했다. 분명 본인에게도 그런 거 한두 개쯤 있다고. 에이~그렇다고 해도 이런 게 콘텐츠가 된다고? 믿지 않았었다.

본인의 관심 밖의 일들은 누구나 생소하고 어렵다. 이상한 외계어처럼 들린다. 영어 공부를 안 하던 사람에게 영어는 그저 알아들을 수 없는 소음일 뿐이다. 똑똑한 사람일지라도 모든 것을 다 잘할 수는 없다. 사소한 것을 잘 들여다보며 나만의 의미 있는 시각으로 찾아내는 것을 '견문'이라고 한다. 우리가 생각하고 숨을 쉬는 게 아닌 것처럼 아무렇지 않게 지나치는 것들에서도 남들은 보지 못하는 것을 나는 발견할 수도 있는 것이다. 남들이 시켜서 하는 거 말고 스스로가 너무 좋아해서 밥 먹는 것도 잊고 잠도 안 자고 할 수 있는 그런 거 말이다. 버튼만 누르면 멈추지 않고 음악이 나오는 주크박스처럼. 누군가가 당신에게 물어보면 저절로 술술 나오는 그런 거. 나에게는 그게 피부관리고 다이어트다. 내가 이렇게 해보니 힘들기만 하고 실패하더라. 나는 이렇게 하니 효과가 좋더라. 그런 것을 이야기할 때면 힘든 줄도 모르고 신이 나서 하루 종일이라도 말할 수 있다.

사업하는 시니어 모델. 내 이름 앞에 붙이고 싶은 수식어다. 나이가 들어서도 나만의 일을 하며 멋있고 당당하게 사는 노년의 모습을 그리고 있다. 나이 40이 넘으면 자기 얼굴에 책임을 져야 한다. 나는 죽을 때까지 관리하면서 건강하게 늙어가고 싶다. 몸을 바르게 하려는 노력만으로 반듯한 생각을 하게 되고 매사에 당당해져서 자신감이 생긴다. 같은 나이여도 자신에게 관심을 기울이고 관리해 온 사람과 그냥 되는대로 나이가 든 사람은 차이가 날 수밖에 없다. 사람들의 부러운 시선을 받는다는 건 기분 좋은 일이다. 모든 일을 자신감 있게 도전할 수 있는 첫걸음이다. 매사에 밝고 긍정적인 엄마가 아이도 행복하게 키운다. 우리 엄마들이 바라는 소망의 끝에는 결국 내 가족, 내 아이가 건강하고 행복하게 사는 것이 목표가 아닐까? 내 아이의 행복을 바란다면 엄마가 먼저 행복해져야 한다. 외

콘텐츠 크리에이티브

부의 소음에도 흔들리지 않는 단단한 마음의 여유와 평화가 있을 때 나를 비롯한 남편도 아이도 주위 사람도 웃으면서 챙길 수 있다.

콘텐츠도 결국엔 사람이 하는 사업이다. 사업을 하는 사람의 마음가짐이 어떠냐에 따라 계속할 힘이 달라진다. 처음 반짝하며 잘 된다고 계속 잘 된다는 보장도 없다. 처음엔 그저 그랬는데 시간이 지날수록 더 성과가 나는 사람도 있을 것이다. 콘텐츠 사업이라는 것은 남을 이롭게 하는 일을 함으로써 자신이 더 나은 사람이 되어가는 것이다. 그런 과정을 지나며 보람을 느끼고 그 자체만으로 행복을 느끼는 사람이 길게 가는 것은 당연하지 않을까.

꿈꾸지 않는 자 성장할 수 없다. 내가 성장하기 위해서 남을 돕는다. 남들보다 잘하는 한 가지씩은 누구나 가지고 있다. 당신에게는 당연한 일이 또 다른 누구에게는 너무나 힘들고 어려운 일이 될 수도 있을 것이다. 처음부터 그런 것을 찾는 게 쉽지 않을 수도 있다. 아무리 찾아도 못 찾겠다면 그래도 괜찮다. 내가 잘하고 좋아하는 게 무엇인지 지금부터라도 찾아서 만들어가면 된다. 소명이나 좋아하는 일을 찾는다는 건 지속성을 갖는다는 거다. 내가 지칠 때마다 그것을 놓지 않고 지속할 수 있게 해 준 것은 나에게 없는 결핍이었다. 나는 날씬하고 건강하고 싶은 결핍에서 꿈을 찾았다. 결핍은 나아갈 수 있게 해주는 힘이고 지치지 않게 해주는 원천이다.

나누기 위한 삶을 살기 위해 나의 그릇을 무엇으로 채울 것인가? 내가 어떤 사람인지 알아가는 것. 내 삶을 어떻게 가꾸어야 할지는 본인이 선택하는 것이다. 처음부터 모든 것을 잘하려고 하면 시작하기도 전에 나가떨어질 수 있다. 나아가는 힘을 찾았다면 일단 무엇이든 작은 것에서 시작부터 해보자.

시작했으면 멈추지 말고 계속 시도하며 방법을 찾아가는 거다. 한 번뿐인 내 인생이다. 이제라도 반짝반짝하게 빛나는 인생을 살아보는 것도 괜찮을 것 같다.

하고 싶은 일만 하면서 사는 인생은 누구나 바라지만 아무나 쉽게 되지는 않는다. 내가 선택한 것이 곧 내가 된다. 나는 이룰 것이다. 누군가의 멘토가 되어 꿈을 꿀 수 있게 도와줄 것이다. 평범하던 내가 꿈을 이루는 모습에 누군가는 힘을 얻고 용기를 얻었으면 하는 바람이다. 모소 대나무는 싹을 틔우는 데에만 5년이라는 시간이 걸린다고 한다. 모두가 포기하는 그 순간에 땅속 깊은 곳에 단단한 뿌리를 내린다. 우리도 모소 대나무처럼 내 꿈이 튼튼한 뿌리를 내리고 자랄 수 있게 믿고 기다려주자.

성공하기 위해 길을 가다 보면 잘 안될 수도 있고 힘이 들 때도 있다. 성공한 사람들도 무슨 일이든 한 번에 이루어낸 것은 없다. 밥이 맛있게 익으려면 뜸을 들이는 시간이 필요하다. 밥도 그럴진대 우리의 인생은 말해 무엇하랴. 멀리서 보면 직선 같아 보이는 선들도 자세히 보면 무수히 많은 작은 점들로 이루어져 있다. 삐뚤빼뚤 올랐다 내렸다 하면서 말이다. 나는 일이 잘 안 될 때는 잠시 멈추기도 한다. '지금 많이 지쳤구나, 애썼구나.' 하며 머릿속에 있는 생각들을 잠시 다 지워낼 때도 있다. 멀리뛰기 위해 개구리가 웅크리는 것처럼 말이다. 딱! 한 발 앞으로 나가기만 하면 된다. 내가 하고 싶은 일을 하고 그 길 위에서 내려오지만 않으면 된다. 꿈꾸는 일을 그만두지만 않으면 결국에는 이루어진다. 지금 내가 선택한 것이 곧 내가 된다.

나 자신에게 솔직해지자

조은주
유쾌한 책글맘

언제부터인가 텔레비전에 나와서 강의하는 사람들을 보면 저 사람은 어떻게 해서 저런 강사가 되었을까? 하고 궁금했습니다. 왜 그랬는지 나도 모르게 '나도 저런 강사가 되고 싶다'라고 막연히 생각했었습니다. 그리고는 잊고 살았지요.

1인 지식 기업가과정에 들어가 동기들 앞에서 발표도 했고, 다른 강사들의 강의를 들을 때마다 화면이 획획 바뀌는 ppt를 신기하게 바라만 보던 제가 직접 ppt를 만들어 화면을 획획 바꿔가며 강의하게 되었습니다. 1인 지식 기업가과정의 졸업식에서는 개인 컨텐츠 발표도 했고 개인 프로필 촬영도 했습니다. 이것 또한 남들의 프로필 사진을 보고 '나도 저런 사진 한번 찍고 싶다'라고 생각만 했었던 것 중의 하나였습니다. 지금은 저도 멋진 프로필 사진을 갖게 되었습니다.

학창 시절 언제나 명랑했고 축제 때나 체육대회 때 늘 선수로 뛰지 않으면, 응원단장을 할 정도로 적극적인 성격이었습니다. 결혼 전에도 늘 분위기를 주도하고 놀러 다니기 좋아했습니다. 술은 못 마시지만 모든 모임에는 다 참석하고 끝까지 남아 있는 사람 중의 한 사람이었습니다. 그런데 결혼 후의 저의 인생은 180도 바뀌었습니다. 점점 생기를 잃어가고 자신감을 잃어갔습니다. 무엇이 저를 그렇게 바꿔 놓았을까요? 저와 모든 면이 맞지 않는 남편 때문이라고 생각하며 살았습니다. 내가 책임져야 하는 아이가 생겼기에 좋은 엄마가 되어야 한다는 강박관념 때문이라고 생각했습니다.

하지만 매일 독서를 해오며 돌이켜 생각해 보면 나 자신이 문제였다는 걸 알았습니다.

내면이 단단히 다져지지 않았기 때문에 내 생각이 무엇인지 몰라 주장할 줄도 몰랐고, 귀도 얇아 이리저리 휘둘렸습니다. 그러다 보니 점점 자존감이 낮아졌고, 나의 꿈은 사라졌고, 이렇다 할 목표도 없었기에 주변 환경 탓 남의 탓만 하며 제 인생은 늘 불만족스럽게 흘러왔던 거였습니다.

자기 계발을 하면서 제 마음속 깊은 곳에 묻어 두었던 꿈들이 꺼내어지고, 그 꿈들이 하나하나 이루어지고 있습니다. 하루하루가 행복하고 설렙니다.

새벽 기상도 하고, 독서도 하고, 블로그에 글도 쓰며 살고 있습니다. 또한 매일 성장하고 노력하는 멋진 사람들과도 어깨를 나란히 하게 되었습니다. 새벽 기상은 절대 할 수 없다고 생각했던 제가 새벽 모임의 한 팀을 맡아 리더로 매일 새벽을 맞이하고 있습니다. 또한 10분 독서라는 콘텐츠로 텐독 모임을 열어 회원들도 모집하고 매일 독서를 하며 이끌어 가고 있습니다. 같은 생각을 가지고 있는 사람들과 매일 함께한다는 것이 너무나 좋습니다.

매달 회원들 앞에서 OT를 진행합니다. 한 달에 한 번 회원들과 줌으로 만나 책 수다 타임도 가집니다. 전국에서 또 해외에서도 모인 새벽 모임인 '새벽 마음 정원(이하 새마정)' 회원들 앞에서 저의 발전과정을 발표했습니다. 줌 화면에 제 얼굴이 나오는 게 두려웠고 많은 사람 앞에서 발표한다는 것에 자신이 없던 불량 주부가 이렇게 성장했습니다.

콘텐츠 크리에이티브

저처럼 자존감 잃은 주부들에게 희망과 에너지를 주고 싶습니다.

나 자신에게 솔직하게 질문하세요. 진정 지금처럼 사는 것에 만족하는지? 정말 하고 싶었던 일은 없었는지? 한때 꿈은 없었는지? 솔직하게 질문하고 답해 보세요. 분명 무엇인가를 찾을 수 있게 될 것입니다. 주부로서 엄마로서 매일 반복되는 일상을 당연하게 생각하지 말고 나 자신을 위해 한 걸음만 세상 밖으로 나와 보세요. 그리고 가슴속에 묻어 두었던 나의 꿈을 찾아보세요. 이제는 엄마 아내의 자리에서 벗어나 조금 더 당당한 나 자신이 되어봅시다. 평범한 전업주부였던 제가 이렇게 성장하고 발전할 수 있었던 건 나 자신에게 솔직했기 때문이었습니다. 그리고 안정되고 편하고 게으른 생활에서 용기 내어 한 발짝 나아갔기 때문이었습니다.

제가 변하니 남편도 변했습니다. 매일 새벽에 일어나 같은 자리에 앉아 책 읽고 글 쓰는 저를 놀랍게 바라봅니다. 집에 오면 손가락 하나 까딱하지 않는 남편이었습니다. 하지만 제가 저녁에 강의나 줌 모임이 잡혀있으면 커피도 내려다 줍니다. 그리고 무뚝뚝하게 던지는 한마디 "쉬엄 쉬엄해"

지금 생각하면 남편 덕분에 제가 이렇게 발전할 수 있었습니다. 나와 맞지 않는 남편에게서 벗어나고자 시작된 자기 계발이었으니까요. 하지만 이제는 전업주부라는 직업을 준 남편에게 감사합니다. 책을 쓰고 있는 지금도 남편은 무한 응원을 해주고 있습니다. 매일 새벽마다 책상에 앉아 있는 저의 모습에 이제는 가족 모두의 존경을 받는 멋진 엄마가 되었습니다.

과거의 저는 성공한 사람들이나 어떤 일에 성취를 이룬 사람들을 보면 저 사람은 타고난 거로 생각했고, 나 스스로에게는 '난 못해 난 여기까지야'라고 생각했습니다. 하지만 지금은 알았습니다. 시간과 정성을 들여 열심히 노력해 보려고 하지 않았기 때문에 저는 발전할 수 없었던 것이었습니다.

저는 지금도 성장 중입니다. 독서와 함께요. 독서의 속도도 남들보다 느린 10분 독서로 매일 꾸준히 읽으며 나만의 속도대로 나아가고 있습니다.

이제는 바빠도, 아파도 10분 독서는 매일 합니다. 10분이라도 책을 읽어야 오늘 할 일을 한 것 같고 마음이 후련합니다. 또 10분이 20분이 되고 30분이 되어 한 권의 책을 완독했을 때의 그 뿌듯함을 맛본 후에는 독서를 1순위에 놓게 되었습니다. 예전의 저라면 독서는 늘 뒷전으로 미루기 일쑤였습니다. 지금은 책을 읽을수록 용기와 열정이 생기는 나를 발견했습니다.

콘텐츠 크리에이티브

"지금 여기서 행하는 이 작은 실천이 얼마나 큰일로 이어질지는 아무도 모른다"라는 말을 교훈 삼아 오늘도 나만의 작은 실천인 10분 독서로 한 걸음 한 걸음 나아갑니다.

나 자신을 알고 나에게 솔직해졌기 때문에 내 수준에 맞는 콘텐츠인 10분 독서를 실천하게 된 것 같습니다. 저의 내면에 독서에 대한 열망이 있었나 봅니다. 독서를 하면 할수록 책이 더 읽고 싶어지고 독서를 하는 시간이 이렇게 좋아질 줄 몰랐습니다. 예전의 저였더라면 아마 책을 읽는 흉내만 내면서 독서를 했다고 했을 수도 있습니다. '성공은 매일 반복한 작은 노력의 합이다'라는 말이 있습니다. 책은 매일 손에 놓지 않고 저의 속도대로 나아가고자 오늘도 10분 독서와 함께 성장하고 있습니다. 여러분도 책을 통해 자신만의 무기를 만들어 나가기를 바랍니다. 그리고 한 뼘 더 성장하는 하루하루가 되시길 바랍니다.

매일 하는 것이 콘텐츠다

정경희
행부원츄

2021년 자기 계발을 시작하면서 닥치는 대로 책을 읽고 강의를 들었다. 그저 돈을 벌고 싶었다. 어떻게 벌지 무엇을 해야 할지 기준이 없었다. 새벽 4시 기상은 한 시간 당겨 3시가 되었다. 매일 하루도 쉬지 않고 새벽 기상을 했다. 워킹맘에게는 유일하게 주어진 소중한 시간이다. 책 읽고 강의 듣고 글을 썼다. 책 읽기는 여전히 힘들었다. 책만 읽으면 졸렸다. 내용이 어려워 그냥 넘어가는 책이 많았다. 그래도 끊임없이 읽었다. 자신을 바꾸고 싶다면 100권 독서를 하라는 말처럼 누구나 이야기하는 독서이기에 힘들어도 매일 조금씩 무조건 읽었다. 몰라도

콘텐츠 크리에이티브

읽었다. 습관을 만들기 위해 매일 했다. 강의도 마찬가지다. 아는 것 없고 투자 기준이 없으니 좋다고 하면 무조건 가리지 않고 들었다. 고를 상황이 아니었다. 그냥 들었다. 들어도 남는 게 하나 없는 강의가 대부분이었다. 아는 게 없으니 받아들이는 게 적었다. 투자 경험 없이 듣기만 하니 재미도 없었다. 그래도 할 수 있는 건 강의와 독서밖에 없었다. 굉장히 지루한 시간이었다.

익숙해지기까지의 과정은 인내의 시간이었다. 열심히 하다가도 갑자기 자신을 낭떠러지에 떨어뜨리기도 한다. 반복되는 일상은 마음의 갈등이 생기었다. 이렇게까지 해야 하나 싶을 때도 많았다. 특히 남과의 비교는 더욱더 나를 바닥으로 내리쳤다. 한번 스쳐 간 부정적인 생각은 눈덩이처럼 불어난다. 비교는 걷잡을 수 없이 커져 나를 작고 초라하게 만든다. 단점만 보이고 불안한 미래만 보였다. 반복되는 흔들림 속에서도 나를 달래며 꾸준히 했다. 할 수 있는 건 매일 하는 것밖에 없었다. 책과 유튜브를 통해 마음 잡기를 반복하면서 시간은 흘러갔다. 힘들고 지루한 시간이 축적될수록 조금씩 눈이 떠지고 귀가 열렸다. 책 내용이 이해되기 시작했다. 읽고 실천하는 시간이 조금씩 늘어났다. 매일 꾸준히 하다 보니 방향과 기준이 생기고 속도가 붙기 시작했다. 점점 발전하는 나를 발견했다. 재미까지 더해졌다. 목표를 향해 쉼 없이 달렸다. 인내와 숙련의 시간은 나를 발전시켰다. 마음의 위기가 올 때는 배운 대로 스스로 칭찬하고 감사했다. 나를 인정하고자 훈련했다. 마음의 안정이 생기고 평화가 왔다. 있는 그대로를 보게 되는 힘이 생겼다. 매일의 지루함은 시간이 더해지면서 성과로 나타난다. 그 지루한 시간을 버텨야 한다. 처음에는 더디고 지루할 수 있으나 견디고 나면 변화가 생기고 성과가 나타나게 된다. 4년간 뿌리만 뻗고 난뒤 폭풍 성장을 하는 모소 대나무처럼 내적인 성장의 시간은 필요하다.

임장 스터디도 마찬가지다. 목표를 이루고자 시작했다. 부동산 투자로 경제적인 자유를 누르고 싶었다. 50대 여유롭고 나누는 삶을 살고 싶었다. 투자의 기본이기에 임장 스터디를 만들어 매주 임장을 갔다. 무식하면 용감하다고 아무것도 모르는 초보가 리더가 되었다. 기준과 방향도 없는 왕초보는 임장가는 것에 급급했다. 해야 할 일이 많았다. 지역 선정부터 임장동선까지 혼자 결정하고 공부해야 했다. 다행히 길치는 아니어서 지도 하나로 모르는 동네는 다닐 수 있었다. 사람들을 이끌어야 하기에 길을 잃지 않으려고 누구보다 지도를 많이 보고 동선을 짰다. 모든 시간은 임장스터디에 집중했다. 매주 반복된 시간은 변화가 나타나기 시작했다. 일주일 꼬박 걸리던 과제는 점점 시간이 단축되었다. 처음 보는 사람에 대한 두려움은 설렘으로 바뀌었다. 임장은 즐거운 소풍이 되었다. 매일 지역분석하고 임장 지도를 만들다 보니 실력도 늘어났다. 시간과 경험은 스터디 프로그램도 바꿨다. 더디고 지루한 시간이 쌓이면서 할 수 있는 게 많아졌다. 경험을 나눌 수 있게 되면서 하고 싶은 일도 많아졌다. 강의도 하고 싶었고 책도 내고 싶었다. 하나를 꾸준히 하고 나니 확장이 되었다. 스터디하면서 과제도 만들어 보고 강의도 하고 매뉴얼도 작성했다. 임장노하우 전자책도 냈다. 임장 하나에 집중하고 꾸준히 시간을 투자하니 임장은 나에게 콘텐츠로 다가와 임장코칭 마스터가 되었다.

투자를 위한 임장은 시간과 경험이 쌓이면서 새로운 목표가 생겼다. 임장이라는 단어가 내 업이 되었다. 꿈을 이루기 위한 시간은 꾸준함이 더해지니 전문가가 되고 콘텐츠가 되었다. 임장을 꾸준히 했더니 임장코칭마스터가 되었고 전자책 작가가 되었다. 새로운 목표도 생겼다. 임장코칭마스터 강사. '왕초보에게 초보가 가르쳐주는 부동산 임장 노하우' 정규강의 론칭이 나의 꿈이 되었다. 인내와 숙련된 시간은 콘텐츠가 되었고 나누다 보니 확장되어 새로운 목표를 가지게 한다. 콘텐츠는 어려운 것이 아니다. 지금 하는 꾸준한 일상이 콘텐츠가 된다. 어렵게 생각할 필요가 없다.

"He can do it, She can do it, Why not me?"

캘리최 회장님이 자주 사용하는 문구이다. 내가 좋아하는 문구이기도 하다. 누구나 할 수 있다. 나도 부자가 될 수 있고 당신도 부자가 될 수 있다. 콘텐츠도 마찬가지다. 지금 매일 하는 그것이 콘텐츠다. 블로그, 요리, 운동, 글쓰기, 정리 모든 것이 콘텐츠가 될 수 있다. 지금 즐기는 것, 꾸준히 하는 것을 떠올려보자. 생각나는 그것이 콘텐츠가 된다.

물방울이 바위를 뚫을 수 있는 것은 그 힘 때문이 아니라 꾸준함이라는 말처럼 매일 쌓는 경험이 성장하는 수단이 된다. 꾸준히 진행한 임장스터디는 콘텐츠가 되었고 확장을 통해 강사, 코칭, 출판으로까지 연결되었다. 콘텐츠 개발 어렵지 않다. 지금 하는 일에 꾸준함을 더한다면 누구나 만들 수 있다. 자신만의 콘텐츠는 존재한다. 매일 하는 그것이 당신의 콘텐츠다.

콘텐츠 크리에이티브

워킹맘 해우소를 가슴에 품다

최순주
진격의 최여사

경영 경제 분야에서 최고의 경영상을 수상한 성공한 여성 CEO, 사회적으로 선한 영향력을 미치는 베스트셀러 작가가 되면 얼마나 좋을까? 직장에서 유능한 직원으로 가정에서는 훌륭한 아내, 엄마로 인정받으면 얼마나 좋을까? 편안하게 쉴 수 있는 안락한 집에서 남편, 아이들과 함께 책도 읽고 여행을 통해 소중한 경험을 함께 하면서 가족들과 행복한 시간을 보내면 얼마나 좋을까?

아이들을 잘 키웠다는 이야기를 들었다며 직장 후배가 내게 찾아와 고민을 상담하였다. 친정 부모님과 함께 살면서 친정 부모님이 살림과 아이들을 키워주신다고 했다. 친정 부모님에게 모든 것을 맡겼던 후배는 아이들에게 몇 년 동안 학습지를 했고, 학원을 보냈는데 한글을 모른다며 나에게 조언을 구했다.

4개월 후면 초등학교 입학을 하는데 몇 년 동안 학습지를 했는데 어떻게 한글을 모를 수 있냐고 아이들을 원망했다. 직장 후배는 마음이 조급했다. 한글을 빨리 뗄 수 있는 학원을 물어봤다.

나는 학원이나 다른 사람에게 맡기지 말고 아이의 교육은 엄마가 직접 해야 한다고 했다. 후배는 아이들에게 안 해본 것 없이 사교육을 시켰다고 한다. 본인이 아이의 교육을 한다고 아이가 달라질 게 없다고 했다. 후배는 급한 마음에 우물가에서 숭늉을 찾는 격이었다. 후배를 진정시키고 내 경험을 이야기해 주었다. 자녀교육은 엄마가 직접 해야 아이의 강점과 약점을 알 수가 있다. 학원을 보냈더라도 선생님께 아이의 학습 태도나 습관을 상담해야 하고, 아이가 올바른 방향으로 갈 수 있도록 지도해야 한다. 학습지 선생님이 오셔도 '學'만 되는 거지 '習'이 되질 않는다. 선생님이 다녀가시면 아이에게 매일 학습량을 정해주고 엄마가 체크해서 학습 습관을 길러줘야 한다. 학습지를

콘텐츠 크리에이티브

가볍게 여길 수 있겠지만 작은 습관이 나중에 더 큰 습관을 만들어 줄 수 있다. 스노우볼 효과에 관해 이야기해 주면서 습관을 들일 수 있는 육아서와 계획표를 짜주고 가지고 있었던 학습 자료를 후배에게 전해주었다. 아이가 할 수 있는 힘을 길러주는 게 엄마의 역할이고 엄마는 아이가 잘할 수 있도록 칭찬과 응원을 해야 한다고 했다. 그 후 후배는 아이에게 놀라운 변화가 생겼다고 한다. 아이가 한글은 물론 학습 습관이 제대로 잡혔다고 하면서 아이의 교육은 엄마가 꾸준한 관심을 가져야 한다며 자신감을 얻게 되었다.

나도 처음부터 잘하지 못했다. 여러 번의 시행착오를 겪었다. 수정하고 아이와 소통하며 아이와 내가 행복할 방법들을 끊임없이 고민하고 또 고민했다.

성인이 되었을 때 부모에게 독립할 수 있도록 아이들을 키우고 싶었다. 28년간 아이들을 키우면서 고민되었던 순간들이 왜 없었겠는가? 전문가에게 상담받고 싶었고 고민을 누군가 해결해 주기를 바랐다. 초등학교 입학 당시 워킹맘은 전업주부보다 시간이 부족하여 아이들을 잘 돌보지 못한다는 이야기를 듣고 충격을 받았다. 보란 듯이 잘 키워 보여주고 싶었다. 시간은 부족하지만, 전업주부 못지않게 잘 키울 수 있다는 것을 확인시켜주고 싶었다. 하지만 본질은 그게 아니라는 걸 알게 되었다.

남들에게 보란 듯이 키우겠다는 마음이 컸지만 초등5학년 큰아이 담임선생님을 만나면서 조급함과 불안함을 내려놓았다. 10년 동안 초등 6학년 담임을 계속 맡아온 선생님은 아이의 문제는 잘못된 부모의 양육 태도였다고 하셨다. 아이의 거울은 부모라고 했다. 안타까운 것은 부모들은 아이들에게 중요한 것을 놓치고 있다고 하셨다. 부모의 욕심으로 공부만을 강요하다 보면 아이가 사춘기를 힘들게 보낼 수 있다고 하셨다. 담임선생님을 만나지 못하였다면 아이 친구들을 경쟁상대로 생각하고 아이를 몰아붙였을 것이다. 중심을 바로 잡고 아이와 소통하면서 따뜻한 심성과 자존감을 키우려 노력했다.

나와 같이 힘들어하는 워킹맘을 위해 선생님처럼 길잡이가 되어주고 싶다. 직장과 가정 육아의 고민과 조언을 구하고 싶을 때 언제든 워킹맘 해우소에서 해답을 찾기를 바란다. 경험을 나누고 워킹맘들에게 자존감을 가질 수 있도록 따뜻한 마음으로 어루만져줄 것이다. 가장 중요한 시기에 선생님을 만난 것처럼 워킹맘들과 많은 것을 나누고 싶다.

1인 지식기업가 과정이 끝났다. 졸업식에서 콘텐츠 계획을 발표하였다. 졸업 후 실행하려고 했지만 다른 일정이 겹쳐 일정이 끝나면 실행할 계획이다. 1인 지식기업가 과정을 하기 전 이미 콘텐츠를 실행하고 있는 동기들도 있지만 아직 콘텐츠의 실행을 미루고 있는 동기들을 도와 콘텐츠를 실행할 수 있도록 도와주었다.

회원을 모집하는 모집 글과 줌 강의로 발표할 수 있는 줌 강의장 세팅을 고민하는 동기들에게 자신감을 가질 수 있게 도왔다. 동기들을 도우며 오히려 내가 더 배울 수 있는 알찬 시간이었다. 동기들은 블로그를 통해 찾아와 주신 회원들에게 감동이었다고 한다. 나를 믿고 와주신 소중한 분들에게 진심을 다하고 싶다고 했다. 동기들의 성공적인 콘텐츠 모집과 회원들과 함께 진행하는 것을 보며 나를 찾아와 주시는 분들에게 진심을 다하고 싶어 졌다. 회원 분들의 성장을 도와드리고 싶다.

나의 콘텐츠와 관련된 전략독서를 하고 비슷한 콘텐츠를 가지고 계신 분들의 콘텐츠를 벤치마킹하면서 블로그에 관련된 글을 쓰며 성장해 나갈 것이다.

나 또한 나를 찾아와 주는 분들의 손을 잡아 주며 진심으로 도와주고 싶다는 다짐을 하게 된다.

워킹맘 해우소 콘텐츠를 가슴에 품었다.

지나온 나의 경험은 콘텐츠가 되었다. 그냥 흘려보내는 경험은 없다. 직장 생활의 어려움 속에서도 나는 아이들과 소통과 공감을 하며 지냈다. 지금은 아이들과 친구처럼 관계를 유지하고 있다. 사람들이 아이 잘 키웠다며 방법들을 물어본다. 직장에서도 사람들과의 관계도 마찬가지로 살았다. 1인 지식기업가 과정을 하면서 소통과 공감이 일 순위로 생각했다. 그 결과 나는 1인 지식기업가 과정 졸업식 때 동기들이 뽑아준 우정상을 받고 소통의 여왕이 되었다.

누구나 가슴속에 자신만의 콘텐츠를 하나씩 품고 산다. 내가 잘하는 것이 무엇인지 내가 즐기는 것이 무엇인지 고민해 보면 그 속에 분명 답이 있다. 나는 소통이라는 나만의 콘텐츠를 가슴에 품고 사람들의 마음을 어루만져 주는 워킹맘 해우소 소장이다.

콘텐츠 크리에이티브

김애련 | 미라클부자

존재에 대해 감사함을 느끼는 순간은 쓸모 있는 사람이라고 생각될 때이다. 누군가에게 도움의 손길을 내어 줄 수 있을 때 나는 행복했다. 어떤 이가 나를 나무 같은 사람이라고 말해 주었을 때, 잘 살고 있다고 생각했다. 한결같은 모습으로 그 자리에서 기다려 줄 수 있는 사람. 꽃이 되어 주고, 그늘이 되어 주고, 열매를 내어 주고 쉼터가 되어 줄 수 있는 사람. 10대에 읽었던 '아낌없이 주는 나무'는 그렇게 살아가도록 이정표가 되어 주었다. 늘 그 자리에 있는 사람, 내 아이들에게 나무 같은 부모이기를.

권미영 | 돈월이

인생에서 몇 번의 매일을 마주 할 수 있을까? 힘들어 무너진 어제도 밤사이 정화되고 새로운 오늘을 외칠 수 있는 매일은 앞으로 나에게 몇 번이 남아 있을까? 이 사실을 알게 된다면 하루 한 시간을 낭비 할 수 없게 된다. 누군가의 생각 속에 갇힌 삶 말고 오로지 내 마음속에서 꿈틀거리는 그 무언가를 죽기 전에 따라가보자. 그 여정이 어렵고 힘들더라도 가슴 뛰는 삶을 기꺼이 살아보자 남들의 꿈이 아닌 진정 나의 꿈을 위해 오늘도 뜨겁게 살아가자! 나에게 주어진 매일을 감사하는 마음으로.

손호증 | 정리힐러

　평범한 주부로 가정에만 머물던 제가 우연히 등록한 프로그램을 계기로 정리 전문가가 되었습니다. 이미 9년 전이지만 그때 느꼈던 어려움과 설렘은 생생합니다. 꾸준히 길 위에 있고자 노력했고 활동 영역을 넓혀 가고자 했습니다. 덕분에 제 나름의 콘텐츠를 만들고 쌓아갑니다. 사소한 것의 힘을 믿습니다. 예전의 저처럼 시작이 막막하게 느껴지는 분들, 나만의 콘텐츠를 만들어 나가고 싶으신 분들에게 용기를 드릴 수 있으면 좋겠다는 마음으로 글을 마칩니다. 여러분의 성장을 응원합니다.

송진설 | 풍요작가

콘텐츠를 향해 아름다운 도전을 했다. 모호하고 추상적인 단어이기에 낯설고 두려웠다. 콘텐츠를 기획하며 본질을 생각한다. 타인의 삶에 어떤 나눔을 할 수 있는가. 그들에게 애정 어린 관심을 쏟으며 한 걸음씩 다가가려 한다. 콘텐츠는 아름다운 연주와 같다. 처음부터 완벽한 소리를 내지 못한다. 끊임없이 연습하며 연주자와 악기가 하나가 되어야 한다. 진정으로 원하는 소리를 찾아가는 과정이다. 지금껏 내 인생에 담아 온 경험과 새로운 모험을 통해 감동의 순간을 전하고 싶다.

원효정 | 부자마녀

콘텐츠 사업을 시작한 지 4 년 만에 월 3천만 원 이상을 버는 사람이 되었습니다. 제가 성과를 낼 수 있었던 이유는 크게 2가지입니다. 첫째, 고객이 저를 신뢰할 수 있도록 꾸준히 제 삶을 글로 쌓아 공유했습니다. 둘째, 제가 가진 경험과 노하우로 고객이 자신의 결핍을 해결할 수 있도록 도왔습니다. 본인의 경험은 과연 이 세상의 '누구'를 '어떻게' 도울 수 있을 것인지 끊임없이 고민하십시오. 그리고 꾸준히 글로 쌓으면 콘텐츠가 됩니다. 콘텐츠는 나를 브랜딩 해줍니다. 계속하면 성과는 반드시 나옵니다.

이세나 | 열정루비

온라인 셀러의 삶은 물건을 판매하는 것에 그치지 않았다. 나에게 삶을 더욱 적극적으로 살 수 있는 도구가 되어 주었다. 어떠한 날은 판매자로 또 어떤 날은 강사로 하루하루를 보내고 있다. 육아와 함께 경제적 자립을 꿈꾸는 사람들에게 이야기하고 싶다. 나의 온라인 성장 노하우를 통해 당신의 여유로운 가정경제의 변화를 도와드리고 싶다고! 나도 했으니 당신도 할 수 있다고!

이영림 | 행복멘토세전

변화된 내 삶은 새벽에 일어나 책을 읽고 글을 쓴다. 금주를 하고 건강에 진심으로 살아간다. 느리지만 천천히 평생 살이 안 찌는 습관을 잡고자 심플한 삶을 추구한다. 아이들 곁에 몸도 마음도 건강한 엄마로 함께 하고 싶다. 반복되는 삶에 유머 한 스푼 추가하고 마음에 여유가 있는 엄마로 사업하는 시니어 모델이 되는 꿈을 꾸며 오늘도 즐기는 하루를 시작해 본다. 평범하게 살던 내가 한 발짝 내디딘 용기로 뽀미 언니로 살아간다. 나 자신을 진심으로 사랑하는 엄마들이 많아졌으면 하는 바람이다.

조은주 | 유쾌한책글맘

자존감 바닥이었던 전업주부인 제가 이렇게 글을 쓰고 책까지 내는 날이 올 줄은 상상도 못 한 일이었습니다. 발전도 없는 주부의 일상을 반복하는 게 싫어서 무작정 새벽 기상을 하고 책을 읽었습니다. 이런 저의 노력이 쌓여서 이렇게 작가라는 큰 선물까지 받게 되었습니다. 직접 운영하는 독서 모임 [텐독]도 생겼습니다. 이제는 새벽 기상과 독서 그리고 [텐독] 모임 회원들과 소통하며 지내는 하루하루가 즐겁습니다. 책을 읽고 글을 쓰는 엄마로 살아가기 위해 노력하는 닉네임 유쾌한 책글맘입니다.

정경희 | 행부원츄

인생을 살아오면서 지금처럼 전투적으로 산 적은 단 한 번도 없었습니다. 우연한 사고는 기회로 다가와 인생을 송두리째 바꿨습니다. 새벽기상과 독서를 통해 목표가 생기고 사명을 가지게 되었습니다. 꿈을 향해 매일 도전하던 것들은 이제 저의 콘텐츠가 되었습니다. 지금 하고 있는 그것이 바로 콘텐츠가 됩니다. 경험을 통해 콘텐츠를 발견하고 꾸준함과 재미를 장착한다면 우리 모두는 콘텐츠크리에이티브가 될 수 있습니다. 자신을 찾는 기회가 되시길 응원합니다.

최순주 | 진격의 최여사

　누구나 자신만의 꿈이 있다. 가정과 직장 생활을 병행하는 워킹맘에게 꿈은 사치였다. 희미해지던 나만의 세계를 50대 중반에서야 다시금 꿈꾸고자 한다. 새벽 4시부터 타인이 아닌 나를 바라보기 시작한다. 스스로를 알아가는 과정 하나하나가 새롭고 설렌다. 지금도 본인의 자리에서 묵묵히 최선을 다하고 있을 과거의 '진격의 최여사'들에게 따뜻한 위로와 격려의 말을 건네고 싶다.

　자기만의 세계를 포기하지 말고 스스로를 소중히 여기며 살아가기를 바란다.